R.L.Stine

Fear Street · Die Rückkehr

Weitere Sammelbände aus der Reihe **Fear Street**:

DER ANFANG
mit den Einzelbänden *Teuflische Schönheit*
und *Schuldig*

FEAR STREET

R.L.STINE

DIE RÜCKKEHR

Aus dem Amerikanischen übersetzt
von Hanne Hammer und
Sabine Tandetzke

Loewe

ISBN 978-3-7432-1253-4
2. Auflage als Loewe-Taschenbuch 2022

Dieser Band enthält die Einzelbände *Der Augenzeuge*
und *Ohne jede Spur*, erschienen unter den Originaltiteln
The Overnight und *Missing* bei © Parachute Press Inc., 1989/90
Für die deutschsprachigen Ausgaben © 2002, 1999 Loewe Verlag GmbH,
Bühlstraße 4, D-95463 Bindlach
Aus dem Amerikanischen übersetzt von Hanne Hammer und Sabine Tandetzke
Umschlagillustration: Sylvia Christoph
Umschlaggestaltung: Ramona Karl
Printed in the EU

www.loewe-verlag.de

DER AUGENZEUGE

Ich weiß, was du getan hast

1

Della O'Connor zerrte an ihrem Zahlenschloss und fragte sich, warum es ihr nie gelang, es beim ersten Versuch zu öffnen. Überall in der Schulhalle knallten Spindtüren, Kinder lachten und riefen sich gegenseitig etwas zu.

Beim dritten Versuch sprang das Schloss auf. Della nahm es ab, stieß die Spindtür auf und stöhnte, als sie die Innenseite der Tür sah. Letzten September hatte jemand ein Herz mit den Namen *Della & Gary* in den grauen Anstrich geritzt.

Zum hundertsten Mal sagte sich Della, dass sie etwas finden musste, um es abzudecken. Sie wollte nicht jedes Mal an Gary erinnert werden, wenn sie ihren Spind öffnete.

Wütend hatte sie vor drei Wochen mit ihm Schluss gemacht. Sie hatte sich nicht träumen lassen, dass er sie beim Wort nehmen würde und sie sich bis zum Schulball nicht wieder versöhnt hätten. Aber der Ball war gekommen und vorübergegangen – und Gary war nicht mehr da! Er hatte sie seit ihrem Streit kein einziges Mal angerufen. Und wann immer sie ihm in den Schulräumen begegnete, ging er an ihr vorbei, ohne ihr die Chance zu geben, etwas zu sagen.

Della freute sich auf die Nacht unter freiem Himmel

mit dem Naturklub. Gary würde da sein, und sie würde sich bei ihm entschuldigen. Sie stellte sich vor, wie er sie anlächelte. Während sie auf das Herz in der Tür starrte, sah sie sein welliges, blondes Haar vor sich, seine lebendigen braunen Augen, die Art, wie sich um seinen Mund Fältchen bildeten, wenn er sie anlächelte, die kleinen Sommersprossen auf seinen Wangen. „Die Nacht im Freien wird romantisch", dachte sie. „Die ganze Nacht draußen unter den Sternen campen. Nur wir beide …"

Natürlich würden die anderen Klubmitglieder auch da sein – einschließlich Suki Thomas, die ganz offensichtlich nur Mitglied geworden war, um in Garys Nähe zu sein. Aber wegen Suki machte sich Della keine Sorgen. Sie war überzeugt, Gary zurückgewinnen zu können, wenn sie mit ihm reden konnte. Nun … ziemlich überzeugt.

Sie warf ihre Bücher auf den Boden des Spindfachs, brachte ihre Haare in Ordnung und blickte in den kleinen, viereckigen Spiegel, den sie auf der Innenseite der Spindtür über dem Herz angebracht hatte. Della sah einfach toll aus mit ihrer blassen Haut, ihren strahlend grünen Augen und ihrem langen, glatten Haar. Außerdem hatte sie die Figur eines Models. Sie wirkte immer ruhig und cool, selbst wenn sie sich nicht so fühlte.

Als sie die Tür zuknallte, stellte sie überrascht fest, dass ihre Freundin Maia Franklin neben ihr stand.

„Maia – wie lange stehst du da schon?"

„Nicht lange. Wie schaffst du es bloß, dass dein Haar so aussieht?", fragte Maia.

„Wie?"

„So glatt."

Beide lachten. Maia hatte kurzes, kastanienbraunes Haar, das krauseste Haar, das man jemals gesehen hatte. Vielleicht kraus genug, um ins *Guinnessbuch der Rekorde* einzugehen! Ihre runden Brillengläser und ihre jungenhafte Figur passten sehr gut zu ihrem Typ.

„Kommst du zum Klubtreffen?", fragte Maia.

„Klar." Della drückte das Zahlenschloss so fest zu, dass es kaputtging. „He – haben deine Eltern dir etwa erlaubt, über Nacht wegzubleiben?"

„Ja. Schließlich und endlich. Nachdem sie Mr Abner fünfmal angerufen haben und er ihnen versichert hat, dass alles ordnungsgemäß beaufsichtigt wird. Er musste ihnen auch versprechen, besonders mich die ganze Zeit im Auge zu behalten."

Maias Eltern waren sehr streng. Sie behandelten sie wie eine Zehnjährige.

„Was haben sie eigentlich für ein Problem?", fragte Della und schüttelte den Kopf.

„Ich weiß nicht. Ich vermute, sie denken, ich würde mich wie ein läufiges Karnickel benehmen, wenn ich die Nacht draußen auf der Insel verbringe – zusammen mit den Jungen."

„Und was ist daran so falsch?", fragte Della.

Beide Mädchen betraten lachend Mr Abners Klasse. Drei andere Klubmitglieder waren bereits da. Sie saßen zusammen in der vordersten Reihe. Gary sprach mit Suki Thomas. Er blickte kurz auf, und als er sah, dass Della hereinkam, wandte er seine Aufmerksamkeit schnell wieder Suki zu.

Suki lächelte ihn triumphierend an und legte ihre Hand auf seinen Arm. Auf den ersten Blick schien sie so gar nicht zum Naturklub zu passen. Sie sah wie eine Punkerin aus mit ihrem stacheligen, platinblonden Haar und den vier Ohrringen in jedem Ohr. Dazu trug sie einen engen schwarzen Pullover mit einem langen, absichtlichen Riss in einem Ärmel und einen kurzen, schwarzen Lederrock über einer dunkelvioletten Strumpfhose. Das Violett der Strumpfhose passte perfekt zu ihrem Lippenstift.

„Na toll, Suki schöne Augen machen und mich ignorieren", sagte Della zu sich selbst. Was finden die Jungen eigentlich an ihr? Doch sie brauchte diese Frage nicht zu stellen. Jeder in der Schule kannte die Antwort. Suki hatte ihren Ruf.

Pete Goodwin lächelte Della an, als sie und Maia auf die vorderste Reihe zusteuerten, um sich zu den anderen zu setzen. „Irgendwie sieht er gut aus, obwohl er so korrekt ist", dachte Della und setzte sich neben ihn. Pete hatte kurzes braunes Haar und ernste braune Augen. Er wirkte sehr konservativ. Manche seiner Freunde nannten ihn sogar „den Streber", was ihm aber egal zu sein schien.

„Wo ist Abner?", fragte Della ihn, als sie sich auf einen Platz fallen ließ. Sie beobachtete aus den Augenwinkeln, wie Suki Garys Arm tätschelte.

„Er ist ins Büro gerufen worden und hat gesagt, dass er gleich wieder zurück ist", sagte Pete. „Wie geht's dir, Della?"

„Gut, denke ich."

Die Fenster standen offen. Eine sanfte Frühlingsbrise

wehte herein. Ein herrlicher Geruch von frisch gemähtem Gras erfüllte den Raum. Della konnte das Dongdong der Tennisbälle hören, die auf dem Tennisplatz hinter dem Lehrerparkplatz aufschlugen.

„Ich vermute, heute planen wir unsere Nacht im Freien", sagte Pete unbeholfen.

„Ich denke ja", antwortete Della ebenso unbeholfen. Sie räusperte sich laut, rutschte mit ihrem Stuhl nach vorne und versuchte, Garys Aufmerksamkeit zu erregen. Aber er drehte sich nicht um, sondern starrte weiter Suki an, die an den Fäden ihres Pulloverärmels zog, während sie mit ihm sprach.

„Uh-oh, sieh mal, wer gerade aus seinem Versteck gekrochen kommt", warnte Maia Della laut flüsternd.

Alle blickten auf, als Ricky Schorr in den Raum platzte. Ricky trug ein weißes T-Shirt in Übergröße, auf dem quer in großen schwarzen Buchstaben stand: NICHTS ZU SAGEN. Damit war nach Meinung der meisten Schüler der Shadyside Highschool Rickys Sinn für Humor ziemlich gut getroffen. Ricky bemühte sich die ganze Zeit, witzig zu sein, aber die Tatsache, dass er sich so bemühte, war das einzig Witzige an ihm.

Er war klein und dick. Seine Kleider waren immer eine oder zwei Nummern zu groß für ihn, und sein schwarzes Haar, das nie gekämmt war, fiel ihm in Strähnen in die Stirn. Dauernd strich er es mit seinen Wurstfingern zurück.

Schnell steuerte Ricky auf die vordere Reihe zu. „Applaudiert nicht. Werft einfach Geld", sagte er und lachte ein übertrieben lautes Lachen.

Die anderen fünf Mitglieder des Naturklubs stöhnten einstimmig. An diese Reaktion war Ricky gewöhnt. Das Lächeln verschwand nicht aus seinem Gesicht.

„Okay. Quizzeit", verkündete er. „Holt ein Blatt Papier raus und nummeriert von eins bis zweitausend. Quatsch – war nur ein Witz", fügte er schnell hinzu. „Hier. Seht euch das an." Er hielt einige Blätter hoch und ließ sie auf Garys Tisch fallen.

„Was soll das werden?", fragte Gary und wandte zum ersten Mal seinen Blick von Suki ab.

„Hier ist doch der Naturklub, richtig?", fragte Ricky grinsend. Er zeigte auf die Blätter auf Garys Tisch. „Bestimm sie. Ich wette, du kannst es nicht."

Gary sah verwirrt aus. Er nahm die Blätter in die Hand. „Du willst, dass ich die bestimme?"

„Ja. Du bist der Klubpräsident. Bestimm sie."

Gary hielt die Blätter ganz nah vor sein Gesicht, drehte sie immer wieder herum und studierte sie.

„Komm schon, Gary. Du kannst das", drängte Pete.

„Nein, kann er nicht", sagte Ricky und beugte sich über Garys Tisch.

„Ähh … sie sind von irgendeinem Baum, richtig?", fragte Gary. „Buche? Eiche?"

Ricky schüttelte – äußerst zufrieden mit sich selbst – den Kopf.

Gary hasste es, unrecht zu haben. Er schlug mit den Blättern gegen seine Hand. „Ähh, wen interessiert das schon?", sagte er missmutig.

„Es sollte dich interessieren", sagte Ricky. „Das ist giftiger Efeu!" Er brach in Gelächter aus.

„Häh?“ Ärgerlich sprang Gary von seinem Stuhl hoch, die Blätter immer noch fest in der Hand. Ricky versuchte wegzukommen, aber Gary war zu schnell für ihn. Er zwang Ricky nieder und rieb ihm mit den Blättern über Gesicht und Stirn.

Ricky lachte und schrie zugleich und versuchte unbeholfen, sich zu befreien. Della, Suki, Pete und Maia feuerten Gary laut an.

„Was geht hier vor?“, rief eine Stimme vom Türeingang her.

Alle drehten sich um und sahen, wie Mr Abner den Raum betrat. „Gary, lass ihn los. Was soll das?“

Gary trat schwer atmend zurück. „Wir bereiten uns nur auf die Camptour vor“, sagte er zu dem großen, hageren Lehrer. „Wir haben eine kleine Giftefeu-Bestimmung vorgenommen.“

Ricky stöhnte, rollte sich herum und kam langsam auf die Beine. Sein T-Shirt war nach oben gerutscht, und sein weißer Bauch guckte hervor. Schnell zog er wieder den Stoff darüber.

„Giftefeu?“ Mr Abner sah verwirrt aus. Er griff nach den Blättern und nahm sie Gary aus der Hand.

„Wohl eher eine Zimmerpflanze, um genau zu sein – wilder Wein“, sagte er und sah erst Gary und dann Ricky spöttisch an.

„April, April“, sagte Ricky zu Gary und grinste breit. Er strich sich das Haar aus der Stirn.

Alle lachten, vor allem über den schockierten Ausdruck auf Garys Gesicht.

„Er hat dich reingelegt“, sagte Suki zu Gary und zog

ihn auf seinen Platz zurück. „Diesmal hat er dich reingelegt."

Gary zwang sich zu lächeln, mehr Suki als den anderen zuliebe.

„Setzt euch. Ich befürchte, das wird ein kurzes Treffen", sagte Mr Abner, ging zum Fenster und blickte zum Parkplatz hinüber.

Alle wurden still. Was meinte er? Sein Gesicht, das normalerweise fröhlich war, war sehr ernst.

„Ich muss dringend nach Hause nach Nashville", sagte er, immer noch aus dem Fenster blickend. „Ich muss unbedingt diese Woche noch fahren. Und ich werde übers Wochenende dortbleiben. Deshalb können wir am Samstag nicht campen."

Suki und Ricky stöhnten laut. Niemand sonst sagte etwas. Della sah erst Gary an und dann zu Boden. Sie war wahnsinnig enttäuscht.

„Wir müssen es verschieben", sagte Mr Abner, drehte sich herum und setzte sich auf die Fensterbank. „Aber wir haben ja noch genug Zeit. Es ist erst Mai. Wir setzen einen neuen Termin fest, wenn ich wieder zurück bin. Okay?"

Alle murmelten zustimmend.

„Ich muss mich beeilen", sagte Mr Abner und warf einen flüchtigen Blick auf die Wanduhr. „Es tut mir leid. Wir sehen uns nächste Woche." Mit noch längeren Schritten als sonst stürmte er aus der Tür, einen besorgten, geistesabwesenden Ausdruck im Gesicht.

Della und ihre Freunde saßen schweigend da, bis er weg war. „Schade", sagte Della und stand auf.

„Samstag soll ein schöner Tag werden", sagte Pete. „Jedenfalls haben sie das im Radio gesagt."

Alle erhoben sich.

„He – wartet. Ich hab eine Idee", sagte Suki und forderte die anderen auf zurückzukommen. „Hört zu. Was haltet ihr davon? Lasst uns allein campen."

„Wie bitte?", fragte Maia. „Suki, wie meinst du das?"

„Wir campen trotzdem. Ihr wisst schon. Ohne Abner."

„Ohne Lehrer?" Maia schien von der Idee entsetzt. „Meine Eltern würden mich umbringen! Ich bekäme lebenslänglich Hausarrest. Nein, zweimal lebenslänglich!"

„Sie werden es nie erfahren", sagte Suki.

„Ja. Richtig", rief Ricky begeistert. „Klasse Idee! Wir machen es allein. Das wird wahnsinnig. Niemand, der uns ärgert und sagt, was wir zu tun haben." Er starrte Suki an. „Wer teilt mein Zelt mit mir?"

„Komm auf den Teppich, Schorr", sagte Suki und rollte mit den Augen. „Noch nicht mal die Moskitos werden dein Zelt mit dir teilen!"

Alle lachten. Ricky sah ziemlich verletzt aus.

„Unsere Eltern werden glauben, dass wir nicht allein sind. Sie werden denken, dass Abner bei uns ist", sagte Suki und senkte ihre Stimme, obwohl niemand da war, der mithören konnte. „Und was sie nicht wissen, beunruhigt sie nicht." Sie legte eine Hand auf Garys Arm. „Was meinst du? Du bist der Klubpräsident."

„Ja ...", fing Gary an.

„Meine Eltern werden mich umbringen!", protestierte Maia.

„Eigentlich ist der Vorschlag doch toll“, sagte Pete und sah Della an. „Schließlich sind wir alt genug. Wir stellen schon nichts Verrücktes an, richtig?“

Suki grinste Gary an. „Nicht, wenn wir es verhindern können“, sagte sie bedeutungsvoll.

„Was meinst du, Della?“, fragte Pete.

„Es könnte lustig werden“, überlegte sie laut. „Wer braucht schon Abner.“

„Es könnte sogar sehr lustig werden“, dachte sie. „Besonders wenn ich Gary Suki lange genug entreißen kann, um mich mit ihm zu versöhnen.“

„Also, Gary?“, fragte Suki noch einmal.

„Ja … okay.“ Er grinste sie an. „Machen wir's. Lasst uns Samstagmorgen aufbrechen, wie geplant.“

Alle klatschten Beifall – bis auf Maia.

„Ich kann nicht“, sagte sie unglücklich. „Wenn meine Eltern das jemals herausfinden …“

„Sie werden es nicht herausfinden, Maia“, sagte Della. „Alles wird gut gehen. Stell dir mal vor, wie viel Spaß wir haben werden! Wir sind Sonntagabend wie geplant zurück. Und niemand von unseren Eltern wird jemals etwas erfahren.“

„Versprichst du mir das?“, fragte Maia Della, die Stimme voller Zweifel.

„Ich verspreche es“, sagte Della. „Vertrau mir, Maia. Es wird nichts Schlimmes passieren.“

2

„Was ist mit deiner Zahnbürste? Hast du deine Zahnbürste eingepackt?"

Leise zählte Della bis drei. Dann sagte sie mit beherrschter Stimme: „Ja, Mama. Ich habe meine Zahnbürste eingepackt. Meinst du, dass ich auch den Föhn mitnehmen sollte? Und noch drei oder vier Garnituren Kleidung zum Wechseln? Es geht ja schließlich um eine ganze Übernachtung!"

„Kein Grund zum Sarkasmus", sagte Mrs O'Connor und drückte auf Dellas eingerollten Schlafsack. „Ist der fest genug zusammengerollt? Meinst du, du kannst ihn tragen?" Dellas Mutter war klein und sehr dünn, und sie bewegte sich immer schnell. Außerdem sprach sie, ohne Luft zu holen, und stellte zehn Fragen in der Zeit, die andere brauchten, um eine zu stellen. Sie erinnerte Della an einen Schmetterling, der ohne Pause von Blume zu Blume flatterte. Jetzt, am Samstagmorgen, flatterte sie geschäftig durch Dellas Zimmer, während Della für die Übernachtung packte.

„Mama, weswegen bist du so ängstlich?", fragte Della. „Wir haben doch oft gecampt, als Papa noch bei uns war."

Sofort tat es ihr leid. Sie hätte ihren Vater nicht so beiläufig erwähnen sollen. Ihre Eltern waren vor zwei Jahren geschieden worden, und ihr Vater hatte sofort wieder geheiratet.

Ihre Mutter reagierte nicht. Sie war zu sehr damit beschäftigt, den Schlafsack zusammenzudrücken. „Dieser Mr Abner", sagte sie. „Du hast nicht viel von ihm erzählt."

„Das kommt daher, dass ich keinen Unterricht bei ihm habe. Er ist nur unser Klubleiter. Er ist großartig. Wirklich. Du brauchst dir keine Sorgen zu machen, Mama."

„Aber warum gerade die Fear-Street-Insel?", fragte Mrs O'Connor. „Das ist so ein unheimlicher Ort."

„Genau deswegen", sagte Della, ging zum Spiegel und kämmte mit der Haarbürste ihr langes, glattes Haar. „Es soll aufregend sein, verstehst du?"

„Aber ausgerechnet diese Insel ... Man hört so scheußliche Geschichten." Ihre Mutter stellte ein paar Bücher in einem Regal richtig hin, dann schüttelte sie das Kissen auf Dellas Bett auf.

Die Fear-Street-Insel war eine kleine, unbewohnte, mit Kiefern bewachsene Insel in der Mitte des Sees hinter dem Fear-Street-Wald. Selbst wenn sie für Picknicks und Camping wie geschaffen war, trauten sich nur wenige Leute dorthin, weil so scheußliche Geschichten über die Insel erzählt wurden.

Zum Beispiel, dass seltsame Tiermutationen, scheußliche, gefährliche Kreaturen, die nirgendwo sonst existierten, den Wald durchstreiften. Oder dass die Insel von giftigen Schlangen verseucht sei. Und dann gab es das Gerücht, dass die Insel vor langer Zeit als indianischer Friedhof genutzt worden sei und dass Geister nachts durch den Wald wanderten, um Rache für ihr Schicksal zu nehmen.

Della glaubte eigentlich nicht an diese Geschichten. Sie war sich sicher, dass sie von Campern erfunden worden waren, um andere davon abzuhalten, auf die Insel zu kommen. Aber ganz bestimmt gaben sie einer Übernachtung dort einen Hauch von Abenteuer. Und das konnte auf keinen Fall schaden.

„So ein öder Naturpark ist doch langweilig“, sagte Della zu ihrer Mutter. „In einer gruseligen Umgebung ist Campen viel aufregender.“

„Nun, ich hoffe, es ist nicht zu aufregend“, erwiderte ihre Mutter, ging hinter ihr her und zog ihr Sweatshirt glatt. „Wenn irgendetwas Schlimmes passiert, rufst du mich sofort an, okay?“

Lachend wirbelte Della herum. „Dich anrufen? Womit denn? Ich sag dir was – ich werde Rauchsignale schicken, okay?“

„Das ist nicht lustig“, sagte Mrs O'Connor. Aber sie musste auch lachen.

Der Klang einer Hupe von der Straße beendete ihre Unterhaltung. „Das ist Pete“, sagte Della zu ihrer Mutter. Sie warf sich den Rucksack über die Schulter und griff nach dem blauen Schlafsack.

„Wer ist Pete?“, fragte ihre Mutter misstrauisch.

„Ein Junge aus dem Klub.“ Della beugte sich zu ihrer Mutter, küsste sie auf die Wangen und schleppte sich unter dem Gewicht des ausgebeulten Rucksacks aus der Tür.

Sie winkte Pete, der aus dem blauen Subaru-Kombi stieg, um ihr mit ihren Sachen zu helfen. Er trug Jeans und ein bunt kariertes Flanellhemd. „Hallo“, sagte er und riss die Hintertür auf. „Schöner Tag.“ Die Sonne stand hoch an einem kräftig blauen Himmel.

„Ja. Es ist so friedlich hier draußen.“

„Friedlich?“ Er sah verwirrt aus.

„Meine Mutter ist nicht hier und stellt tausend Fragen.“

Er lachte.

„Er hat einfach perfekte Zähne“, dachte sie. „Einfach zu perfekt.“

Dann rief sie sich zur Ordnung. Sie durfte ihm gegenüber nicht immer so kritisch sein. Er war eigentlich ein netter Junge. Schließlich hatte er ihr angeboten, sie zum Fear-Street-See mitzunehmen. Er konnte nichts dafür, dass seine Zähne zu gerade waren, dass seine Nase zu gerade und perfekt war, dass sein Haar zu ordentlich war und dass er sich besser als alle anderen kleidete.

Und er schien sie wirklich zu mögen. Vielleicht, dachte sie, als sie auf den Vordersitz neben ihn kletterte, sollte sie versuchen, ihn auch zu mögen.

Aber ihre Unterhaltung auf dem Weg zum See kam nur stockend in Gang. Pete erzählte ihr von einer Camptour, die er mit seiner Familie gemacht hatte, doch sie konnte sich nicht konzentrieren. Seine Stimme ging zum einen Ohr hinein und zum anderen wieder hinaus. Sie dachte an Gary. Daran, was sie ihm sagen würde, wie sie sich mit ihm versöhnen würde, wenn sie erst allein im Wald wären.

„Hast du?“, fragte Pete.

„Was?“ Ihr wurde klar, dass sie Pete überhaupt nicht mehr zugehört hatte.

„Hast du mit Gary Schluss gemacht?“ Er starrte geradeaus auf die Straße.

„Nun ja. Ich schätze. Ich meine nein. Ich weiß nicht.“

Pete lachte verlegen. „Soll ich das Thema wechseln?“

„Entschuldige“, sagte Della. Die Frage hatte sie total verwirrt. „Gary und ich … ich meine, wir haben nicht richtig Schluss gemacht.“

„Oh.“ Pete verbarg nicht seine Enttäuschung. „Die Nacht im Freien wird bestimmt lustig“, wechselte er das Thema. „Du hast doch keine Angst, die Nacht auf der Fear-Street-Insel zu verbringen, oder?“

„Nein. Ich glaube nicht.“

„Halt dich an mich. Ich werde dich beschützen“, sagte er mit übertrieben tiefer, männlicher Stimme.

„Beschützen vor was? Vor Rickys blöden Witzen?“

„Ich denke, er ist schon irgendwie komisch“, meinte Pete und bog in die Fear Street ein, hinunter in Richtung Wald. „Auf eine plumpe, seltsame Art.“

Das Auto holperte über die Straße, die an der Ecke des Fear-Street-Waldes endete, ungefähr fünfzig Meter vom Wasser entfernt. Pete hupte, als die anderen ins Blickfeld kamen. „Alle sind schon da“, sagte Della.

Sie konnte sehen, dass Gary und Ricky sich über etwas stritten. Maia saß am Wasser. Suki stand neben Gary. Pete hielt das Auto an und stellte den Motor ab. Neben den beiden Kanus, die Gary mitgebracht hatte, waren Rucksäcke und Schlafsäcke aufgetürmt.

Della winkte ihren Freunden zu und half Pete, ihre Sachen aus dem Kofferraum des Kombis zu holen.

„Der See sieht so schön aus heute“, sagte sie. Das Wasser war ganz still. Weiße Wolken spiegelten sich darin. Zwei Enten kreischten laut und bewegten ruckartig ihre Köpfe, als sie in der Nähe des Ufers vorbeischwammen. Die Insel war ein niedriger, grüner Hügel am Horizont.

„Okay. Wir sind alle da. Es kann losgehen“, sagte Gary und sah Della an. Er trug eine verblichene Denim-Jacke über einem roten T-Shirt. Sein blondes, welliges Haar funkelte in der Sonne wie Gold.

„Er sieht hinreißend aus“, dachte sie. Sie lächelte ihn warm an, und er lächelte zurück. „Gary, ich möchte …“, begann sie.

Aber Suki stellte sich schnell vor sie. „Ich hab noch nie ein Kanu gepaddelt. Zeigst du mir, wie das geht?“, fragte sie Gary mit kindlicher Stimme.

„Klar“, sagte er. „Setz dich einfach in die Mitte, und sieh zu. Wer in der Mitte sitzt, paddelt nicht.“

„Ich nehme dieses Kanu. Ihr könnt das da nehmen“, sagte Ricky. Er sprang in das linke, legte sich auf den Rücken und nahm das ganze Kanu ein.

„Sehr lustig, Schorr. Erinnere uns später daran zu lachen“, sagte Suki.

Della musste über Sukis Outfit lächeln. Es war nicht gerade campingmäßig. Ihre Jeans hatten silberne Nieten an den Hosenbeinen. Sie trug ein schwarzes T-Shirt mit einem kürzeren weißen Guns-N’-Roses-T-Shirt darüber. Wie üblich hatte sie vier verschiedene Ohrringe in jedem Ohr.

„Hallo, Della. Hier bin ich." Maia lief zu Della; obwohl sie lächelte, sah sie besorgt aus.

„Super", sagte Della. „Hattest du es schwer mit deinen Eltern?"

„Nein. Nicht wirklich", sagte Maia. „Sie wollten nur nicht fahren, als sie mich hier abgesetzt hatten. Sie wollten erst mit Mr Abner sprechen."

„Oh nein. Was hast du gemacht?"

„Schorr hat ein paar Witze gerissen, und sie haben sich entschlossen, lieber das Weite zu suchen", witzelte Suki.

„Lass mich in Ruhe", schrie Ricky aus dem Kanu. „He, wo ist in dem Ding das Gaspedal?"

„Nein, jetzt mal im Ernst, sie haben es sich anders überlegt", sagte Maia zu Della. „Aber ich weiß, dass sie herausfinden werden, was wir hier machen." Nervös ballte sie ihre Hände zu Fäusten.

„Sei nicht albern", sagte Della. „Wie sollen sie das herausfinden?"

Einige Minuten später paddelten sie, jeweils drei in einem Boot, über den stillen, blauen See zur Insel. „Das Wasser ist so klar heute, dass du die Fische sehen kannst", sagte Pete und lehnte sich über die Kanuwand.

Das Kanu neigte sich zur Seite. „Oh, Entschuldigung." Er setzte sich wieder gerade hin und paddelte weiter.

„Willst du schwimmen, Pete?", rief Ricky aus dem anderen Boot herüber. „Vergiss aber nicht die Schwimmflügel."

Niemand lachte. Seite an Seite glitten die beiden Kanus durch das Wasser. Pete und Della paddelten das eine Kanu mit Maia in der Mitte. Gary und Ricky hatten im anderen Kanu die Ruder übernommen. Suki saß praktisch auf Garys Schoß.

„Wird sie ihn wohl auch nur eine Sekunde aus den Augen lassen?“, fragte sich Della. Sie war entschlossen, so bald wie möglich mit Gary zu reden. Sie hatte die ganze Nacht wiederholt, was sie sagen wollte. Irgendwie wusste sie, dass er zu ihr zurückkommen würde, wenn sie erst mit ihm gesprochen, wenn sie ihn erst um Entschuldigung gebeten hatte. Suki konnte sich jemand anderen suchen. Das dürfte kein Problem für sie sein.

„Geduld, nur Geduld“, wiederholte Della still, während sie ruderte. Aber es war schwer zu warten. Warum musste man im Leben so oft warten? Selbst wenn man eigentlich Spaß haben sollte, verbrachte man den größten Teil davon mit Warten.

Der Schlag der Paddel auf dem Wasser war jetzt das einzige Geräusch. Della wurde es trotz der kalten Luft richtig warm. Ruhig bewegte sie ihr Paddel im Rhythmus mit Petes. Die Insel wurde größer, je näher sie heranglitten. Vor einer Reihe von Kiefern konnte Della einen steinigen Strand erkennen. Noch ein paar Minuten …

„Whooa!“ Sie hörte Ricky aufschreien, blickte auf und sah ihn in dem anderen Kanu stehen. Seine Augen waren weit aufgerissen, und er hielt sich die Hand vor den Mund. Das Boot neigte sich von einer Seite zur anderen.

„Setz dich hin!“, schrie Gary ihm zu.

„Mir ist so schlecht. Ich werde seekrank!“, rief Ricky

und versuchte, sich auf den Beinen zu halten, während das Kanu gewaltig schaukelte.

„Sei kein Idiot! Du bringst uns zum Kentern!“, schrie Suki.

Mit der einen Hand hielt Ricky sein Paddel hoch, mit der anderen hielt er sich den Mund zu. „Oh Gott! Ich glaub, ich muss kotzen!“

„Dann tu das gefälligst im Sitzen!“, schrie Gary.

„Okay. Super Idee.“ Ricky ließ sich auf seinen Platz zurückplumpsen. Er grinste Gary und Suki an. Natürlich hatte er alles nur gespielt.

„Das ist nicht lustig, Schorr“, sagte Gary und schüttelte den Kopf.

„Du solltest deinen Namen ändern“, meinte Suki, die immer noch mitgenommen aussah. „In: Das-ist-nicht-lustig-Schorr.“

„Kommt schon“, sagte Ricky und nahm das Paddeln wieder auf. „Ihr habt doch was zu lachen gehabt, oder? Habt ihr?“

Keiner antwortete ihm.

Die Kanus hüpften auf und nieder, als die Strömung in der Nähe des Inselufers stärker wurde. Della genoss die Bootsfahrt, das Gefühl des Paddels in ihren Händen, mit dem sie mit jedem Schlag das Kanu vorwärtstrieb, den kalten Wind auf ihrem Gesicht, das Spritzen und Wogen des bewegten Wassers.

Ein paar Minuten später zogen sie die Kanus den Strand hinauf. „Ich wäre gern noch weitergefahren“, sagte sie zu niemand Besonderem. „Es war so schön auf dem Wasser.“

„Auf dem Festland ist es bedeutend schöner“, sagte Suki. Sie ließ das Kanu los, um ihre Hände zu untersuchen. Sie hatte sich einen ihrer purpurnen, künstlichen Fingernägel abgebrochen. „Was soll ich jetzt machen? Ich habe keinen Ersatz dabei“, murrte sie.

„Was nicht tötet, härtet ab“, witzelte Ricky. Suki streckte ihm die Zunge heraus und folgte den anderen, die die Kanus über den kleinen Streifen Kieselsteine bis zu den Bäumen zogen.

„Hier müssten wir sie lassen können“, sagte Gary und ließ am Fuß einer großen Kiefer den Bug seines Kanus los.

„Ist schon Essenszeit?“, fragte Ricky. „Können wir eine Pizza oder sonst was bestellen?“

„Gute Idee. Warum holst du keine?“, fragte Suki und warf ihren abgebrochenen Fingernagel in den Sand. „Wir warten hier auf dich.“

Ricky sah verletzt aus.

„Ich liebe Lagerfeuer und über dem Feuer gebratene Würstchen“, sagte Maia, die jetzt etwas entspannter aussah.

„He – es ist immer noch Vormittag. Habt ihr das vergessen?“, erinnerte sie Gary. „Wir haben noch eine Menge zu tun, bevor Zeit fürs Lagerfeuer ist. Los. Nehmt euren Kram. Wir müssen einen guten Zeltplatz finden.“

„Aye, aye, Boss“, sagte Ricky und salutierte. Pete half Della mit ihrem Rucksack und gab ihr ihren Schlafsack. Sie bedankte sich bei ihm und beeilte sich, um neben Maia gehen zu können. Pete war wirklich zu süß. Aber sie wollte ihn auf keinen Fall ermutigen.

Eine Weile wanderten sie am Strand entlang, immer in der Nähe der Bäume. Die Sonne stand jetzt höher am Himmel, und es wurde richtig warm. Della blickte auf, um zu sehen, woher das laute, unharmonische Kreischen kam, das sie hörte. Zwei blaue Eichelhäher auf einem niedrigen Baumast schienen sich zu streiten. „Sieh mal, wie groß die sind!“, sagte sie zu Maia und zeigte auf die Vögel.

„Blaue Eichelhäher sind furchtbar laute Vögel“, sagte Maia missbilligend. „Sie sind so gar nicht wie Drosseln. Drosseln sind süß.“

„Willkommen zur Naturstudie Nr. 101“, unterbrach Ricky sie.

„He, Ricky“, schimpfte Della. „Warum bist du mitgekommen, wenn du die Natur nicht magst?“

„Um bei euch zu sein, Babys“, sagte Ricky und warf ihr ein böses Grinsen zu. „Ihr wisst doch, ich habe einen Riesenschlafsack mit. Groß genug für mich – und noch jemanden.“

„Was für eine unwiderstehliche Einladung!“ Della schnitt eine Grimasse und ging schneller. Ein Weg führte in den Wald, und sie folgten ihm. Sie gingen durch dichtes Gehölz und Gestrüpp, bis sie nach einer Weile zu einer kreisrunden Lichtung mit hohem Gras und Unkraut kamen.

„Scheint doch ideal zum Zelten zu sein“, sagte Gary und warf das Zelt, das er über der Schulter getragen hatte, auf den Boden. „Lasst uns hierbleiben.“

Dankbar nahmen alle ihre Rucksäcke ab und ließen sie auf den Boden plumpsen. Zwei Zelte mussten aufgeschlagen werden, eins für die Jungen und eins für die Mädchen.

„Nein. Dreh sie so rum“, gab Pete Anweisung, nachdem sie begonnen hatten, die Zeltleinwand über die Stangen auszubreiten, die sie zusammengesteckt hatten. „Der Wind kommt gewöhnlich von Norden. Deshalb sollten die Rückwände der Zelte nach Norden gehen.“

„Sehr eindrucksvoll, Pete“, sagte Gary, halb im Spaß, halb ernst. Er sah zur Sonne hinauf, die direkt über ihnen stand. „Und woher wissen wir, wo Norden ist?“

„Da“, sagte Pete und zeigte in eine Richtung. „Ich habe einen Kompass an meiner Uhr.“ Er hob sein Handgelenk hoch, an dem eine dieser Uhren mit einem Dutzend unterschiedlicher Funktionen war.

„Glaubst du, die Ureinwohner hatten auch solche?“, fragte Ricky.

Wieder ignorierten ihn alle. Sie arbeiteten daran, die Zelte umzudrehen und sie mit Heringen am Boden zu befestigen. Dann schwärmten sie in verschiedene Richtungen aus, um genug Brennholz für die Nacht zu suchen.

Pete folgte Della, doch auch dieses Mal beeilte sie sich, um Maia einzuholen. „Es ist hier so einsam. Irgendwie ist das gruselig“, meinte Maia und stieg vorsichtig über eine tiefe Pfütze.

„Aber es macht Spaß“, erwiderte Della. Ihr wurde bewusst, dass sie aufgeregt war, auch wenn sie nicht sicher war, weshalb. Vielleicht weil sie allein waren, ohne Erwachsene in ihrer Nähe. Alles konnte passieren. Alles. Nur sie sechs, die ganze Nacht allein im Wald. Es könnte so romantisch werden …

Sie entfernte sich von Maia und ging in die Richtung, in die Gary im Wald verschwunden war. „Das ist meine Chance, mit ihm zu reden“, dachte sie. Ihr Herz klopfte laut im Hals. Ihr Mund fühlte sich trocken an. Sie hatte nicht gedacht, dass sie so nervös sein würde.

„Gary muss mir mehr bedeuten, als ich mir selbst eingestanden habe“, dachte sie weiter. Schnell lief sie über die trockenen, braunen Blätter und die herabgefallenen Zweige und hielt durch Birken und Kiefern nach ihm Ausschau.

Es roch so süß und frisch im Wald. Sie konnte nicht abwarten, mit Gary zu reden, wieder mit ihm zusammen zu sein, seine Arme um sich zu spüren. Wie hatte sie nur so dumm sein können, derartig in Wut zu geraten? Sie konnte sich schon nicht mehr daran erinnern, worüber sie gestritten hatten.

Ein Eichhörnchen stoppte seinen Weg einen Baumstamm hinunter. Es starrte sie an, als sie vorbeihastete, dann hüpfte es über die Blätter zum nächsten Baum.

„Gary, ich möchte mich entschuldigen.“ Das würden ihre ersten Worte sein. Keine fantasievolle Einleitung. Keine Rechtfertigungen oder Erklärungen. Sie würde sich einfach nur entschuldigen und es möglichst schnell hinter sich bringen.

Sie blieb stehen. Da war er. Sie konnte ihn durch eine Baumlücke sehen. Sie unterdrückte einen Schrei.

Er lehnte gegen einen dicken Baumstamm. Suki presste sich an ihn. Sie standen eng umschlungen. Sie hatten die Augen geschlossen. Und der Kuss schien eine halbe Ewigkeit zu dauern.

3

Es war später Nachmittag, als Ricky seinen Rucksack öffnete und eine Pistole herauszog.

„Los, Leute – jeder nimmt eine." Er holte fünf weitere Pistolen heraus, eine nach der anderen.

„Super! Das machen wir!", schrie Pete begeistert.

„Okay!", Gary war genauso begeistert. Er griff nach einer von Rickys Pistolen und tat so, als würde er auf Pete schießen. Pete ließ sich theatralisch zu Boden fallen.

Die Mädchen stöhnten einstimmig.

„Nicht noch ein Farbenkrieg", seufzte Della.

„Ich hasse diese Kriegsspiele", beklagte sich Suki. „Dabei geht es doch nur darum, den anderen … in die Irre zu führen."

„Was für eine hochgestochene Ausdrucksweise für sie", dachte Della bitter. In den Stunden, seit sie Gary und Suki im Wald gesehen hatte, hatte sich ihre Verletztheit in Wut verwandelt.

„Ich hab das noch nie gespielt", sagte Maia. „Werden Mannschaften gebildet, oder spielt jeder für sich allein?"

„Wir spielen in Mannschaften", sagte Ricky und zog die Farbe für die Farbpistolen heraus.

„Ich mach nicht mit", sagte Suki.

„Komm schon, Suki. Das macht Spaß", bettelte Gary.

„Ein paar von uns haben sich vor einigen Wochen einen Farbenkrieg im Shadyside Park geliefert. Am Ende waren wir alle total eingefärbt. Es war echt lustig."

„Klingt nach einer richtigen Lachorgie", sagte Suki sarkastisch.

„Okay. Ich mach mit", verkündete Della plötzlich. Wenn Suki dagegen war, würde sie dafür sein! Sollte Gary sehen, wer die bessere Verliererin war.

„Ich auch, denke ich", sagte Maia und sah zu Della hinüber.

„Super!", schrie Gary. „Los komm, Suki." Er legte ihr eine Hand auf die Schulter. „Du bist die Einzige, die nicht mitmachen will."

„Ich hab dir doch gesagt, dass ich Kriegsspiele nicht mag", beharrte Suki und zog sich von Gary zurück.

„Das ist kein Krieg. Betrachte es einfach als Spiel – mit Schießen", schlug Ricky vor.

Suki starrte ihn an und stieß ihm ihren Finger in den dicken Bauch. „Werde ich die Chance haben, mit Farbe auf dich zu schießen, Schorr?"

„Klar. Vermutlich", sagte Ricky. „Oh. Mach das noch mal. Ich liebe das."

„Halt die Klappe!", sagte Suki, ballte eine Faust und drohte Ricky spielerisch damit. „Okay, du hast gewonnen. Ich mach mit. Aber nur, weil ich dich massakrieren werde, Schorr."

„Mädchen gegen Jungen", schlug Pete vor.

„Gute Idee", stimmte Gary schnell zu.

Della war enttäuscht. Sie hatte sich vorgestellt, in Garys Mannschaft zu sein. Und bestimmt nicht in Sukis.

Geschäftig lud Ricky die Pistolen mit Farbe, Gelb für die Mädchen, Rot für die Jungen. „Denkt daran, zweimal getroffen und du bist gefangen. Dreimal getroffen und du bist tot“, sagte er ernst.

„Ich hätte wissen müssen, dass du die mitbringst“, sagte Pete und drehte seine geladene Pistole in der Hand. „Dein Rucksack war viel dicker als unsere.“

„Ich nehm sie überallhin mit“, sagte Ricky. „Ich hab sie für die Geburtstagsparty meines Cousins gekauft!“

„Wie lange wollen wir spielen?“, fragte Maia und sah auf ihre Uhr. „Wenn's dunkel wird, hören wir doch auf, oder?“

„Bis dahin haben wir sie eingefärbt“, sagte Suki und nahm ihre geladene Pistole von Ricky in Empfang. Sie spritzte eine Ladung gelber Farbe in die Luft. Ricky starrte sie an. „Ich probiere nur“, sagte sie.

„Zehn Minuten wird nicht geschossen“, sagte Ricky. „Das lässt uns genug Zeit, uns zu verteilen und unsere Positionen einzunehmen.“

Das Spiel schien die einzige Gelegenheit zu sein, bei der Ricky ernst war. Della stellte fest, dass sie ihn besser leiden konnte, wenn er keine furchtbaren Witze riss und nicht verzweifelt versuchte, komisch zu sein. Unglücklicherweise wusste Della von Gary, dass Ricky nicht so gut in dem Spiel war. Er gab ein zu großes Ziel ab und wurde ständig getroffen.

Ein Schatten fiel über den Zeltplatz. Della sah zum Himmel. Ein paar dicke graue Wolken störten das klare Blau. Die Luft wurde plötzlich kälter.

Die Jungen verließen als Erste die Lichtung und zogen

nach Süden. Die Mädchen beschlossen, ein paar Minuten zu warten und dann Richtung Westen zu gehen. Sie würden sich aufteilen und die Jungen einkreisen. Nachdem Ricky, Gary und Pete lachend und witzelnd abgezogen waren, streifte Suki sich ein olivgrünes Sweatshirt über; sie sagte, dass sie das für eine effektivere Tarnung halte.

„Wow, noch ein starkes Wort. Zwei an einem Tag“, dachte Della. Sie hatte Suki noch nie gemocht. Obwohl sie sich nie groß Gedanken über sie gemacht hatte. Sie waren nicht mit den gleichen Cliquen zusammen. Doch jetzt hatte Della viele Gründe, über Suki nachzudenken, und ebenso viele Gründe, sie nicht zu mögen.

Oder war sie unfair? Schließlich hatte sie mit Gary Schluss gemacht. Irgendwie.

„Los. Gehen wir“, sagte Maia. In ihrer kleinen Hand sah die Pistole groß und fehl am Platz aus.

Gemeinsam gingen sie in den Wald.

„Irgendwie ist das sexy“, sagte Suki.

„Häh? Sexy?“ Della verstand nicht.

„Ja. Du weißt schon. Jagen und gejagt werden.“

„Oh.“

„Ja, aufregend“, sagte Suki und stieg vorsichtig über einen heruntergefallenen Ast.

Ein Windstoß ließ die grünen Blätter an den Bäumen wispern und beben. Eine große Wolke schob sich über die Sonne, und plötzlich wurde der Wald dunkel.

„Lässt sich die Farbe eigentlich wieder rauswaschen?“, fragte Maia. Ihr Mut war nur von kurzer Dauer gewesen. Sie klang wieder furchtbar besorgt.

„Ja, natürlich“, sagte Della scharf. „Ricky hat uns gesagt, dass sie sich rauswaschen lässt. Sie wird wieder weggehen.“

Maia sah sie mit großen Augen an. Della rief sich zur Ordnung. Schließlich hatte sie sich über Suki geärgert. Sie konnte ihre Wut nicht an Maia auslassen.

„Trennen wir uns, und schwärmen wir aus“, sagte Suki und fuchtelte mit der großen grauen Pistole herum.

„Okay“, stimmte Della schnell zu. Ihr wurde klar, dass sie sich darauf freute, allein zu sein, weg von allen.

„Wie finde ich euch, wenn ich mich verlaufe?“, fragte Maia und zerrte am Ärmel ihres Sweatshirts.

„Geh von der Sonne weg. Nach Osten. Dann kommst du zurück zum Zeltplatz“, riet ihr Della.

Maia sah zur Sonne hoch, wie um sich zu vergewissern, dass sie noch da war. „Okay. Bis später.“ Sie drehte sich um und entfernte sich langsam durch die Bäume, die Pistole in der ausgestreckten Hand.

„Hör auf Schritte“, rief Della hinter ihr her. „Niemand wird hinter dir auftauchen können, ohne dass du vorher laute Schritte hörst.“

„Danke!“, rief Maia zurück.

„Sie ist noch ein richtig kleines Mädchen“, sagte Suki ruhig.

Es klang eigentlich gar nicht verächtlich, aber Della gefiel der Gedanke nicht, dass Suki ihre Freundin kritisierte. „Sie ist okay“, erwiderte sie scharf.

„Du, Della, Gary ist wirklich nett“, kam es plötzlich von Suki.

Della war sich nicht sicher, ob sie richtig gehört hatte.

Suki starrte ihr in die Augen, als wartete sie gespannt auf eine Reaktion. Della zwang sich, sich nichts anmerken zu lassen. So leicht würde sie Suki nicht ihre Gefühle zeigen.

„Du hast mit ihm Schluss gemacht, richtig?", fragte Suki.

Doch bevor Della antworten konnte – und was sollte sie auch antworten? –, steuerte Suki auf den Wald zu, stieß große Dornenranken zur Seite, um sich den Weg frei zu bahnen; ihre hohen weißen Reebok-Turnschuhe zermalmten die toten Blätter unter ihren Füßen.

Della lehnte sich gegen einen glatten weißen Baumstamm und beobachtete Suki, bis sie im Wald verschwunden war. Was wollte sie eigentlich? Versuchte sie, sich zu entschuldigen, dass sie sich so schnell an Gary herangemacht hatte? Sagte Suki ihr den Kampf an? Versuchte sie, freundlich zu sein? Machte sie sich lustig über sie?

Della ging ungefähr in die Richtung, die die anderen beiden Mädchen eingeschlagen hatten. In ihrem Kopf drehte sich alles. Sie versuchte herauszubekommen, was Suki mit ihren überraschenden, beiläufigen Bemerkungen beabsichtigt hatte. Sie achtete nicht wirklich darauf, wohin sie ging. Die große Plastikpistole in ihrer Hand hatte sie total vergessen, die Pistole, die sie bereithalten sollte, falls sie auf einen der Jungen stieß.

Das Knacken von Schritten brachte sie in die Realität zurück. Sie wirbelte herum und duckte sich, als ein Strahl roter Farbe über ihren Kopf schoss. Sofort ließ sie sich auf die Knie fallen, hob ihre Pistole und feuerte, ohne zu zielen.

„He!“, hörte sie Ricky schreien.

Sie spähte durch das hohe Unkraut hindurch und sah ihn an einem Fleck gelber Farbe auf seinem Sweatshirt reiben.

„Volltreffer!“, brüllte sie lachend. Gebückt lief sie blitzschnell nach links und duckte sich hinter einen breiten Baumstamm.

„Na warte!“, rief Ricky und rannte mit Höchstgeschwindigkeit auf sie zu. Er feuerte und jagte eine Ladung roter Farbe in die Luft. Bevor sie den Baum erreicht hatte, platschte sie auf den Boden.

Della feuerte zurück, einmal, zweimal, aber sie verfehlte beide Male ihr Ziel. Dann lief sie los und rannte einen schmalen Pfad zwischen Tannen und Kiefern entlang.

Sie drehte sich noch rechtzeitig genug um, dass sie sehen konnte, wie Ricky mit einem großen gelben Farbklecks vorne auf seinem schwarzen T-Shirt über einen niedrigen Baumstumpf stolperte und kopfüber in den Dreck fiel. Seine Pistole fiel ihm aus der Hand und knallte auf den Boden.

Mit einem triumphierenden Lächeln im Gesicht bog Della von dem Pfad ab und rannte weiter. Sie stieß Äste und Dornensträucher aus dem Weg, lief, so schnell sie konnte. Das machte Spaß, fand sie. Jetzt würde Ricky sie niemals finden.

Plötzlich wurden die Wolken dicker und verdeckten die Sonne, sodass es in dem dichten Wald fast so dunkel war wie in der Nacht. Krächzende Vögel zogen ihre Kreise und ließen sich dann auf hohen Ästen nieder. Der Wind wirbelte verstaubte und trockene Blätter um ihre Turnschuhe.

Sie fröstelte, und ihr wurde klar, dass sie sich nicht gemerkt hatte, in welche Richtung sie gelaufen war.

„Wo bin ich?"

Sie sah nach der Sonne, um ihren Standort zu bestimmen, aber die schwarzen Wolken verdunkelten sie nahezu ganz. „Ein super Rat, den ich Maia gegeben habe, die Sonne zu beobachten", sagte sie sich. Wahrscheinlich hatte die arme Maia sich auch verirrt.

„Hallo – Maia!", rief sie laut. Es war ihr egal, ob die Jungen sie hörten oder nicht.

Keine Antwort.

„Maia! Suki! Hört ihr mich?"

Keine Antwort.

Plötzlich wurden die Vögel still. Es war unheimlich, dachte Della, so, als hätte jemand ihren Gesang abgeschaltet, wie man einen Fernseher abstellt.

Die Stille war seltsam, unnatürlich.

„Fang jetzt nicht an, krankhaft zu reagieren!", schalt sie sich selbst.

Der Wind drehte. Irgendwo hinter ihr knackte ein Ast. Della machte einen Satz, als er mit einem lauten Krachen auf den Boden aufschlug. Sie wirbelte herum, weil sie dachte, dass jemand hinter ihr wäre.

„Maia? Suki?"

Wo waren sie?

Sie drehte sich um und machte sich auf den Weg zurück zum Zeltplatz. Sie war nicht sicher, ob es die richtige Richtung war, aber normalerweise hatte sie einen ziemlich guten Orientierungssinn. Allerdings war sie noch nie zuvor allein mitten im Wald gewesen.

Etwas Gutes hatte es, auf einer Insel zu sein. Der Wald würde nicht endlos weitergehen. Wenn sie geradeaus ging, müsste sie schließlich herauskommen. Sie ging doch geradeaus? Sie wusste es nicht.

Das Gelände stieg an und fiel wieder ab. Della wurde bewusst, dass sie hier vorher nicht gewesen war. Dickes Moos wuchs an einer Seite eines umgekippten alten Baums. Moos. Moos auf einem Baum. Es wuchs nur an der einen Seite des Baums, erinnerte sie sich. Aber an welcher? Sie starrte das Moos an. An der Nordseite? Der Ostseite? Sie konnte sich nicht erinnern.

„Maia? Suki? Ist da jemand?“

Da war jemand.

Ein knackendes Geräusch. Hinter ihr? Schritte?

Sie schaute sich um. Niemand war da.

Sie drehte sich wieder um und ging an dem bemoosten Baum vorbei. Das Gelände war jetzt hügelig, die Hänge wurden steiler, während sie weiterging.

Noch ein Knacken. Und noch eins.

Ganz bestimmt folgte ihr jemand. Diesmal drehte sie sich nicht um. Wahrscheinlich war es einer der Jungen, der einen Überraschungsangriff plante. Obwohl man bei dem Krach nicht mehr von Überraschung reden konnte.

Was sollte sie tun?

„Zähl bis zehn, wirbele herum und feuere“, plante sie im Stillen.

Della ging weiter, durch große Farne, die sich in dem starken Wind bis zum Boden neigten.

Drei … vier … fünf …

Die Schritte hinter ihr wurden lauter. Wer immer es war, er kam näher.

Acht … neun … zehn!

Sie wirbelte herum, fiel auf die Knie und zog den Abzug.

Ein Strahl glänzender, gelber Farbe zischte durch die Luft, bespritzte Blätter und Baumstämme und tropfte auf den dunklen Boden.

Ein Eichhörnchen drehte sich um und sauste davon. Es machte beim Rennen über die Blätter laute, knackende Geräusche.

Ein Eichhörnchen. Es war nur ein Eichhörnchen.

Sie lachte laut und schoss eine weitere Ladung Farbe in die Luft.

Sie war von einem Eichhörnchen verfolgt worden. Und sie hatte darauf geschossen.

Na klasse!

Schätze, ich habe ihm gezeigt, dass es nichts bringt, sich mit Della O'Connor anzulegen.

Sie feuerte noch einmal auf einen Baumstamm und verfehlte ihn um fast dreißig Zentimeter.

Jetzt war es nahezu dunkel, aber sie fühlte sich irgendwie erleichtert. Das Eichhörnchen hatte sie aufgeheitert. Sie hatte keine Angst mehr. Es war dumm, Angst zu haben.

Wovor auch?

Langsam lief sie einen steilen Hang hinunter und kam

dann durch ebenes Gelände, dessen Boden dick mit wohlriechenden Kiefernnadeln und getrockneten Kiefernzapfen bedeckt war.

Plötzlich trat nur einige Schritte vor ihr jemand hinter einem Baum hervor.

„Pete? Gary?"

Sie blieb abrupt stehen.

Es war keiner ihrer Freunde. Es war ein Mann, den sie noch nie gesehen hatte. Und er bewegte sich sehr schnell auf sie zu.

4

Er blieb einige Schritte vor ihr stehen, die Hände in den Taschen seiner braunen Fliegerjacke. Sein Haar war sandfarben und sehr kurz geschnitten. Er lächelte sie an. „Er hat ein schönes Lächeln“, dachte sie. In der Tat sah er sehr gut aus – wie ein Filmstar.

Della wurde bewusst, dass sie den Atem anhielt. Schnell atmete sie aus. Ihr Herz pochte. „Hallo“, sagte sie schwach. „Sie haben mich erschreckt. Ich habe nicht ...“

Sein Lächeln verschwand nicht. Seine dunklen Augen musterten sie von oben bis unten. „Entschuldigung. Du hast mich auch erschreckt.“ Seine Stimme war sanft, angenehm. Sie schätzte ihn auf zwanzig oder einundzwanzig.

„Ich habe nicht erwartet ...“

„Ich auch nicht“, sagte er und zuckte mit den Achseln, die Hände immer noch in den Taschen.

„Was machen Sie hier?“, platzte sie heraus. Dann fügte sie schnell hinzu: „Ich habe nach meinen Freunden gesucht. Ich glaube, ich habe mich verirrt. Ich meine ...“ Warum erzählte sie ihm das?

„Verirrt?“ Das schien ihn zu amüsieren. Sein Lächeln wurde breiter und enthüllte gerade, weiße Zähne. Er nahm eine Hand aus der Tasche und fuhr sich damit durch das kurze Haar.

„Haben Sie sich auch verirrt?“, fragte sie.

Er lachte leise vor sich hin. „Nein, ich denke nicht.“

„Oh.“ Aber warum war er dann hier allein mitten auf der Fear-Street-Insel?

„Du bist aus Shadyside?“, fragte er.

„Ja. Wir übernachten hier. Wir campen.“

„Ach ja?“ Er lachte.

„Er ist der attraktivste Typ, den ich je gesehen habe“, dachte Della. „Allein diese Grübchen, wenn er lacht. Er könnte wirklich ein Model oder so was sein.“

„Campen Sie auch?“, fragte sie laut.

„In gewisser Weise.“

Ganz offensichtlich spielte er ein Spiel mit ihr. „Beantworten Sie gern Fragen?“, fragte sie neckend.

„Klar. Frag mich was. Willst du meine Sozialversicherungsnummer wissen?“ Seine Augen wurden groß, als er sie herausforderte.

„Nein. Ich habe nur …“

„Willst du mein Gewicht wissen? Meine Schuhgröße? Den Mädchennamen meiner Mutter?“ Er sprach schnell, aufgeregt. Sie konnte nicht sagen, ob er Witze machte oder nicht.

„Ja, ich denke, das wäre interessant“, sagte sie.

Er lachte. Ein warmes, beruhigendes Lachen. Sie fühlte sich von ihm angezogen durch dieses Lachen, durch seine dunklen Augen, durch sein gutes Aussehen.

„Also, warum sind Sie hier mitten im Wald auf der Fear-Street-Insel?“, fragte sie und lehnte sich gegen einen schmalen Baumstamm.

„Ich bin zurückgekommen, verstehst du“, begann er.

„Zurück vom College?“

„Ja. Richtig. Zurück vom College. Ich gehe auf die Boston University. Oben in Boston.“ Er trat nach einer dicken, aus der Erde ragenden Wurzel.

„Aber das Semester ist doch noch lange nicht zu Ende“, sagte sie.

„Nun ... ja. Ist es auch nicht. Ich bin hier für ein Projekt. Verstehst du. Über Bäume.“ Er tätschelte den Stamm des Baums, neben dem er stand. „Auf der Insel gibt es viele Bäume, die man studieren kann. Ich schreibe eine Arbeit über Baumfortpflanzung.“

„Fortpflanzung?“

Er grinste. „Ja. Du weißt doch sicher, was das ist, stimmt's?“

Sie lachten beide. „Das klingt sehr ... interessant“, sagte sie und sah ihm in die Augen. Was tat sie hier überhaupt, schoss es ihr plötzlich durch den Sinn. Sie flirtete mit einem Wildfremden! Sie wusste rein gar nichts über ihn. Nicht einmal seinen Namen.

„Ich heiße Della“, stellte sie sich vor.

„Della. Das ist lustig. So heiße ich auch!“

„Oh, seien Sie mal ernst ...“

„Nein. Das stimmt.“ Er hob eine Hand, als wollte er schwören, dass er die Wahrheit sagte. Dann machte er ein paar Schritte auf sie zu. Jetzt stand er genau vor ihr.

„Ihre Jacke gefällt mir“, sagte Della. Sie streckte die Hand aus und berührte den Ärmel. „Ist das echtes Vinyl?“

Er lachte. „Du bist sehr lustig.“ Seine Augen blickten in ihre, als suche er etwas darin. „Sinn für Humor ist wichtig, meinst du nicht auch? Ich finde das jedenfalls. Manche Menschen haben keinen Sinn für Humor. Wie soll man mit denen zurechtkommen? Verstehst du? Manchmal ist Humor die einzige Möglichkeit, jemanden zu erreichen. Kannst du mir folgen?"

„Nein", sagte sie lachend.

Er lachte nicht mit. Er biss sich auf die Unterlippe. Sein Gesicht war plötzlich ernst. Er sah an ihr hinunter. Zum ersten Mal bemerkte sie, wie groß er war, ungefähr dreißig Zentimeter größer als sie.

„Ich spreche über Kommunikation", sagte er, indem er das letzte Wort herausschrie. „Ich spreche davon, zu Leuten durchzukommen, wenn sie einen nicht verstehen wollen. Weißt du, was ich meine?"

„Ja. Ich denke schon." Plötzlich bekam Della Angst. Was sollte dieses lächerliche Gerede über Kommunikation? Sie wurde nicht schlau aus ihm.

Della trat einen Schritt zurück. „Dann mögen Sie also Bäume, ja?", wechselte sie das Thema.

„Bäume?" Einen Moment sah er verunsichert aus. „Oh, ja. Sicher. Und dein Haar."

„Es ist ganz zerzaust vom Wind." Della grinste verlegen.

„Es sieht gut so aus." Er sah in den Himmel. „Ziemlich bewölkt. Hoffentlich regnet es nicht." Er war wieder ruhig.

„Ja", Della fühlte sich immer unwohler.

Er kam näher und berührte den Ärmel ihres Sweatshirts. „Ein schönes Sweatshirt", sagte er.

„Eigentlich ist es uralt." Sie konnte seinen Atem in ihrem Nacken spüren. Sie trat zurück, aber er ließ ihren Ärmel nicht los. „Ich denke, ich sollte zurückgehen."

„Zurück?"

„Zurück zu meinen Freunden. Sie wundern sich wahrscheinlich schon, wo ich bin."

„Und wo bist du?", fragte er. Es klang nicht richtig wie ein Scherz. Etwas Unangenehmes lag in der Art, wie er es sagte, etwas Beängstigendes.

„Meine Freunde. Ich muss zum Zeltplatz zurück."

„Schickt dieses Mädchen zum Zeltplatz", sagte er, ohne zu lächeln, und starrte ihr in die Augen.

Zum ersten Mal fiel ihr auf, dass er schwitzte.

„Wie verrückt", dachte sie. „Es ist zu kalt, um derartig zu schwitzen. Seine Lederjacke kann nicht so warm sein!"

„Schön, Sie getroffen zu haben, Della", sagte sie in dem Versuch, locker zu klingen. Doch sie wollte nur noch eins. Bloß weg hier, weg von ihm.

Er sagte nichts. Er stand da und starrte sie an, ausdruckslos. Er schien angestrengt nachzudenken, sich auf etwas zu konzentrieren. „Sind die aus echtem Gold?", fragte er und zeigte auf einen ihrer Ohrringe.

„Ich weiß nicht", sagte sie und wich zurück.

Plötzlich griff er nach ihrem Haar, hielt es fest und zog ihren Kopf nach hinten.

„He!", schrie sie. „Was tun Sie da?"

„Ich denke, sie sind es", sagte er. „Massives Gold. Du bist eine richtige Prinzessin, stimmt's?"

„Nein. Lassen Sie mich los!" Sie versuchte, die Panik zu unterdrücken, aber es gelang ihr nicht.

Er lockerte seinen Griff.

„Kommen Sie – lassen Sie mich gehen. Ich meine es ernst."

„Ich auch", sagte er mit leiser, drohender Stimme.

Mit einer Hand zog er immer noch an ihrem Haar, während er mit der anderen nach ihrem Arm griff und sie an sich zog. Sie konnte das Leder seiner Jacke riechen, den mit Schweiß vermischten Geruch.

„He – stopp!", bettelte sie. „Sie tun mir weh!"

„Entschuldigung, Prinzessin." Er griff fester zu.

Sie versuchte, sich zu befreien, aber er war zu stark. Er zog sie einen Hügel mit viel Gestrüpp hinauf. Von oben sah sie in eine tiefe Schlucht hinunter.

„Was wollen Sie?", schrie sie. „Was wollen Sie mit mir machen?"

5

Er öffnete den Reißverschluss seiner Jacke, während er sie weiter am Arm festhielt. Es war eins der lautesten Geräusche, die Della je gehört hatte. Und eines der furchtbarsten.

„Pete! Gary!", schrie sie.

Er lachte leise. „Niemand kann dich hören", flüsterte er. Er stieß sie näher zum Rand der Schlucht.

„Nein, warten Sie", bettelte sie.

„Was bringt das schon, das Warten?", sagte er. Seine Stimme war weich, ruhig, zu ruhig. „Ich habe auch hier gewartet. Sehr lange. Ich habe auf vieles gewartet. Schließlich habe ich mich entschlossen, mir etwas zu nehmen. Etwas für mich. Weißt du, was ich meine?" Er sprach wieder sehr schnell, irre, mit wilden Augen. Sein Gesicht war jetzt sehr nahe an ihrem.

„Lassen Sie mich los", sagte sie und zwang sich dazu, nicht zu schreien. „Ich renne nicht weg. Das verspreche ich."

„Ich frage nicht viel. Aber ich will etwas", fuhr er fort, ohne auf ihre Bitte zu reagieren. „Das habe ich dem Alten gesagt. Aber er wollte nicht hören. Ich konnte nicht mit ihm kommunizieren, du verstehst. Wir haben darüber gesprochen. Kommunikation. Ich habe eine Möglichkeit gefunden, mit ihm zu kommunizieren, okay. Ich habe eine Möglichkeit gefunden. Aber sie hat ihm nichts genützt. Ich meine, du lernst nichts, wenn du tot bist. Weißt du, woher ich komme?"

„Uh … ja. Bitte lassen Sie mich los."

„Du weißt nicht, wovon ich rede, stimmt's? Gut, vielleicht willst du das auch gar nicht wissen. Du stellst dich dümmer, als du bist, okay? Du magst mich. Das weiß ich. Ich denke, ich kann mit dir kommunizieren. Ja?"

„Ja. Nein. Sie tun mir weh!"

Schwer atmend lockerte er seinen Griff ein bisschen. Im Zurückweichen sah Della die Kette um seinen Hals, drei silberne Schädel hingen daran. „Oh Gott!", keuchte sie. Sie waren so hässlich, sahen so überaus echt, so böse aus.

Er starrte ihr in die Augen. Es war, als ob er versuchte, ihre Gedanken zu lesen.

„Was wollen Sie?", fragte sie.

Er antwortete nicht. Er blinzelte nicht. Sein Schweigen war unheimlicher als sein irres Reden.

Plötzlich erinnerte sie sich an die Farbpistole. Sie hatte sie in ihre hintere Jeanstasche gesteckt. Jetzt griff sie danach. Zuerst fühlte sie den Lauf, dann fasste sie nach dem Griff. Sie zog ruckartig den Arm zurück, hob die Pistole und feuerte.

Ein Regen gelber Farbe ergoss sich auf seine Stirn.

Überrascht stotterte er etwas, schrie dann wütend auf und ließ sie los, um sich die Stirn abzuwischen.

Sie lief los, raste, stolperte, flog über den Boden. Wohin sollte sie laufen? Sie wusste es nicht. Es war ihr egal. Sie musste weg.

Sie blieb an einer hochstehenden Wurzel hängen, kam aber schnell wieder auf die Beine. Jetzt lief sie blind vor sich hin, dichtes Laub rauschte an ihr vorbei.

Und er war direkt hinter ihr.

Er sprang vorwärts. Seine Arme griffen nach ihren Beinen. Er brachte sie zu Fall.

Sie kam hart auf dem Boden auf. Ihr Knie pochte, und der Schmerz schoss durch ihren ganzen Körper.

Seine Arme umschlossen ihre Taille.

Er hatte sie hochgezogen, bevor ihr richtig bewusst wurde, dass er sie wieder eingefangen hatte. Ärgerlich versetzte er ihr einen kräftigen Schlag auf den Oberarm. Er riss ihr die Farbpistole aus der Hand und stieß ihr den Lauf in den Rücken.

„Lassen Sie mich los! Lassen Sie mich los!“, jammerte sie.

Er starrte sie an, rang nach Atem, und Schweiß perlte über seine Stirn die glatten Wangen hinunter.

Er stieß sie vor sich her, zurück zum höchsten Punkt der Schlucht. Sie kämpfte, um sich zu befreien, aber er hielt sie fest, drehte ihren Arm nach hinten und stieß ihr den spitzen Lauf der Farbpistole in den Rücken.

Am oberen Rand der Schlucht blieb er stehen. Er packte sie an den Schultern und schüttelte sie hart. „Das hättest du nicht tun sollen“, knurrte er.

Als sein Gesicht sich ihr näherte, riss sie beide Hände zurück und versetzte ihm mit aller Kraft einen festen, harten Stoß.

Seine Augen öffneten sich weit vor Überraschung, als er das Gleichgewicht verlor.

„He!“

Er fiel nach hinten. Seine Füße rutschten unter ihm weg, als er in die steile Schlucht hinunterstürzte.

Seine Hände, die verzweifelt nach einem Halt suchten, griffen ins Leere.

Della schloss die Augen.

Sie hörte ihn gegen die Wand der Schlucht schlagen, einmal, zweimal.

Sie hörte ihn aufschreien. Dann einen dumpfen Aufschlag. Ein Stöhnen. Dann Stille.

Es dauerte höchstens drei oder vier Sekunden.

Es kam ihr wie ein Jahr vor.

Sie öffnete die Augen. Alles schien so viel dunkler. Die Bäume, der Boden, der Himmel. Sie holte tief Atem und hielt die Luft an. Manchmal beruhigte sie das.

Diesmal funktionierte es nicht.

Ihr erster Impuls war wegzurennen. Aber sie wusste, dass sie nicht weglaufen konnte, bevor sie nicht auf den Grund der Schlucht gesehen hatte.

Der Boden unter ihren Füßen schwankte. Die Bäume schienen in einem seltsamen Winkel zu stehen, schienen miteinander zu kämpfen. Sie schüttelte den Kopf, versuchte, die Benommenheit loszuwerden.

Dann sah sie in die Schlucht hinunter. Sie war weder so tief noch so steil, wie sie es sich vorgestellt hatte.

Er lag auf dem Boden, sein Körper war verkrümmt, der Kopf in einer so verrückten Position, als wäre er heruntergefallen und von jemandem wieder aufgesetzt worden, der nicht wusste, wie ein Kopf auf dem Körper sitzen muss.

Sie machte ein paar vorsichtige Schritte den Abhang hinunter.

Er bewegte sich nicht. Sein Mund war weit geöffnet. Seine Augen waren geschlossen. Sein Kopf war zur Seite geneigt. Er schien auf seiner Schulter zu liegen.

„Nein!" Della wollte schreien, aber es wurde nur ein Flüstern.

Hatte er sich das Genick gebrochen?

Sie fühlte sich krank. Alles begann, sich zu drehen. Sie sank auf den Boden und wartete, dass die Bäume aufhörten, sich zu bewegen.

Was sollte sie tun? Das konnte doch nicht wirklich passiert sein – oder? Sie wollte aufwachen und diesen Albtraum vergessen. Sie wollte wegrennen. Sie wollte die Panik stoppen, die sie fühlte. Wenn sie nur klar denken könnte …

Bevor ihr bewusst wurde, was sie tat, war sie auf den Beinen und stolperte und rutschte an der Seite der Schlucht hinunter. Unten stand sie über dem bewegungslosen Körper und starrte auf die Kette mit den drei silbernen Schädeln. Die leeren Augenhöhlen schienen zurückzustarren.

Sein Mund stand offen mit einem Ausdruck des Entsetzens, als ob er sagen würde: „Du hast mir das angetan. Du hast mich getötet, Della."

„Nein!", schrie sie. „Steh auf! Steh auf!"

Sie packte seinen Arm und begann, ihn hochzuziehen. Der Arm fühlte sich leblos an. Sie ließ ihn los und fühlte eine Welle des Ekels vom Magen her aufsteigen.

„Steh auf! Steh auf!"

Es war so dunkel, man sah so schlecht. Wenn nur alles aufhören würde, sich zu drehen. Wenn sie nur normal atmen, normal denken könnte.

Was sollte sie tun? Was?

„Er muss noch leben", dachte sie. „So etwas passiert doch nicht wirklich. Das gibt es nicht."

Ihre Hände zitterten, sie fiel auf den trockenen Blättern auf die Knie und griff nach seiner Hand. Sie legte ihre Finger um sein Handgelenk und versuchte, den Puls zu finden.

Wo ist er? Wo ist er bloß? Komm schon … da muss doch ein Puls sein …

Ja!

Sie fand ihn. Das weiche, beharrliche Pochen in seinem Handgelenk, so schnell, so stark. Ja. Er hatte einen Puls. Er lebte. Er …

Nein.

Sie erschauderte. Es war ihr eigener Puls, den sie fühlte.

Ihre Hände zitterten. Sie tastete nach seiner Kehle. Sie hatte das in Filmen gesehen. Du findest einen Puls, wenn du seitlich am Hals fühlst.

Der Kopf rollte leblos nach hinten. Fest presste sie die Finger gegen seine Kehle. Nichts. Sie zog ihre Finger weg. Nichts.

Nichts. Nichts. Nichts.

Sie griff nach seinem Handgelenk.

Nichts.

„Ohh." Sie kam auf die Füße und bedeckte mit den Händen ihr Gesicht.

Er war tot. Sie hatte ihn getötet.

„Notwehr", dachte sie. „Es war Notwehr."

Aber was hatte das zu bedeuten? Sie hatte einen Mann getötet, ein anderes menschliches Wesen.

Was jetzt?

Ihr Leben war vorbei.

Jetzt würden ihre Eltern erfahren, dass sie ohne Mr Abner zum Campen aufgebrochen waren. Jetzt würden es alle Eltern erfahren. Sie dachte an Maia, an das Versprechen, das sie Maia gegeben hatte, dass nichts schiefgehen würde.

Und jetzt war alles schiefgegangen.

Nein.

Warum sollte sie ihr Leben wegen dieses … dieses widerlichen Kerls ruinieren?

Warum sollte sie ihrer aller Leben ruinieren?

Sie drehte ihm den Rücken zu, um besser denken zu können. Es war so schwer, einen klaren Gedanken zu fassen.

Aber sie wusste, dass sie eine Entscheidung gefällt hatte.

Sie würde niemandem von ihm erzählen.

Es gab keinen Grund, etwas zu erzählen. Und es gab jeden Grund, nichts zu erzählen.

Es war sowieso ein Unfall. Nur ein Unfall. Er hätte von allein ausrutschen und in die Schlucht hinunterfallen und sich den Kopf stoßen und das Genick brechen können.

Plötzlich wusste sie, was sie zu tun hatte. Es war wirklich ganz einfach. Und es war klug. Sie würde klug sein.

Und sie schützte nicht nur sich selbst. Sie schützte ihre Freunde. Sie verdienten es nicht, dass ihr Leben durch diesen … Unfall für immer zerstört wäre.

Sie beugte sich vor und füllte ihre Arme mit trockenen Blättern, toten Blättern des gerade vergangenen Winters. Dann warf sie die Blätter über seine Beine. Ein weiterer Arm voll Blätter. Sie warf sie über seine Stiefel. Ein weiterer Arm voll.

Es würde nicht lange dauern, ihn mit Blättern zuzudecken, dachte sie. Dann würde sie zurück zum Zeltplatz gehen und so tun, als sei nichts passiert.

Sie raffte noch einen Arm voll Blätter zusammen. Als sie sie auf seine Brust werfen wollte, sah sie zum Rand der Schlucht hoch.

Ricky und Maia starrten auf sie hinunter.

6

„Er hat mich angegriffen!“, schrie Della und kämpfte sich die steile Schlucht hoch. „Ich wollte das nicht! Ich wollte ihn nicht stoßen, meine ich. Er ist einfach gefallen, versteht ihr. Es war ein Unfall!“

Maia sah fast noch panischer aus als Della, aber sie stürzte auf Della zu und legte ihr einen Arm um die Schulter, half ihr, von der Schlucht wegzukommen, und versuchte, sie zu beruhigen. „Lass dir Zeit“, flüsterte sie Della ins Ohr. „Lass dir Zeit. Erzähl langsam.“

„Wer ist der Typ?“, fragte Ricky und sah auf den halb bedeckten Körper in der Schlucht.

„Ich weiß es nicht“, sagte Della und zwang sich, nicht mehr zu zittern und nicht so schnell und hart zu atmen. „Genau das will ich euch doch erzählen. Er hat mich angegriffen. Er wollte … er wollte … Ich habe ihn weggestoßen, und da ist er gefallen. Er … er ist tot. Er ist wirklich tot.“

Maia ließ ihre Schulter los und wich zurück.

„Della, du hast mir versprochen …“, begann sie, aber sie war zu aufgeregt, um den Satz zu beenden. „Meine Eltern … sie werden …“

Plötzlich raschelte es im Gebüsch. Die anderen kamen aus dem Wald. Leise erklärte Ricky die Situation. Pete ging auf Della zu und legte ihr eine Hand auf die Schulter. „Ganz ruhig. Es ist vorbei“, sagte er sanft. „Wir werden sehen, was zu tun ist.“

Della lächelte ihn an. Langsam fühlte sie sich ein bisschen besser.

„Ich kann nicht hingucken“, hörte sie Suki zu Gary sagen. „Ich habe noch nie einen Toten gesehen.“

„Aber wer ist er? Was hat er hier gemacht?“, fragte Ricky, der ausnahmsweise einmal sehr ernst aussah.

„Nur ein widerlicher Typ“, murmelte Della zitternd.

„Aber was hat er hier ganz allein gemacht?“, wiederholte Ricky. Seine Stimme wurde schrill.

„Ricky, woher soll ich das wissen?“, schnauzte sie. „Er war kein enger Freund von mir, weißt du. Er war ein Kerl, der mich im Wald angegriffen hat. Er hat mir vorher nicht seine Lebensgeschichte erzählt.“

„Entschuldige“, sagte Ricky sanft. „Du brauchst nicht zu schreien.“

Schreien? Sie hatte das Gefühl, sich die Seele aus dem Leib schreien zu müssen.

„Bist du sicher, dass er tot ist?“, fragte Gary plötzlich.

„Was?“

„Bist du sicher, dass er tot ist?“

„Nun ja“, sagte Della und erinnerte sich noch einmal an ihre verzweifelten, erfolglosen Versuche, einen Puls zu finden. Ihr wurde wieder schwindelig, als sie daran dachte. Sie setzte sich auf den Boden, lehnte sich auf ihre Hände zurück und schloss die Augen.

„Vielleicht sollten wir das noch mal überprüfen“, sagte Gary.

„Ich glaube einfach nicht, dass das wahr ist“, flüsterte

Maia. Sie fing an zu weinen. „Unser aller Leben ist ruiniert wegen einer blöden Campingtour."

„Halt mal die Klappe, Maia!", schrie Della. Es war ihr egal, dass sie die Kontrolle verlor.

„Aber meine Eltern werden mich umbringen!", beharrte Maia. Della sah sie an.

„Warum weint Maia?", wunderte sich Della. „Woher hat SIE den Nerv zu weinen? ICH habe gerade einen Menschen getötet!"

„Beruhig dich, Maia", sagte Suki scharf. „Das ist für uns alle nicht das Beste, was passieren konnte."

„Ich fühl mich gar nicht gut", sagte Ricky. „Mein Magen …" Er rannte in die Büsche.

„Ich geh da runter", sagte Gary.

„Wozu?" Suki griff nach seinem Arm.

Aber er befreite sich von ihrem Griff und rutschte an der Seite der Schlucht hinunter. „Warte – ich komme mit", sagte Pete. Doch er machte keine Anstalten, Gary zu folgen.

Della stand auf und beobachtete, wie sich Gary zum Grund der Schlucht vorarbeitete. Der Wind hatte aufgefrischt und blies die Blätter weg, die sie über den jungen Mann gehäuft hatte, sodass der Eindruck entstand, er bewege sich. Irgendwo in der Ferne hörte sie laut Krähen krächzen. Die Krähen ließen sie an Geier denken. Sie stellte sich vor, wie große Geier den Fremden gierig angriffen und ihn auseinanderrissen.

Heftig schüttelte sie den Kopf und versuchte, das grauenerregende Bild aus ihrem Gedächtnis zu verscheuchen. Jetzt beugte sich Gary über den Körper und schob ein paar der Blätter weg, mit denen Della ihn zugedeckt hatte.

„Er fühlt sich kalt an", rief Gary ihnen zu. Seine Stimme bebte, sie klang höher als normal.

Niemand sagte etwas. Ricky kam zurück, er schwitzte stark und sah sehr mitgenommen aus.

„Ich finde keinen Puls", rief Gary nach oben.

„Was sollen wir tun?", fragte Ricky, setzte sich auf den Boden, kreuzte die Beine und stützte den Kopf in die Hände.

„Wir decken ihn weiter mit Blättern zu", sagte Suki, als sei bereits alles entschieden.

„Tun wir das?", fragte Maia. Sie klang eher hoffnungsvoll als überrascht. „Tun wir so, als wüssten wir von nichts?"

„Was meinst du, Della?", fragte Pete, der sehr nah bei ihr stand. Er wollte den Arm um ihre Schulter legen, zögerte dann jedoch.

„Können wir so ein Geheimnis für uns behalten?", fragte Della und starrte in die Bäume, ohne sie zu sehen.

„Wir müssen", beharrte Maia.

„Ja, das müssen wir wohl", wiederholte Ricky niedergeschlagen und mit gesenktem Kopf.

Gary tauchte wieder auf, er atmete schwer und sah erschüttert aus. „Kein Puls", sagte er.

„Wir haben beschlossen, ihn mit Blättern zuzudecken und zu tun, als sei nichts passiert", sagte Suki zu Gary.

„Ich verstehe." Gary schüttelte den Kopf. „Ist jemand gegen den Plan?"

Niemand antwortete.

„Fangen wir an", sagte Gary und sah zu Pete hinüber.

„Ich helfe euch", sagte Della und ging hinter ihnen her.

„Nein." Pete hob die Hand. „Gary und ich machen das schon."

Sie verschwanden in der Schlucht. Della sah nicht zu, aber sie konnte das Kratzen und Rascheln der Blätter hören, als sie den Körper des jungen Mannes unter ihnen begruben. Sie wusste, dass sie dieses Geräusch nie vergessen würde.

Ein paar Minuten später gingen alle sechs schweigend zum Zeltplatz zurück. Irgendwie war Della überrascht, dass die Zelte, die Rucksäcke, die Ausrüstung und das Brennholz noch so dalagen, wie sie sie verlassen hatten. Ihre ganze Welt hatte sich in dem einen Moment am Rand der Schlucht verändert. Sie merkte, dass sie erwartet hatte, dass jetzt auch alles andere anders sein würde. Es war irgendwie beruhigend, dass der Zeltplatz unverändert aussah.

„Vielleicht wird alles weitergehen wie vorher", dachte sie. „Vielleicht wird das Geheimnis auf der Insel zurückbleiben, und die Erinnerung daran wird allmählich verblassen."

„Lasst uns packen und von hier abhauen", sagte Suki und nahm ihren Rucksack.

„Richtig", stimmte Maia zu. „Ich möchte nicht eine Sekunde länger auf dieser schrecklichen Insel verbringen."

„Nein, wartet", sagte Della eindringlich. „Wir können jetzt nicht zurückfahren. Unsere Eltern werden wissen wollen, warum wir nicht über Nacht geblieben sind."

„Sie hat recht“, sagte Gary schnell.

„Du meinst, wir müssen die ganze Nacht hierbleiben?“, schrie Maia. „Nein! Ich will nicht! Ich will nicht!“ Sie nahm ihren Rucksack und warf ihn wütend nach dem Stapel Brennholz.

„Maia, reiß dich sofort zusammen“, zischte Suki.

Maia keuchte.

„Wir müssen alle versuchen, ruhig zu bleiben“, sagte Gary. „Della hat recht. Wir müssen bis morgen hierbleiben. Wir müssen alles normal aussehen lassen. Unsere Eltern dürfen auf keinen Fall merken, dass der Ausflug alles andere als ein Riesenerfolg war.“

„So eine Pleite“, murmelte Suki. „Ich denke, keiner von uns hat noch Lust zu campen.“

„Ich weiß“, antwortete Gary. „Aber wir haben keine andere Wahl, stimmt's? Wir müssen bleiben.“

„Aber ich friere“, jammerte Maia.

„Lasst uns Feuer machen“, sagte Gary. „Mit einem warmen Feuer werden wir uns alle besser fühlen.“

„Mit einem warmen Essen würde ICH mich besser fühlen“, sagte Ricky.

Sie machten ein großes Feuer und brieten Würstchen darüber. Della stellte überrascht fest, dass sie ihren Appetit nicht verloren hatte. Niemand sagte viel. Selbst Ricky aß schweigend, stopfte sein Essen nur so in sich hinein.

Es war eine klare, kalte Nacht. Der Wind stürmte und wirbelte und ließ das Campingfeuer flackern und … Della blickte auf und sah, dass leuchtende gelbe und weiße Sterne am Himmel standen. „Wie geht's dir?“, fragte Pete und legte ihr fürsorglich eine Decke über die Knie.

„Ganz gut.“ Sie lächelte ihm zu. Er war wirklich nett zu ihr. Gary und Suki saßen auf der anderen Seite des Feuers und teilten sich eine Decke. Sie sagten jedoch nichts, während sie aßen.

Maia saß so nahe wie möglich am Feuer. Sie rieb ihre Hände gegeneinander und versuchte, sie zu wärmen. „Ich kann einfach nicht warm werden“, sagte sie, als sie sah, dass Della und Pete sie anstarrten.

„Ich nehme an, niemand möchte heute Abend am Lagerfeuer Geistergeschichten erzählen“, witzelte Ricky, nachdem sie alle fertig gegessen hatten. Es war sein erster Versuch, einen Scherz zu machen, und er erntete die gleiche stumme Aufnahme wie die meisten seiner Witze.

„Ich denke, wir sollten so früh wie möglich schlafen gehen“, sagte Maia. „Wenn wir dann aufwachen, ist es Zeit, nach Hause zu fahren.“ Sie schüttelte unglücklich den Kopf und starrte in die orangefarbene Glut des Feuers. „Ich möchte nur, dass es endlich Zeit ist, nach Hause zu fahren.“

Sie stand auf und begann, ihre Decke Richtung Zelt zu ziehen.

„Nein – warte“, rief Gary und nahm seinen Arm von Sukis Schulter. „Zuerst müssen wir einen Eid schwören.“

„Häh? Was für einen Eid?“, fragte Ricky und hüllte sich so in die Decke, dass nur noch sein Gesicht zu sehen war.

„Einen Geheimhaltungseid“, sagte Gary. „Das Geheimnis der Fear-Street-Insel muss für immer hierbleiben. Wir müssen uns alle anfassen und schwören.“

Der Wind heulte, als die sechs feierlich einen Kreis bildeten. Jeder streckte eine Hand über dem Feuer aus. Alle sechs Hände berührten sich.

Suki zog ihre Hand weg. „Das ist blöde", sagte sie.

„Nein, ist es nicht. Eine Zeremonie macht es offiziell", sagte Gary zu ihr.

Suki rollte mit den Augen, reichte den anderen aber wieder ihre Hand. Alle neigten sich einander zu, die Gesichter waren orange im Feuerschein. „Das Geheimnis wird gewahrt", sagte Gary langsam, seine Stimme war ein Flüstern.

Und während er das sagte, blies ein Windstoß das Feuer aus.

Maia schrie auf. Sie brauchte ein paar Sekunden, um sich wieder zu beruhigen. Pete und Suki brachten das Feuer schnell wieder in Gang. Maia hatte als Einzige so heftig reagiert, aber alle schienen ähnlich entsetzt.

„Wenigstens ist kein Vollmond", sagte Ricky. „Vor Werwölfen dürften wir wohl sicher sein." Sein Witz war halbherzig. Niemand antwortete.

Sie stapelten ihre Rucksäcke in der Nähe des Feuers, da in den kleinen Zelten kein Platz für sie war. Dann brachte Della Maia zum Mädchenzelt. Als sie die Öffnung erreichten, drehte sie sich um und sah Gary Arm in Arm mit Suki vom Zeltplatz weggehen.

Die Luft im Zelt war warm und feucht. Della rollte ihren Schlafsack aus, dann hielt sie inne. Draußen konnte sie den Wind und das Rascheln der Blätter hören.

Das Rascheln der Blätter, Blätter, die auf den Körper eines jungen Mannes gehäuft wurden. Begraben unter

Blättern. Unter Blättern. Begraben unter den raschelnden Blättern.

„Nein!" Sie hielt sich mit den Händen die Ohren zu, aber das Geräusch der raschelnden Blätter verschwand nicht.

„Bist du okay?", fragte Maia und kroch vollständig angezogen in ihren Schlafsack.

„Was?" Maia war über das Geräusch der Blätter hinweg nur schwer zu verstehen. So viele Blätter, trockene, braune Blätter, so hoch aufgehäuft.

„Ich habe gefragt, ob du okay bist?"

„Ja, sicher. Denke ich."

„Wir hätten niemals hierherkommen sollen", sagte Maia. „Ich wusste, dass wir das nicht hätten tun sollen." Sie wandte ihren Kopf ab.

Della sagte nichts. Sie rollte ihren Schlafsack fertig aus und lauschte dem Wind und den Blättern. Sofort dachte sie an den jungen Mann, fühlte wieder seine Stirn gegen ihre Wange gepresst, roch das Leder seiner Fliegerjacke. Und dann sah sie, wie er rückwärtsfiel, als sie ihn stieß, ihn stieß, ihn in den Tod stieß.

Sie zwang sich, an etwas anderes zu denken. Gary. Nein. An Gary konnte sie auch nicht denken. Er war jetzt im Wald und knutschte mit Suki. Warum war sie dafür gewesen, die Camptour durchzuziehen? Es ging ihr doch hauptsächlich darum, mit Gary wieder ins Reine zu kommen. Aber das kam jetzt nicht mehr infrage. Es war zu Ende. Erledigt. Für immer erledigt.

Wie der junge Mann im Wald.

Hör auf, Della. Hör auf, daran zu denken.

„Nein. Ich kann nicht. Ich kann nicht. Ich werde nie aufhören können.“

Einige Stunden später erwachte sie aus einem traumlosen Schlaf. Ihr Arm kribbelte und fühlte sich taub an. Ihr wurde bewusst, dass sie auf ihm gelegen hatte. Sie zog ihn aus dem Schlafsack und massierte ihn vorsichtig.

Ihr Gesicht fühlte sich nass und kalt an. Alles schien klamm zu sein. Sie setzte sich auf, ihre Augen passten sich der Dunkelheit an. Maia schlief zusammengerollt in ihrem Schlafsack. Auch Suki schlief, sie atmete laut durch den offenen Mund. Wann war sie wohl ins Zelt gekommen?

Della strich sich das Haar zurück. Nass, nass, nass. Sollten Zelte nicht tauundurchlässig sein?

Direkt vor dem Zelt hörte sie ein Geräusch. Ein Kälteschauer lief ihr den Rücken hinunter. War da draußen jemand?

Sie lauschte.

Der Wind hatte sich gelegt. Es war jetzt sehr still.

Ein knackender Zweig brach die Stille. Waren das Schritte? Sie hörte ein scharrendes Geräusch. Ja. Da war jemand.

War noch jemand wach?

Sie lauschte. Ein weiteres knackendes Geräusch, wie Schritte, die über Zweige oder trockene Blätter gingen.

Sie richtete sich auf, ihr Arm kribbelte noch immer. Jetzt war sie hellwach.

„Maia! Suki! Wacht auf!“, flüsterte sie. „Maia – bitte! Wach auf!“

Ihre beiden Zeltgenossinnen bewegten sich. „Wie spät ist es?“, fragte Maia schließlich mit schlaftrunkener Stimme.

„Ssst“, warnte Della. „Hört mal. Ich glaube, da draußen ist jemand.“

Das ließ Suki und Maia aufschrecken. Beide setzten sich auf die Knie. „Häh? Wahrscheinlich der Wind“, flüsterte Suki. Aber sie sah genauso ängstlich aus wie Maia.

„Was sollen wir tun?“, fragte Maia und zog ihren Schlafsack um sich, um warm zu bleiben.

„Ssst. Hört mal“, flüsterte Della.

Sie hörten ein Knacken. Ein Geräusch wie von einem Schuh, der über Dreck scharrt. Dann ein weiterer Laut.

Was war das? Ein Husten?

Della setzte sich auf die Knie und bewegte sich vorsichtig in Richtung Zeltöffnung. Ihre Seite schmerzte. Ihr Nacken war steif. Wer hatte noch gesagt, es sei bequem, auf dem Boden zu schlafen?

„Della – komm zurück“, flehte Maia. „Was tust du?“

„Nachsehen, wer – oder was – das ist“, flüsterte Della. „Kommt ihr mit?“

Suki tauchte in ihrem Schlafsack unter und zog ihn sich über den Kopf. Maia machte keine Anstalten, sich zu bewegen.

„Dann muss ich wohl allein gehen“, seufzte Della.

„Schlaf weiter.“ Sukis Stimme klang durch den Schlafsack gedämpft. „Das ist alles nur ein böser Traum.“

Sie hörten ein weiteres knackendes Geräusch außerhalb des Zelts, diesmal ein bisschen lauter und näher.

„Hier. Nimm das.“ Maia gab Della eine Taschenlampe. Sie sah schuldbewusst aus.

Mit der Taschenlampe in einer Hand versuchte Della, in ihre Turnschuhe zu kommen. Sie zögerte an der Zeltöffnung, dann trat sie hinaus und leuchtete mit der Lampe in einem schnellen Kreis den Zeltplatz ab.

Da war niemand.

Sie machte einen weiteren Schritt aus dem Zelt. Das Feuer war fast ausgegangen, vor ihr knisterte kraftlos rotblaue Glut. Sie blieb stehen und lauschte.

Ein Schritt. Genau hinter dem Jungenzelt.

„Wer ist da?“, rief sie, aber ihre Stimme war kaum zu hören. Schon gar nicht bis hinter das Zelt.

Sie hörte wieder einen Schritt.

„Ist da jemand?“ Diesmal rief sie etwas lauter.

Die Taschenlampe vor sich haltend, ging Della hinter das Jungenzelt. Sie trat ganz behutsam auf, da ihre Schnürsenkel nicht zugebunden waren. Jetzt hatte sie das Ende der Lichtung erreicht. Es war windstill. Das einzige Geräusch war das ihres Atems. Und das eines anderen Schritts auf trockenen Blättern.

Sie trat zwischen die Bäume. „Wer ist da?“ Mit der Taschenlampe beleuchtete sie einen weiten Kreis.

Sie fröstelte, mehr vor Angst als vor Kälte. „Was tue ich hier?“, fragte sie sich, während sie zurückging. „Wen will ich denn finden? Warum bin ich so tapfer?“

„Wahrscheinlich war es sowieso nur irgendein Tier“, dachte sie. „Wie blöd. Mitten in der Nacht in den Wald zu gehen und ein Tier zu verfolgen. Ich verliere langsam den Verstand.“

Vorsichtig ging sie am Feuer vorbei und wollte gerade ins Mädchenzelt zurücksteigen, als ihr etwas ins Auge sprang. Die Rucksäcke. Sie hatten sie ordentlich neben dem Feuer gestapelt. Jetzt lagen sie verstreut auf dem Boden.

Hatte jemand sie umgestoßen?

Sie machte ein paar Schritte auf sie zu und beleuchtete sie mit der Taschenlampe. Sie schienen nicht geöffnet worden zu sein.

Nein. Es musste der Wind gewesen sein. Oder vielleicht das Tier. Ein nach Futter suchender Waschbär. Das war alles. Die Schritte, die sie gehört hatte, die in den Wald gingen – das musste ein Waschbär gewesen sein.

Maia und Suki saßen neben der Zeltöffnung und warteten nervös auf ihre Rückkehr. „Nur ein Waschbär, nehme ich an", sagte Della mit einem Achselzucken.

„Ich wusste es", sagte Suki und schüttelte den Kopf. Sie schlüpfte zurück in ihren Schlafsack.

„Gott sei Dank", atmete Maia erleichtert auf.

Della schleuderte ihre Turnschuhe von sich und kroch auch zurück in ihren Schlafsack. Er war kalt. Sie wusste, dass es lange dauern würde, bis er wieder warm war. Sie lauschte. Doch nur noch Sukis lautes Atmen war zu hören.

Den Rest der Nacht lauschte sie Sukis Schnarchen und Maias Wälzen. Sie konnte nicht mehr einschlafen.

In der Morgendämmerung tauchten alle erschöpft und steif aus den Zelten auf, wie Bären, die nach einem langen Winterschlaf aus ihren Höhlen kommen. Maia schien ständig den Tränen nahe, obwohl sie sich zusammennahm und nicht weinte.

Sie aßen ein schnelles Frühstück und packten schweigend alles zusammen. Sie wollten nur noch weg, raus aus diesem Albtraum, weg von der Insel. Jeder musste für eine Weile allein sein, in Ruhe über die furchtbare Geschichte nachdenken.

Die rote Morgensonne ging langsam über den Bäumen auf, als sie den Wald verließen und zu dem felsigen Strand kamen. Der See sah im Morgenlicht glatt und purpurfarben aus. Die Luft war klar genug, dass sie die Stadt sehen konnten, die sich auf der anderen Seite des Wassers am Ufer entlang erstreckte.

„Oh nein! Mein Rucksack!", schrie Ricky. „Ich habe ihn vergessen." Er drehte sich um und lief, so schnell er konnte, zum Zeltplatz zurück.

Die anderen beeilten sich, zu der Stelle zu kommen, an der sie die Kanus zurückgelassen hatten. Ihre Turnschuhe knirschten auf den Kieselsteinen.

Ein paar Sekunden später blieben alle stehen. Und erstarrten.

„Die Kanus!", sagte Della.

Sie waren weg.

„Oh nein!", schrie Maia. „Wir sind hier gefangen!"

7

„Jemand muss sie gestohlen haben“, sagte Della. „Ich weiß, dass wir sie hiergelassen haben.“ Sie verlagerte den Rucksack auf ihren Schultern und sah über den See zur Stadt. Sie war so nah und doch so weit weg.

„Nur keine Panik“, sagte Gary. Doch er sah sehr besorgt aus.

„Keine Panik? Wie meinst du das, keine Panik!“, schrie Maia. Ihre Augen waren vor Angst weit aufgerissen „Wer kann das getan haben? Was sollen wir tun? Ich muss nach Hause. Meine Eltern werden mich umbringen!“

„Wir werden nicht lange hier sein. Wenn wir nicht rechtzeitig nach Hause kommen, werden sie nach uns suchen lassen“, sagte Gary.

Er wollte Maia beruhigen, doch er erreichte eher das Gegenteil. „Dann erfahren alle, dass wir ohne Mr Abner hier waren!“, schrie sie.

„Bist du sicher, dass wir sie hiergelassen haben?“, fragte Suki und trat nach dem Sand.

„Ja, natürlich“, sagte Gary. „Sieh mal. Du kannst die Spuren im Sand sehen.“

„Dann muss sie jemand gestohlen haben“, sagte Della ruhig. Sie dachte an den toten, unter Blättern begrabenen jungen Mann. Sie waren auf der Insel gefangen, gefangen mit ihm.

„Was ist los?“, rief Ricky und kam schwerfällig auf sie zu. Er zog seinen Rucksack hinter sich her.

„Die Kanus …“, begann Maia.

„Oh nein.“ Ricky wurde ganz blass. „Oh. Es tut mir leid. Ich habe die Kanus weggezogen.“

„Du hast was?“

Ein schuldbewusstes Grinsen breitete sich auf Rickys Gesicht aus. Er trat ein paar Schritte von ihnen zurück, ließ seinen Rucksack in den Sand fallen und hob die Hände, als wollte er einen Angriff abwehren. „Es sollte ein Witz sein. Ich hab das gestern gemacht, vor dem … äh … Unfall.“

„Ich glaub das nicht.“ Suki blickte Ricky finster an. „Du hast wirklich einen tollen Sinn für Humor, Schorr.“

„Tut mir leid. Es war doch nur ein Witz. Gestern. Während des Farbenspiels habe ich kehrtgemacht und die Boote weggeschleppt“, sagte Ricky. „Ich wusste ja nicht, dass Della einen Kerl umbringen würde!“

Della keuchte. „Ricky …“

„Halt die Klappe, Schorr“, sagte Pete ruhig.

„Wir haben keine Zeit, uns zu streiten“, kam es ungeduldig von Gary. „Wir wollen doch alle von hier wegkommen. Wo hast du die Kanus versteckt?“

„Gleich da drüben.“ Sie folgten Ricky ungefähr neunzig Meter den Strand hinunter. Die Kanus lagen im hohen Gras hinter einer niedrigen Düne.

„Du bist wirklich ein Idiot, Schorr“, sagte Suki und sah ihn an, als sei er ein Stück Dreck.

„Ich hab doch schon gesagt, dass es mir leidtut.“ Er zuckte mit den Achseln.

Sie zogen die Kanus ins Wasser, verstauten ihre Ausrüstung und kletterten hinein. Die Fahrt Richtung Stadt schien endlos. Niemand sprach. Niemand sah zurück zu der Insel.

„Nur ein Tag ist vergangen, und wir alle sind zu anderen Menschen geworden", dachte Della. „Wir alle haben jetzt ein Geheimnis. Wir alle teilen einen Albtraum, von dem niemand etwas erfahren darf."

Sie sah Maia an. Ihr Haar war zerzaust. Ihre Augen waren rot umrandet mit dunklen Ringen darunter. Sie sah aus, als hätte sie die ganze Nacht geweint. Pete, der sonst immer so supergepflegt wirkte, trug ein verschmutztes und zerknittertes Sweatshirt. Sein ungekämmtes Haar fiel ihm in die Augen.

Die Insassen des anderen Kanus sahen genauso erschöpft aus. Sukis gegeltes Haar klebte platt an ihrem Kopf. Sie hatte nicht einmal versucht, es zu kämmen. Ihr Gesicht war blass, weiß wie Mehl, als sei alles Blut aus ihm entwichen. Ricky paddelte schweigend. Er atmete schwer, und trotz der kühlen Morgenluft lief ihm Schweiß über das Gesicht. Nur Gary sah abgesehen von seinem angespannten, besorgten Blick fast normal aus, während er rhythmisch paddelte und seine Augen nicht von dem Ufer ließ, das immer näher kam.

„Bald bin ich zu Hause", dachte Della. „Aber es wird nicht das Gleiche sein. Nichts wird mehr das Gleiche sein."

Das Klatschen der Paddel auf dem Wasser wich in ihrem Kopf einem raschelnden Geräusch. Wieder sah sie die braunen Blätter vor sich, die sie über die leblose Gestalt in der Schlucht gehäuft hatten. Die Blätter waren überall, so trocken, so tot. Sie sah nach unten. Der See war voll von ihnen, angefüllt mit toten Blättern, angefüllt mit Tod.

„Della – bist du okay?" Petes Stimme unterbrach ihre Gedanken. Das Rascheln verschwand, an seine Stelle trat das Geräusch der Paddel und des Wassers, das gegen die Seiten des Kanus schlug.

„Ja. Ich bin okay. Ich habe nur … nachgedacht." Sie zwang sich zu einem Lächeln. Sie wusste, dass es nicht sehr überzeugend war.

„Alles wird gut", sagte Pete und tauchte das Paddel ins Wasser. „Du bist bald zu Hause."

„Bald zu Hause. Vielleicht fühle ich mich besser, wenn ich nach Hause komme", dachte Della.

Aber als sie nach weniger als einer Stunde die Hintertür aufmachte und ihre Mutter sah, die gerade ihr Frühstück beendete, konnte sie die Panik, die in ihr aufstieg, kaum noch unterdrücken.

„Nun?", fragte Mrs O'Connor und nahm sich noch Kaffee. „Wie war's? Du bist so früh."

„Ja. Wir sind zeitig aufgestanden", schaffte Della zu sagen. Sie fragte sich, ob ihre Mutter merkte, wie nervös sie war. In der Regel konnte Mrs O'Connor Gedanken lesen. Normalerweise bekam sie alles heraus, egal, was Della auch versuchte, um es zu verschweigen.

„Du siehst aus, als hättest du letzte Nacht nicht viel geschlafen." Ihre Mutter musterte sie missbilligend.

„Nein, nicht besonders viel", gab Della einsilbig zurück. Sie ging zum Kühlschrank und nahm einen Karton Orangensaft heraus. Plötzlich hatte sie das Bedürfnis zu schreien. Aber sie musste sich zusammenreißen, durfte die Kontrolle nicht verlieren.

„Von wegen Kontrolle“, höhnte sie in Gedanken. „Ich habe gestern einen Mann umgebracht!“

Sah ihre Mutter, wie ihre Hand zitterte, als sie den Saft ins Glas schüttete? Nein.

„Ich nehme an, du willst nicht mit in die Kirche kommen“, sagte ihre Mutter.

„Ich geh ins Bett. Ich könnte eine Woche lang schlafen“, antwortete Della.

„Hat es denn Spaß gemacht?“, fragte Mrs O’Connor, stand auf und zog ihr Kleid glatt.

„Irgendwie schon“, erwiderte Della. Sie trank den Orangensaft am Spülbecken und wandte ihrer Mutter den Rücken zu.

„Warst du wirklich die ganze Nacht auf?“, fragte Mrs O’Connor.

„Nein. Nicht die ganze Nacht.“

„Möchtest du Frühstück?“

„Nein. Ich glaube nicht.“

„Hast du mit Gary gesprochen?“ Ihre Mutter wusste, dass Della Fragen nach ihren Freunden hasste, doch trotzdem konnte sie ihren Mund nicht halten.

„Nicht viel.“ Della trank das halbe Glas aus. Den Rest schüttete sie in die Spüle.

„Ich meine ja nur“, sagte Mrs O’Connor mit einem Achselzucken.

„Du siehst erschöpft aus“, fuhr sie dann fort und runzelte die Stirn.

„Ich werde ihr alles erzählen", beschloss Della. „Ich kann es nicht für mich behalten. Ich kann es einfach nicht."

„Mama, ich …"

„Ja?" Ihre Mutter war schon halb aus der Tür.

Della zögerte.

„Was ist los, Della?"

„Bis später."

Die Tür schloss sich hinter ihr.

Della verschlief den ganzen Morgen und den größten Teil des Nachmittags.

Als sie kurz vor vier nach unten kam, war ihre Mutter nicht da. Sie machte sich in der Küche ein Thunfischbrot, aß es hungrig und spülte es mit einer Cola hinunter.

Sie fühlte sich etwas besser. Der viele Schlaf hatte ein bisschen geholfen.

Mit einer Schüssel Kartoffelchips ging sie wieder hinauf in ihr Zimmer und machte sich an ihre Hausaufgaben. Zu ihrer Überraschung konnte sie sich auf das Kapitel, das sie las, konzentrieren. Nur ein- oder zweimal dachte sie an den Typen in der Schlucht, und selbst da kam ihr alles nur wie eine schwache Erinnerung vor, wie etwas, das lange her und vorbei war.

Als ihre Mutter nach Hause kam, stellte Della fest, dass sie nicht mehr das Bedürfnis hatte, ihr zu sagen, was passiert war. Beim Abendessen erzählte sie ihr einige Geschichten von der Campingtour, einige erfunden, einige wahr. Sie erzählte ihr von dem Farbenspiel, wie gut die Würstchen geschmeckt hatten und wie Ricky die Kanus versteckt hatte.

„Vielleicht schaffe ich es doch“, dachte sie. „Vielleicht kann ich es hinter mir lassen und einfach mit meinem Leben weitermachen.“

Sie begann, sich zuversichtlich und entspannt zu fühlen – bis abends das Telefon klingelte, sie den Hörer abnahm und Maias zitternde Stimme hörte.

„Della, kannst du zu mir kommen? Mir geht es nicht gut.“

„Was heißt das? Bist du krank?“

„Nein. Es ist nur … nun, ich bin sicher, dass meine Eltern Verdacht geschöpft haben.“

Plötzlich lief es Della kalt den Rücken hinunter. Ihre Nackenmuskeln verkrampften sich. „Maia, du hast ihnen nichts erzählt, oder?“

„Nein, natürlich nicht“, antwortete Maia schnell, mit angespannter, hoher Stimme. „Natürlich nicht, Della. Aber ich glaube, sie sind argwöhnisch … ich meine, ich habe nur so eine Ahnung. Und ich weiß nicht … ich meine, ich weiß nicht, wie lange ich …“

„Okay. Versuch dich zu beruhigen“, sagte Della. Sie klang gereizt, obwohl sie tröstend klingen wollte. „Ich komme gleich.“

„Danke, Della. Beeil dich. Bitte.“

Della legte auf. Sie versuchte, ihren Ärger herunterzuschlucken. Maia sollte wenigstens versuchen, damit fertigzuwerden! Nun, vielleicht versuchte sie es ja. Vielleicht tat sie ihr Bestes.

Irgendwie war Maia durch ihre Schuld da hineingeraten. Sie wäre auf keinen Fall mitgekommen, wenn Della sie nicht so sehr gedrängt hätte.

„Ich muss aufhören, so hart über sie zu urteilen", beschloss Della. „Ich werde zu ihr gehen und sie aufheitern, sodass sie sich besser fühlt. Dazu sind Freunde schließlich da."

Freunde.

Würden ihre Freunde zu ihr halten? Würden sie das Geheimnis für sich behalten, wie sie es geschworen hatten?

Das mussten sie, fand Della. Sie mussten es einfach.

Sie zog sich saubere Jeans und ein leichtes Sweatshirt an, bürstete ihr Haar, bis es glatt und weich über ihre Schultern fiel, und legte etwas Lipgloss auf. Dann sah sie sich im Zimmer nach ihrer Brieftasche um. Sie lag nicht wie gewöhnlich im Regal neben der Tür.

„Meine Brieftasche", dachte sie. „Wann habe ich sie zuletzt gehabt? Habe ich sie auf die Campingtour mitgenommen?" Ja. Sie war im Rucksack gewesen.

Ihr wurde bewusst, dass sie ihren Rucksack nicht ausgepackt hatte. Sie hatte ihn einfach neben das Bett geknallt und dort liegen lassen.

Natürlich wollte sie alles vergessen. Jetzt, als sie ihn hochnahm und seinen Inhalt auf ihrem Bett ausleerte, überkam sie das alte Gefühl der Angst. Das Geräusch der knisternden, trockenen Blätter schien aus dem Rucksack zu strömen.

Sie warf ihn auf den Boden und suchte zwischen den zerknitterten Kleidungsstücken und Toilettensachen, die sie eingepackt hatte. Wo war die Brieftasche?

„Ich weiß, dass sie dadrin war“, dachte sie.

Aber sie ist weg.

Konnte jemand sie genommen haben? Nein. Das war unmöglich.

Alles aus dem Rucksack fühlte sich so kalt an. Sie hatte die Kälte von der Insel mit nach Hause gebracht. Und jetzt war ihr auch kalt; sie ging ihre Sachen noch einmal durch, fand die Brieftasche aber nicht.

Rätselhaft.

Sie entschloss sich, ohne ihre Brieftasche zu Maia zu gehen. Maia wohnte nur einige Blocks von ihr entfernt in North Hill. Della sagte ihrer Mutter, dass sie mit ihrer Freundin zum Lernen verabredet sei, und verschwand durch die Tür.

Es war ein warmer, fast milder Abend, ein angenehmer Kontrast zu der vergangenen Nacht. Auf dem Rasen vor einem Haus den Block hinunter spielte eine Gruppe Kinder Baseball, obwohl es schon fast dunkel war. Ein paar Türen weiter rief Mrs Kinley ihrem Sohn zu, dass es Zeit sei, nach Hause zu kommen.

North Hill war eine ruhige, friedliche Gegend, der schönste Teil von Shadyside. Aus irgendeinem Grund machte es Della traurig, die Kinder Ball spielen zu sehen, an den großen, ruhigen Häusern und den gepflegten, perfekt gemähten Rasenflächen vorbeizugehen. Irgendwie fühlte sie sich nicht mehr als Teil dieser ruhigen, friedlichen und gewöhnlichen Welt. Ihr schreckliches Geheimnis machte sie zu einem Außenseiter, isolierte sie von allen anderen.

„Hör auf“, warnte Della sich selbst. „Hör jetzt damit

auf. Es ist normal, dass du dir gerade leidtust. Das wird vorübergehen."

Maia öffnete in dem Moment die Vordertür, als Della klingelte. Ohne ein Wort zu sagen, zog sie Della nach oben in ihr Zimmer und schloss die Tür.

Della konnte sich nie über Maias Zimmer beruhigen. Es sah aus wie das Zimmer eines kleinen Mädchens mit seinen weißen Spitzenvorhängen an den Fenstern und den Regalen voll mit Puppen und Plüschtieren.

„Maia – du siehst grauenvoll aus!", rief Della, und sofort tat es ihr leid, dass sie das gesagt hatte. Was war das für eine Art, jemanden aufzumuntern!

Maia brach in Tränen aus. „Ich habe geweint, dann aufgehört, dann wieder geweint und wieder aufgehört", schluchzte sie. Sie zog einige Taschentücher aus einer Box auf ihrer Garderobe und wischte sich die Tränen ab. Als sie die Taschentücher wegnahm, war ihr Gesicht ganz rot.

Della ging zu Maia hinüber und legte ihr den Arm um die Schultern. „Maia, alles wird gut. Ich verspreche es", sagte sie sanft.

„Du hast mir schon mal etwas versprochen", sagte Maia. Sie sah Della nicht an.

Della wusste nicht, was sie sagen sollte. „Worüber machst du dir Sorgen? Sag es mir", forderte sie Maia auf und führte sie zum Bett. Maia sank auf die grau-rosa Bettdecke. Della setzte sich in den kleinen grauen Kordsamtsessel gegenüber dem Bett.

„Meine Eltern. Sie sind misstrauisch geworden."

„Woher weißt du das? Was haben sie gesagt?"

„Nun ja … nichts Genaues. Aber meine Mutter hat mich so komisch angesehen."

„Das wundert mich nicht", sagte Della. „Du siehst nicht gerade gut aus. Was hast du ihnen von dem Ausflug erzählt?"

„Nicht viel. Nur, dass es mir gefallen hat, dass ich die Nacht nicht knutschend im Jungenzelt verbracht habe und dass es nicht die wilde Orgie war, die sie erwartet haben."

„Na ja", murmelte Della. „Das klingt ja eigentlich okay. Hast du ein bisschen geschlafen oder so?"

„Ich hab's versucht, aber ich konnte nicht", jammerte Maia. „Ich habe immer wieder diesen Kerl vor mir gesehen, wie er in der Schlucht lag."

„Du brauchst Schlaf", sagte Della. „Dann wirst du dich besser fühlen. Wirklich. Ich habe fast den ganzen Tag geschlafen. Und ich fühle mich …"

„Wie?"

„Ich fühle mich besser. Wirklich, das tue ich. Du weißt, dass das, was diesem Kerl gestern passiert ist, ein Unfall war."

„Ich weiß", sagte Maia und wischte sich mit der Hand über ihre laufende Nase.

„Er hat mich angegriffen. Er war kein unschuldiges Kind mehr!"

„Ja, ich weiß", wiederholte Maia gereizt.

„Er ist gefallen und dabei umgekommen. Ich hatte nicht die Absicht, ihn zu töten. Es war ein Unfall. Das darfst du nicht vergessen. Ein Unfall."

„Ich weiß."

„Was regt dich dann so auf, Maia?“, fragte Della geduldig.

„Es ist nur … man wird uns erwischen. Alle werden es herausfinden. Das mit dem Unfall. Dass wir allein da gewesen sind – ohne Mr Abner … einfach alles.“

„Aber das stimmt doch nicht“, beharrte Della. „Wochen oder Monate werden vergehen, bevor der Körper gefunden wird, wenn überhaupt. Es gibt nichts, was uns mit ihm in Verbindung bringt.“

Maia fing wieder an zu weinen. Della brauchte lange, um sie zu beruhigen. Sie sprachen über zwei Stunden miteinander. Della tat ihr Bestes, um Maia zumindest etwas von ihrer Angst zu nehmen. Wieder und wieder versicherte sie ihr, dass alles gut werden würde. Dass ihr Geheimnis ein Geheimnis bleiben werde.

Zuerst war sie wütend, dass Maia viel aufgeregter war als sie. Schließlich war Della es doch gewesen, die angegriffen worden war, die ihn gestoßen hatte, die … ihn getötet hatte. Wenn sie sich jedoch in dem niedlichen Zimmer umsah, das mit Puppen und Plüschtieren gefüllt war, und wenn sie an Maias strenge, überbeschützende Eltern dachte, hatte sie Mitleid mit ihrer Freundin. Maia hatte nicht viele Chancen, sich wie eine Erwachsene zu benehmen. Ihre Eltern taten alles, was sie konnten, damit sie ein Kind blieb.

Nachdem Della ausgiebig mit ihr geredet hatte, schien Maia erheblich ruhiger. „Versuch jetzt zu schlafen“, sagte Della und ging zur Schlafzimmertür. „Morgen wirst du dich besser fühlen. Ich weiß, dass das so sein wird.“

„Danke, Della", sagte Maia und lächelte zum ersten Mal. „Es tut mir leid, dass ich so eine Belastung bin."

Della winkte ihr ein „Gute Nacht" zu und ging die Treppe hinunter und aus dem Haus. Es tat gut, frische Luft einzuatmen. Maias Zimmer war heiß und stickig gewesen. Della war überrascht, dass der Bürgersteig nass war. Es musste geregnet haben, während sie bei Maia war.

Schnell ging sie die Straße entlang. Im Licht der Straßenlaternen, die sich auf dem nassen Bürgersteig spiegelten, schien sie zu leuchten. Auch die nassen Rasen leuchteten, und plötzlich hatte Della das Gefühl, auf einem anderen Planeten zu sein, einem grünen, nassen, leuchtenden Planeten aus weichem Licht und unheimlichem Schweigen.

Bis auf die gelbe Lampe über dem Eingang war Dellas Haus dunkel. Ihre Mutter musste früh ins Bett gegangen sein. Sie zog die Fliegengittertür auf, und etwas fiel ihr vor die Füße.

Ein Umschlag.

Sie bückte sich und hob ihn auf. Sie untersuchte ihn unter dem gelben Licht. Es stand nichts darauf. Nur ein schwarzer Fleck, vielleicht ein Fingerabdruck, in der unteren, rechten Ecke.

Sie fühlte Unruhe in sich aufsteigen.

Sie ließ die Fliegengittertür zufallen und trat zurück, um den Umschlag zu öffnen. Sie drehte ihn um, und der kantige Gegenstand darin fiel in ihre Hand.

Es war ein kleiner silberner Schädel.

Ein Schädel von der Kette, die der tote Mann um den Hals hatte!

Als sie in den Umschlag sah, entdeckte sie ein kleines, quadratisches Stück Papier. Mit zitternder Hand nahm sie es heraus.

Nur eine einzige Zeile war mit Bleistift auf eine Seite gekritzelt. Sie lautete: ICH HABE GESEHEN, WAS DU GETAN HAST.

8

„Mein erster Gedanke war, dass es einer deiner Scherze sei, Ricky“, sagte Della.

Ricky wich zurück, er sah furchtbar gekränkt aus. „Della, lass mich in Ruhe. So was Blödes würde ich mir nicht einfallen lassen.“

„Du meinst, so blöde, wie die Kanus zu verstecken?“, mischte Suki sich ein. Angespannt saßen sie in Dellas Wohnzimmer, alle, die an der Campingtour teilgenommen hatten, alle bis auf Pete, der noch nachkommen würde, da seine Familie immer sehr spät aß. Es war Dienstagabend, zwei Tage, nachdem Della die schreckliche Nachricht und den Anhänger gefunden hatte. Ihre Mutter spielte Bridge bei den Garrisons weiter die Straße hinauf.

Obwohl sie sich nicht hatten treffen wollen, vor allem nicht so bald nach der Campingtour, war den sechs Mitgliedern des Naturklubs klar, dass sie keine andere Wahl hatten. Sie konnten den Umschlag nicht einfach ignorieren. Sie mussten versuchen herauszubekommen, wer ihn hinter die Tür gesteckt hatte und warum.

„Bist du sicher, dass du es nicht warst?“, warf Suki Ricky vor und starrte ihn mit offensichtlicher Abneigung an.

„Lass Ricky in Ruhe“, mischte Gary sich ein. „So blöd ist nicht mal er, verstehst du.“

„Stimmt“, sagte Ricky und grinste Gary an. „Ich habe dem Toten nicht den Schädel vom Hals gerissen und ihn Della hinter die Tür gesteckt.“

„Seht mal“, sagte Gary plötzlich, stand auf und griff in seine Jeanstasche. „Ich habe auch einen bekommen.“ Er zog einen identischen silbernen Schädel hervor.

„Gary – wie? Wann und woher hast du den bekommen?“, fragte Della.

„Gestern Nachmittag nach der Schule habe ich die Post aus dem Briefkasten geholt, und da war er drin“, sagte Gary. Suki nahm ihm hastig den Schädel aus der Hand, um ihn zu untersuchen.

„War auch eine Nachricht dabei?“, fragte Della.

„Nein. Keine Nachricht.“

„Das ist verrückt“, sagte Ricky.

„Er ist wirklich scharfsinnig, nicht?“, zischte Suki.

„Hör auf, Suki!“, rief Ricky erregt.

„Du kannst mir nichts befehlen“, murmelte Suki. Sie gab Gary den Schädel zurück.

„Bitte. Bleib doch mal cool“, sagte Gary. „Wir können uns nicht gegenseitig an die Gurgel gehen. Wir haben hier wirklich ein Problem. Wer immer diese Schädel bei uns abgeliefert hat, weiß, wo wir wohnen!“

Es wurde still im Raum. Della erschauderte bei dem Gedanken, dass jemand vor ihrer Haustür gestanden, die Gittertür geöffnet und den Umschlag dahintergesteckt hatte. Jemand war direkt vor ihrem Haus gewesen! Jemand, der sie in der Schlucht gesehen hatte. Jemand, der sie beobachtet hatte, wie sie den Körper des Toten mit Blättern zugedeckt hatten.

Und dann? Was hatte dieser Jemand, dieser Zeuge ihres Verbrechens, dann getan? Den Körper wieder aufgedeckt? Die silbernen Schädel von der Kette gerissen? Sie Della und Gary geschickt? Aus welchem Grund?

„Hat sonst noch jemand irgendwas bekommen?", fragte Ricky. „Ich nicht."

„Ich auch nicht", sagte Suki.

Maia schüttelte ebenfalls den Kopf. Sie saß in einem gepolsterten Sessel in der Ecke, hatte die Beine dicht unter sich gezogen und die ganze Zeit nicht ein Wort gesagt.

„Wo ist Pete?", fragte Suki.

„Er kommt gleich", sagte Della. „Aber wir haben heute Nachmittag telefoniert. Er hat nichts bekommen."

„Warum nur wir zwei?", wunderte sich Gary. Er stand von seinem Platz neben Suki auf der Ledercouch auf und ging zum Wohnzimmerfenster. „Warum nur wir beide?"

Plötzlich blieb er stehen und drehte sich um. „He – mir ist gerade was eingefallen. Ich habe meine Brieftasche verloren. Hat sonst noch jemand seine Brieftasche verloren?"

„Ich", antwortete Della und hob die Hand, als sei sie in der Schule.

Niemand sagte etwas.

„Sie war in meinem Rucksack. Ich bin mir sicher", sagte Della und ging hinüber zu Gary ans Fenster.

„Meine auch", sagte er. „Das erklärt vielleicht, wie der Kerl zu unseren Adressen gekommen ist."

Plötzlich erinnerte sich Della an die Geräusche, die sie

spät in der Nacht vom Zelt aus gehört hatte, an die Schritte, denen sie gefolgt war. Vielleicht waren sie doch nicht von einem Waschbären gewesen. Vielleicht war jemand da gewesen, nur einige Meter von der Stelle entfernt, wo sie geschlafen hatte. Vielleicht hatte dieser Jemand die Rucksäcke durchsucht und die beiden Brieftaschen gestohlen.

Della sah in den dunklen Vorgarten hinaus. „Er kann in diesem Augenblick da draußen sein“, dachte sie voller Unruhe. Schnell trat sie zur Seite und zog die Vorhänge vor.

„Wir müssen zur Polizei gehen“, sagte Gary plötzlich und sah Della an.

„Nein!“, schrie Maia. Es war ihr erstes Wort an diesem Abend. „Das kannst du nicht! Ich meine, wir können das nicht!“

„Aber Maia …“, begann Gary.

„Wir haben alle zu viel zu verlieren. Unsere Eltern werden uns nie mehr vertrauen“, schrie Maia und griff nervös nach der Sessellehne. „Jeder in der Stadt wird erfahren, dass …“

„Aber der Kerl weiß, wo wir wohnen!“, schrie Gary zurück und warf den silbernen Schädel wütend an die Wand. Er fiel auf den beigefarbenen Teppich.

„Gary, bleib ruhig“, sagte Suki. Sie klopfte auf das Sofakissen neben sich. „Komm wieder her, und setz dich. Lass uns zusammen versuchen, eine Lösung zu finden, okay?“

Gary schüttelte den Kopf. „Ich bin ruhig“, beharrte er. Aber er kam zurück und setzte sich neben Suki. Dann lehnte er sich vor, steckte die Hände zwischen die Knie und knackte laut mit den Fingerknöcheln.

„Ja, du bist wirklich ruhig, okay“, sagte Suki ironisch. „Was, glaubst du, will dieser Kerl mit den Schädeln?“

„Ich weiß es nicht“, sagte Gary und knackte mit den Knöcheln der anderen Hand.

„Uns Angst einjagen, denke ich“, sagte Della.

„Aber nicht uns anzeigen“, fügte Suki hinzu. „Wenn er uns bei der Polizei anzeigen wollte, hätte er das längst getan, okay?“

„Wahrscheinlich“, gab Gary zu.

„Wenn er den Toten melden wollte, hätte er auch das längst getan“, fuhr Suki fort. „Aber er will etwas anderes. Er will uns Angst einjagen. Nur, warum?“

Gary zuckte mit den Achseln.

„Etwa zum Spaß?“

„Vielleicht.“

„Nun, was ist, wenn wir uns so leicht nicht erschrecken lassen“, schlug Suki vor. „Was, wenn er uns nicht einschüchtern kann und wenn wir nicht zur Polizei rennen? Was, wenn wir seine blöden Schädel einfach ignorieren? Vielleicht verschwindet er dann.“

„Sie hat recht!“, rief Maia. Es war vielleicht das einzige Mal, dass sie Suki jemals zustimmte.

„Aber ihr vergesst ein paar wichtige Dinge“, unterbrach Della, die hinter der Couch stand. „Zum einen will er vielleicht mehr als uns erschrecken. Vielleicht will er uns erpressen oder so etwas. Wenn er wirklich gesehen hat, was wir getan haben, wenn er wirklich in der Schlucht war und uns beobachtet hat, hat er uns in der

Hand. Er kann uns erpressen. Er kann unsere Eltern erpressen."

„Ja, aber …", begann Suki.

„Lass mich ausreden", verlangte Della und schlug mit der offenen Hand auf die Couchlehne. „Was noch wichtiger ist: Seht mal, was dieser Kerl getan hat. Er hat dabeigestanden und uns bespitzelt. Dann hat er den Körper aufgedeckt. Dann hat er die Halskette des Toten gestohlen. Dieser Kerl ist ein widerlicher Typ, eine Art Irrer. Er ist zu allem fähig. Er kann uns ernsthaft in Gefahr bringen."

„Wenn er uns wirklich schaden wollte, wenn er wirklich etwas Furchtbares tun wollte, dann hatte er doch schon seine Chance", argumentierte Suki. „Aber alles, was er macht, ist, kleine Schädel zu verteilen. Ich glaube nicht, dass das reicht, um zu …"

Sie wurde von einem lauten Klopfen an der Vordertür unterbrochen.

„Das muss Pete sein", sagte Della und lief schnell zur Tür. „Hallo", sagte sie und zog die Tür auf.

Aber da war niemand.

„Hallo!" Überrascht öffnete sie die Fliegengittertür und trat hinaus. Die Veranda war leer. Sie kam nach drinnen zurück, stieß die Tür zu und verschloss sie.

„Spinne ich?", fragte sie. „Ihr habt es doch auch klopfen gehört, oder?"

„Vielleicht ist *er* es. Vielleicht ist er zurückgekommen", sagte Maia und sah sehr verängstigt aus. „Sind alle Türen verschlossen?"

„Ich denke ja", sagte Della. „Ich werde nachsehen." Sie

rannte in die Küche, um sich zu vergewissern, dass die Hintertür abgeschlossen war. Das war sie. Dann checkte sie die Glasschiebetür im Arbeitszimmer. Sie war nicht verschlossen. Della hatte Schwierigkeiten, das Schloss zuzuziehen. Diese Tür ließ sich immer schlecht schließen, aber sie schaffte es.

Durch das Glas sah sie in den dunklen Hintergarten. Der bleiche Mond kletterte gerade über das rote Garagendach. Sie presste die Stirn gegen die kalte Scheibe.

Was war das für ein Schatten, der sich über den Rasen bewegte? Hatte sie sich das nur eingebildet? Nein.

Sie zog sich von der Glastür zurück und lehnte sich gegen die Wand. Vorsichtig schob sie ihren Kopf gerade so weit vor, dass sie hinaussehen konnte.

Es war nur eine Katze.

Sie atmete tief ein und langsam wieder aus. Ihr Herz klopfte. Ihre Hände waren plötzlich eiskalt.

„Wie dumm", dachte sie. „Mich vor einer Katze zu fürchten."

Ihr wurde klar, dass die anderen sich wundern mussten, wo sie die ganze Zeit blieb. Nur um sicherzugehen, überprüfte sie das Schloss der Hintertür noch einmal, dann ging sie durch die Diele zurück.

Sie hatte das Wohnzimmer fast erreicht, als sie es erneut an der Eingangstür klopfen hörte.

9

„Wer ist da?“, rief Della.

Keine Antwort.

Gary kam zu ihr in die Diele. „Wer ist da?“, rief er.

Schweigen auf der anderen Seite der Tür.

Impulsiv drehte Gary das Schloss und zog an dem Türgriff. „Nein, Gary – mach das nicht!“, schrie Della. Aber es war zu spät. Er hatte die Tür bereits geöffnet.

Wieder war der Platz vor der Tür leer.

Gary stieß die Fliegengittertür auf und trat hinaus. Zögernd folgte ihm Della bis zur Veranda. Auf der Straße kreischte ein Auto mit nur einem Scheinwerfer um die Ecke und beschleunigte. Es fuhr erheblich schneller als erlaubt. Della erkannte im Licht einer Straßenlaterne, dass es mit Teenagern vollgepackt war.

„Das sollten wir auch tun“, dachte sie sehnsüchtig. „Draußen herumfahren und es uns gut gehen lassen.“

„Gary – bitte. Komm wieder rein“, rief Della und beobachtete, wie er den Vorgarten absuchte.

„Hier draußen ist niemand“, sagte er und klang erleichtert. Er kam zurück auf die Veranda. „Die Erde ist weich, aber ich kann keine Fußabdrücke sehen.“ Er kratzte sich den lockigen, blonden Kopf.

„Vielleicht ist es ein Geist“, versuchte Della zu scherzen.

„Irgendjemand will uns auf den Arm nehmen“, sagte Gary und kam wieder ins Haus.

Della schloss die Tür und verriegelte sie sorgfältig. Sie gingen zurück ins Wohnzimmer.

Ricky, Maia und Suki standen angespannt am Fenster.

„Ist er … ist er da draußen?“, fragte Maia.

Gary zuckte mit den Achseln. „Ich habe niemanden gesehen.“

„Aber wer hat geklopft?“, fragte Maia und ballte ihre Hände zu Fäusten.

„Der Geist aus der Flasche“, sagte Della.

Niemand lachte.

„Vielleicht sollten wir doch zur Polizei gehen“, sagte Suki; sie sah zum ersten Mal beunruhigt aus. Sie trug einen übergroßen türkisfarbenen Pullover, der ihr fast bis zu den Knien reichte. Sie schlug die Arme um sich und verschwand fast in dem voluminösen Pulli.

„Nein!“, beharrte Maia. „Dazu haben wir keinen Grund. Vielleicht wollte uns nur ein dummes Kind aus der Nachbarschaft einen Streich spielen.“

„Ich hab das früher auch immer gemacht“, gab Ricky lächelnd zu.

„Das überrascht mich wirklich“, sagte Suki sarkastisch.

„Ich hielt es damals für sehr lustig“, meinte Ricky. Er ging zur Couch hinüber, streckte sich aus und legte den Kopf auf die gepolsterte Armlehne. „Jetzt bin ich mir nicht mehr so sicher.“

„Wir sind in Gefahr“, sagte Della bedrückt.

„Wir sollten nicht übertreiben“, sagte Gary. „Der Kerl

macht sich nur lustig über uns. Er hatte zwei Chancen, hereinzukommen oder etwas wirklich Furchtbares zu tun, nämlich als die Tür offen war. Er will uns nur erschrecken."

„Wir sind erschrocken", sagte Ricky. „Wir sind erschrocken!"

„Wenn er das nächste Mal klopft, sollten wir auf ihn vorbereitet sein", sagte Gary.

„Was meinst du, Gary?", fragte Della vorsichtig. Gary war ein toller Kerl, und alle mochten ihn. Aber einer der Gründe, warum ihn alle so mochten, war, dass er nicht perfekt war – manchmal machte er verrückte, verwegene Dinge. Dinge, über die die ganze Schule noch Wochen später sprach.

Della kannte Gary wirklich gut. Schließlich waren sie zusammen gewesen. Und sie kannte den Ausdruck auf Garys Gesicht. Ein Ausdruck, der sie nicht glücklich machte. Er war verwegen und trotzig. Della wusste, er hatte sich etwas in den Kopf gesetzt und niemand würde ihn davon abbringen können.

„Gary, woran denkst du?", fragte Della und folgte ihm quer durch das Wohnzimmer.

„An nichts. Sieh mich nicht so an, Della. Ich werde nichts Verrücktes tun. Ich möchte diesen Spaßvogel nur mal sehen."

„Lasst uns nach Hause gehen", bat Maia und kam zu ihnen in die Diele. Ricky und Suki folgten ihr nervös.

„Aber die Party fängt doch erst an!", rief Ricky, und dann lachte er, als hätte er einen tollen Witz gemacht.

„Maia, wir müssen auf Pete warten", sagte Della.

„Und davon abgesehen haben wir nichts geklärt", fügte Suki hinzu. „Wir haben nicht beschlossen, was wir mit den Schädeln und der Nachricht machen wollen."

„Machen? Was heißt hier machen?", wimmerte Maia. „Etwa, in diesem Haus herumsitzen und uns von diesem widerlichen Kerl terrorisieren lassen?"

Gary war nach oben verschwunden. Jetzt kam er mit Dellas Polaroidkamera in der Hand zurück. „Wie wär's mit einem Gruppenporträt?", fragte er lächelnd.

„Das ist die einzige Möglichkeit, diesen Trupp hier zum Lächeln zu bringen", witzelte Ricky.

„Es gibt noch eine andere Möglichkeit, mich zum Lächeln zu bringen, Schorr – hau einfach ab!", sagte Suki und blickte finster drein.

„Lass es, Suki", warnte Gary. „Hör auf, auf Ricky herumzuhacken."

„Ricky hackt durch seine bloße Existenz auf mir herum", murmelte Suki.

„Erinnere mich daran, darüber zu lachen", sagte Ricky und rollte mit den Augen.

„Ruhe jetzt, ihr zwei", bat Della.

„Ich gehe. Wirklich. Ich muss nach Hause", sagte Maia und ging an ihnen vorbei zur Tür.

„Nein! Nicht!", rief Gary und zog sie zurück. „Du verjagst ihn, bevor ich ihn fotografiert habe."

„Ist das dein Plan?", schrie Della. „Wenn er klopft, willst du die Tür aufmachen, ‚Bitte lächeln' rufen und ihn fotografieren?"

„Ja", sagte Gary herausfordernd. „Das ist mein Plan. Hast du einen besseren?"

„Ja. Vergiss es."

„Was ist, wenn er nicht fotografiert werden will?", fragte Suki.

„Was, wenn er ausrastet?", fragte Ricky.

„Ich möchte nach Hause – bitte!", bettelte Maia.

„Wenn ich das Bild gemacht habe, Della, schlägst du die Tür zu und schließt ab. Er wird zu verblüfft sein, um schnell zu reagieren", sagte Gary. „Dann rufen wir die Polizei." Er sah Della an. „Was meinst du?"

„Eine Schnapsidee", sagte Della. „Aber mir ist klar, dass du es trotzdem tun wirst."

Gary lächelte. „Richtig."

„Bitte – lasst mich gehen", wiederholte Maia.

„Maia, das geht uns alle an. Wir müssen zusammenhalten. Wir müssen einander helfen", sagte Della.

„Dann lasst uns alle gehen!", schlug Ricky vor. Schnell hob er beide Hände hoch. „Ein Witz. Nur ein Witz!"

Maia blickte finster und ging ärgerlich ins Wohnzimmer zurück.

„Du bist keine Gefangene", sagte Suki. „Aber du kannst uns auch nicht im Stich lassen."

„Aber ihr benehmt euch alle total verrückt!", beharrte Maia. „Ich will ja nur, dass das alles vorbei ist."

„Das wollen wir alle", sagte Suki. „Aber du wirst es nicht dadurch erreichen, dass du nach Hause zu Mama rennst, Maia."

„Ssst. Wir müssen uns fertig machen", sagte Gary und brachte die Kamera in Position. „In dem Augenblick, in dem er klopft, reißt du die Tür auf, Della. Du musst schnell sein, oder wir kriegen ihn nicht."

„Aber wie …“, begann Della.

Doch bevor sie ihre Frage beenden konnte, hörten sie ein lautes Klopfen an der Tür.

Della machte vor Verblüffung einen Satz. Die Zeit schien stehen zu bleiben.

Ihr Atem stockte.

Alle in der Diele erstarrten.

Das Klopfen wiederholte sich.

Irgendwie schaffte sie es, wieder zu atmen. Irgendwie brachte sie ihr Gehirn dazu zu arbeiten, ihren Arm dazu, sich zu bewegen. Irgendwie drehte sie das Schloss und riss mit einer schnellen Bewegung die Tür weit auf.

Gary trat vor und löste die Kamera aus. Der Blitz schickte einen Strahl weißen Lichts durch die Diele hinaus auf die Terrasse.

10

Der Blitz enthüllte Bewegung, ein Gesicht, Haare, dunkle Kleidung. Es war ein Mann. Er verschwand so schnell wie das Licht.

Er sprang seitlich über die Verandabrüstung. Della hörte ihn die Büsche streifen und weiterlaufen.

„Jetzt muss er um das Haus herum sein“, dachte sie.

Die Überraschung, die Tatsache, dass wirklich ein Fremder auf der Veranda gewesen war, ließ Gary und Della erschaudern. Es war fast so, als hätte die Kamera sie gefangen und auf den Film gebannt.

Bis sie die Fliegengittertür aufgestoßen hatten und hinaussehen konnten, war niemand mehr zu sehen.

„Der Film. Das Bild. Seht mal. Es wird entwickelt.“

Garys Hand zitterte, als er das Polaroidbild festhielt und beobachtete, wie die Farben dunkler wurden.

Maia, Suki und Ricky standen jetzt hinter ihm. Schweigend sahen sie zu, wie das Bild schärfer wurde und Konturen annahm.

„Tolle Aufnahme von der Fliegengittertür“, sagte Ricky und schüttelte den Kopf.

Die Fliegengittertür sah auf dem Foto glänzend und silbern aus. Dahinter war nur Dunkelheit, nicht einmal ein Schatten des Mannes, der von der Veranda gesprungen war.

„Wir haben ihn nicht erwischt“, sagte Della.

„So ein Mist“, murmelte Gary enttäuscht.

Plötzlich trat jemand auf die Veranda.

„Oh nein! Wir haben die Tür nicht zugemacht!“, dachte Della. „Er ist um das Haus herumgegangen und zurückgekommen!“ Sie griff nach der Tür und wollte sie zuschlagen.

„He – was soll das?!“, schrie die düstere Gestalt auf der Veranda.

„Pete!“, riefen alle erleichtert.

Pete sah verwirrt aus. „Tut mir leid, dass ich spät bin. Nett, dass ihr alle zur Tür kommt, um mich zu begrüßen. Ich sehe, die Party ist in vollem Gang.“

„Von einer Party kann keine Rede sein“, sagte Della mit einem Seufzer. „Wir hatten einen Besucher.“ Sie griff hinter ihn, um die Tür zuzumachen. „Hast du jemanden draußen gesehen?“

„Nein. Niemanden.“ Pete starrte auf die Kamera. „Macht ihr Fotos?“

„Ja. Wir stellen ein Familienalbum zusammen“, scherzte Ricky.

„Ohne mich. Ich will Schorr nicht in meiner Familie haben!“, sagte Suki und verzog ihr Gesicht.

Maia ging zurück ins Wohnzimmer und ließ sich in den Sessel plumpsen. Sie sah bedrückter aus als je zuvor. „Kann ich jetzt gehen?“, stöhnte sie.

„Von einer Party kann wirklich keine Rede sein“, stimmte Pete zu.

Maia zog ein Gesicht. „Ich gehe“, sagte sie, machte jedoch keinen Versuch, aus dem Sessel aufzustehen.

„Warte, Maia", sagte Pete. „Ich hab was mitgebracht. Ich denke, das wird dich interessieren."

Aus der Tasche seiner Jeans zog er einen ausgeschnittenen Zeitungsartikel und breitete ihn auf dem Kaffeetisch aus. Alle versammelten sich, um ihn anzusehen.

Er war aus dem Shadyside Deacon. Die Überschrift war:

Nachbarn beobachten Einbruch

Tödliche Schießerei

Eine kleinere Überschrift darunter lautete:

Polizei jagt die beiden Mörder

„Lies vor", sagte Suki zu Pete.

„Sie kann nämlich nicht lesen", witzelte Ricky.

Suki versetzte ihm mit dem Ellbogen einen harten Stoß in den Magen.

„Du liest, Della", sagte Pete und gab ihr den Zeitungsausschnitt.

Der Artikel berichtete, dass Nachbarn beobachtet hatten, wie zwei junge Männer in das Haus des Gemeindegärtners eingebrochen waren. Schüsse fielen, sagten die Zeugen, dann rannten die beiden Männer mit leeren Händen aus dem Haus.

Der Gärtner wurde tot im Haus aufgefunden. Es ging das Gerücht, dass er in Wirklichkeit ein exzentrischer Millionär gewesen sei, der vermutlich ein Vermögen in Bargeld in seinem kleinen Haus versteckt gehabt hatte – das Ziel der Eindringlinge, nahm die Polizei an. Als die Einbrecher das Geld nicht fanden, so die Polizei, hatten sie wohl den Gärtner angegriffen und getötet.

Die beiden Männer waren immer noch auf freiem Fuß, schloss der Artikel, und sie zu finden war die vordringlichste Aufgabe der Polizei. Ein Nachbar hatte sie bei ihrer Flucht genau gesehen. Das Phantombild war am Ende des Artikels abgedruckt.

„Oh nein! Das Gesicht!", rief Della und hielt den Zeitungsausschnitt so, dass alle ihn sehen konnten.

Es war der Mann von der Fear-Street-Insel, der Mann, den sie in der Schlucht begraben hatten.

„Dann war er also ein Mörder", sagte Suki, nahm den Zeitungsausschnitt und starrte die Skizze an, als wollte sie sich das Gesicht einprägen. Schließlich gab sie ihn an Della zurück. „Also brauchen wir uns nicht ganz so schlecht zu fühlen."

„Er hat etwas von einem alten Mann gesagt", sagte Della, die sich plötzlich erinnerte. „Er begann plötzlich, total schnell zu reden, richtig irre, und er sagte etwas davon, mit einem alten Mann nicht kommunizieren zu können. Dass er ihm eine Lektion erteilen musste oder so etwas. Damals machte das keinen Sinn. Ich hatte solche Angst, ich habe wirklich nicht verstanden, was er sagte."

„Gut, jetzt wissen wir, wer er ist", sagte Pete, faltete den Zeitungsausschnitt zusammen und steckte ihn zurück in die Tasche, „und wir wissen, wer uns beobachtet hat, als wir ihn unter den Blättern begraben haben. Und wir wissen, wer Della den silbernen Schädel geschickt hat. Sein Komplize."

Sein Komplize.

„Das ist also die Erklärung", dachte Della. Der junge

Mann war nicht allein im Wald gewesen. Er und sein Komplize hatten sich da draußen versteckt. Wer würde schon auf dieser unbewohnten Insel nach ihnen suchen?

Und der Komplize hatte sich im Wald am Rand der Schlucht verborgen gehalten. Er musste alles gesehen haben.

„Was glaubst du, was der Kerl will?“, fragte Maia.

Es wurde still im Raum. Allen wurde mit einem Mal bewusst, dass ihr Geheimnis nicht mehr ganz so geheim war. Noch jemand kannte es, jemand, der einen alten Mann umgebracht hatte. Jemand, der wusste, wo Gary und Della wohnten. Jemand, der da draußen vor der Tür gestanden hatte.

„Offensichtlich will er sich nicht bei uns bedanken“, sagte Suki trocken.

„Vielleicht will er sich rächen“, schlug Ricky vor.

Alle sahen Ricky an, als wollten sie sich versichern, dass er das ernst meinte.

Die Stille im Zimmer wurde drückend.

„Was ist schlimmer, wenn er uns erpressen will oder wenn er sich rächen will?“, fragte Gary und brach das Schweigen.

„Wie kann er uns erpressen?“, fragte Maia. Ihr Gesicht war rot. Sie war wieder einmal den Tränen nahe.

„Nicht uns. Unsere Eltern“, sagte Pete und sah zu Boden. „Sie haben bei dem Überfall keine Beute gemacht. Vielleicht will der Komplize durch uns an Geld kommen.“

„Meine Eltern sind ziemlich wohlhabend“, überlegte Gary laut.

„Na klasse! Meine haben keine müde Mark“, fuhr Suki ihn bitter an.

Gary ignorierte sie. „Dieser Komplize könnte unseren Eltern alles erzählen. Er könnte drohen, uns der Polizei zu melden, wenn unsere Eltern nicht zahlen.“

„Nein! Das ist unmöglich! Das ist furchtbar!“, schrie Maia.

„Wartet. Wartet mal“, sagte Della und sprang von dem Klavierhocker auf, auf dem sie still über alles nachgedacht hatte. „Das ergibt doch alles keinen Sinn.“

„Was du nicht sagst“, murmelte Suki.

„Dieser Komplize ... er kann nicht zur Polizei gehen. Er hat einen alten Mann umgebracht, habt ihr das vergessen?“, sagte Della.

„Della hat recht“, fiel Maia ein, sie klang etwas erleichterter.

„Er kann nicht in die Polizeiwache marschieren und den Bullen erzählen, dass er gesehen hat, wie wir seinen Partner umgebracht haben.“

„Die Polizei würde uns wahrscheinlich sowieso dankbar sein“, sagte Ricky und wurde lebhafter. „Wir würden wahrscheinlich eine Belohnung bekommen oder so was.“

„Das glaube ich nicht“, sagte Della und schüttelte ungeduldig den Kopf. „Aber dieser Komplize wird sich hüten, zur Polizei zu gehen.“

„Er könnte damit drohen, der Polizei einen anonymen Tipp zu geben. Es wäre leicht für ihn, sie anzurufen und ihnen zu erzählen, was er gesehen hat“, sagte Pete.

„Er hat recht“, rief Maia entsetzt.

„Also, ihr habt die Wahl", meinte Della düster. „Erpressung oder Rache?"

„Wir sind auf jeden Fall erledigt", sagte Suki bedrückt. „Er kann uns unser Leben lang erpressen."

„Wir verständigen besser die Polizei", erwiderte Gary.

„Die Polizei wird dich und Della nicht beschützen können", argumentierte Maia.

„Oh, Maia – versuch doch einmal, nicht nur an dich zu denken!", explodierte Della, die schließlich die Geduld verlor. „Du machst dir nur Sorgen, dass deine Eltern herausfinden, dass du ohne Lehrer zum Campen gefahren bist. Dir ist egal, was mit uns passiert!"

Maias Mund ging auf, und ihr Gesicht wurde rot wie eine Tomate. Sofort bereute Della, ihre Freundin angeschnauzt zu haben. Jetzt würde sie sich monatelang bei ihr entschuldigen müssen. Und was hatte sie damit erreicht, so zu brüllen? Überhaupt nichts. Sie würde Maia nicht ändern.

„Das stimmt nicht!", protestierte Maia. „Ich habe … ich habe nur … okay. Ich sage kein Wort mehr." Trotzig verschränkte sie die Arme vor der Brust und starrte Della wütend an.

„Aber Maia hat recht", sagte Pete plötzlich und sah Della an. „Was kann die Polizei tun, um dich vor diesem widerlichen Kerl zu schützen? Um uns zu schützen? Nichts. Werden sie dein Haus rund um die Uhr bewachen? Oder dich zur Schule und wieder zurück begleiten? Nein."

„Vielleicht kann die Polizei mit unserer Hilfe den Komplizen schnappen", sagte Della.

„Wann?“, fiel Ricky ein. „Nachdem er uns alle im Schlaf umgebracht hat?“

„Hör auf! Sag das nicht!“, schrie Maia.

„Bitte – langsam werden wir alle hysterisch“, sagte Suki. „Wir müssen uns beruhigen. Was der Kerl bisher getan hat, ist …“

Sie verstummte, als sie das Klopfen an der Vordertür hörte.

Alle erstarrten zu Eis. Maia entfuhr ein kleiner Schrei, und sie versank tief im Sessel. Della sah zur Vordertür, als erwarte sie, dass jemand hereingeplatzt käme.

„Ich, ich hab die Kamera auf der Treppe vergessen“, sagte Gary laut flüsternd.

„Ich werde nicht aufmachen“, flüsterte Della. „Ich denke, wir sollten nicht aufmachen.“

Niemand stimmte zu oder war anderer Meinung. Alle starrten in ängstlichem Schweigen in Richtung Diele.

Es klopfte wieder, diesmal länger und lauter.

„Warum macht er das?“, schrie Maia.

„Komm, lass uns aufmachen“, sagte Gary und bewegte sich Richtung Tür. „Es wird sowieso niemand da sein.“

„Nein, Gary …“, begann Della.

Aber es nützte nichts. Er lief zum Vordereingang, zögerte eine Sekunde, dann beugte er sein Gesicht nahe an die Tür und schrie: „Wer ist da?“

Einen kurzen Moment war es still. Dann rief ein Mann von der anderen Seite der Tür: „Wir sind zurück!“

11

Einen Moment sah Gary verwirrt aus. Dann drehte er das Schloss und zog die Vordertür auf.

Dellas Mutter und ein großer, glatzköpfiger Mann kamen herein.

„Oh, hallo, Gary. Was für eine nette Überraschung", sagte Mrs O'Connor. Sie sah leicht überrascht aus. „Das ist Mr Garrison. Er hat mich nach Hause gebracht."

„Deine Mutter hat ihren Haustürschlüssel vergessen", erklärte Mr Garrison Della.

Mrs O'Connor steckte den Kopf ins Wohnzimmer und war noch überraschter, als sie sah, dass Gary nicht der einzige Besucher war. „Della … eine Party vor einem Schultag?"

„Schöne Party", dachte Della. „Was machst du hier?", platzte sie heraus. „Ich meine, warum bist du so früh zurück?"

„Niemand war heute Abend in der richtigen Stimmung, um Bridge zu spielen. Deshalb haben wir beschlossen, früh aufzuhören", sagte Mrs O'Connor. „Was ist hier los?", fragte sie, warf ihre Brieftasche auf einen kleinen Tisch.

„Mama, ich möchte dich mit den Mitgliedern des Naturklubs bekannt machen", sagte Della, die ihre Fassung wiedergewann. Sie stellte alle ihrer Mutter vor.

„Dein Haar gefällt mir“, sagte Mrs O’Connor zu Suki. „Wie schaffst du das, dass es so hochsteht?“

„Mit Gel“, sagte Suki und versuchte zu erraten, ob Dellas Mutter sich über sie lustig machte oder nicht.

„Es ist … wie nennt man das heute? Supercool“, sagte Mrs O’Connor.

Ricky begann zu lachen, hörte jedoch sofort wieder auf.

„Nein, mir gefällt es wirklich“, beharrte Mrs O’Connor. „Wenn Della so etwas mit ihren Haaren machen würde, würde ich sie natürlich umbringen!“

„Mama, bitte …“, unterbrach Della.

„Und was ist der Grund für dieses besondere Klubtreffen?“, fragte Mrs O’Connor, die den Protest ihrer Tochter ignorierte.

„Oh … wir sprechen nur noch mal über die Campingtour“, antwortete Della schnell.

„Ich habe gehört, dass sie ein großer Erfolg war“, sagte Mrs O’Connor und rückte einen Stapel Zeitschriften auf dem Kaffeetisch gerade. Sie konnte nicht einfach nur dastehen und reden. Sie musste immer zugleich etwas Nützliches tun.

„Ja, großartig“, sagte Gary.

„Es war supercool“, fügte Ricky hinzu. Niemand lachte. Falls Mrs O’Connor mitbekommen hatte, dass er sich über sie lustig machte, ließ sie es sich nicht anmerken.

„Wir sind aber gerade fertig“, sagte Della und sah die anderen eindringlich an.

„Ja. Das Treffen ist beendet“, sagte Gary. Er lächelte

Mrs O'Connor zu. „Ich bin der Vorsitzende. Wenn ich das nicht sage, können sie nicht nach Hause gehen."

Dellas Mutter lächelte zurück. „Es ist schön, dich zu sehen, Gary", sagte sie. „Wir haben dich vermisst."

Gary wurde knallrot und sah sehr verlegen aus. Della hätte sich an seinem Unbehagen gefreut, wenn sie nicht in einer solch schrecklichen Situation gewesen wäre.

Alle verabschiedeten sich und gingen in den Abend hinaus – mit Ausnahme von Pete, der unbehaglich im Eingang stehen blieb. „Ähh … Della … kann ich kurz mit dir sprechen?"

„Sicher", sagte Della und wunderte sich, warum er so nervös war. Hatte er Angst hinauszugehen, weil der Komplize des Toten da draußen auf der Lauer liegen könnte? Nein. Sie hoffte, dass er nicht weiter über die ganze Sache sprechen wollte, nicht jetzt, wo ihre Mutter wieder zurück war.

„Ich habe mich gefragt …", begann er und führte sie auf die Terrasse hinaus, um mit ihr allein zu sein, „ob du vielleicht … ob du Lust hast, Freitag mit mir auszugehen?"

„Oh." Das war ganz und gar nicht das, was sie erwartet hatte. Sie atmete tief durch. Die Luft war kalt und süß. Sie konnte die Apfelblüten von der anderen Straßenseite riechen. „Ja. Okay." Sie lächelte ihn an. „Das hört sich gut an."

Er lächelte zurück. „Ich hol dich nach acht ab, okay? Vielleicht können wir ins Kino gehen. Oder ins *The Mill.*"

„Prima."

Die alte, einsturzreife Mühle, die am Ende der Old Mill Road errichtet worden war, lange bevor die Stadt Shadyside existierte, war vor Kurzem neu zum Leben erweckt und als Tanzklub *The Mill* wieder eröffnet worden. Viele von Dellas Freundinnen aus Shadyside High gingen fast jedes Wochenende dorthin, um zu tanzen und Jungen zu treffen. Sie hatte jedoch Schwierigkeiten, sich Pete in seinen akkurat gebügelten Jeans und seinen Ralph-Lauren-Polohemden dort vorzustellen.

„Vielleicht ist er doch nicht so steif", dachte sie, als sie ihn die Straße hinunter zu seinem Kombi gehen sah. „Er war lieb zu mir. Vielleicht ist er genau das, was ich brauche, um Gary zu vergessen."

Plötzlich fröstelte sie. Sie erinnerte sich, dass jemand hier draußen sein könnte. Jemand könnte sich im Dunkeln verstecken, sie anstarren, sie genau in diesem Moment beobachten, sich gegen sie verschwören, sie hassen.

Immer noch fröstelnd drehte sie sich um, stürmte ins Haus und schlug die Tür laut hinter sich zu, so laut, dass Hunde im ganzen Block zu bellen und zu heulen begannen.

„Ich kann nicht glauben, dass es mir so gut geht", sagte Della zu sich selbst. Es war Freitagabend, und sie und Pete hatten schon über eine Stunde in der Disko getanzt. Sie lachte und klopfte ihm ausgelassen auf die Schulter, als er ein lächerliches Tanzmanöver auf einem Bein probierte.

Pete war tatsächlich kein guter Tänzer. Er hatte absolut keinen Sinn für Rhythmus. Aber wenigstens versuchte er es. Er riss sogar Witze über seine Tanzerei. „Ich wusste nicht einmal, dass er Sinn für Humor hat", dachte Della und schalt sich selbst, dass sie einen so falschen Eindruck von ihm hatte.

Im Klub war es heiß und eng. Die Tanzfläche war voller Teenager, die einander anrempelten, wenn sie sich zu der ohrenbetäubenden Musik bewegten; die eindringlichen Trommeln hämmerten einen monotonen Rhythmus durch die gewaltigen Lautsprecher in jede Ecke des großen Raums. Wirbelnde blaue und magentarote Lichter erweckten den Eindruck, dass der Boden sich schnell drehte. Horden von Jugendlichen beobachteten die Tanzenden von der Bar aus, die sich über die ganze Länge des Gebäudes erstreckte, oder von dem niedrigen Balkon, der über die Tanzfläche ragte.

Della und Pete tanzten nonstop. Es war viel zu laut, um zu reden. Kurz nach Mitternacht zog sie ihn hinaus auf den Parkplatz. „Das reicht! Ich bin total geschafft!", rief sie glücklich.

Er lachte. Obwohl die Nacht warm war, fühlte sich die Luft auf ihren heißen Gesichtern kühl an. Als sie zum Himmel hochsah, konnte Della noch immer die wirbelnden Farben der Lichter sehen. Der hämmernde Rhythmus strömte aus dem Tanzklub, Trommeln und Bassgitarren schlugen im Gleichtakt mit ihrem Herz.

„Möchtest du was essen?", fragte er.

„Ich weiß nicht. Es ist schon so spät." Eigentlich sollte sie müde sein, aber sie fühlte sich ganz und gar nicht so.

Sie war aufgedreht, wollte unbedingt weitermachen, stand total unter Strom.

„Komm, wir besorgen uns einen Hamburger", sagte er und zog sie an der Hand. Seine Hand war heiß und feucht.

Als sie ihre Hand plötzlich zurückzog, war er überrascht und stolperte auf sie zu. Impulsiv legte sie ihm die Hand in den Nacken, hielt ihn fest und gab ihm einen langen Kuss.

Endlich ließ sie ihn los. Er sah total verblüfft aus.

„Das war ein Gutenachtkuss", sagte sie und lachte über seinen entgeisterten Ausdruck. „Ich wollte es nur hinter mich bringen. Jetzt holen wir uns einen Hamburger."

Sie kletterten vorne in den Kombi und machten sofort das Fenster auf, um kalte Luft hereinzulassen. Pete fuhr aus der Parklücke und steuerte von dem immer noch vollen Parkplatz.

Ein anderes Auto folgte ihnen unmittelbar mit aufgeblendeten Scheinwerfern. Pete fuhr auf die Old Mill Road und warf einen Blick in den Rückspiegel. „Ich wünschte, er würde das Fernlicht ausmachen", murmelte er.

Die Straße war leer, nichts als Dunkelheit, so weit Della sehen konnte. Es gab nicht viele Gründe, so spät in der Nacht in dieser Gegend der Stadt unterwegs zu sein, es sei denn, man war auf dem Weg von oder zu der Disko.

Della machte es sich in ihrem Sitz bequem und schob ihre Knie gegen das Armaturenbrett. Sie fühlte sich großartig, entspannt und angenehm müde. Aber sie konnte sehen, dass Pete etwas beunruhigte. „Was ist los?"

„Der Kerl weicht mir nicht von der Pelle", beklagte sich Pete und sah in den Rückspiegel.

„Fahr langsamer. Vielleicht überholt er uns", schlug Della vor.

Pete bremste ab. Della drehte sich um, um aus dem Rückfenster zu sehen. Das Auto hinter ihnen überholte sie nicht. Stattdessen wurde es auch langsamer.

„Vielleicht ist es jemand, den wir kennen", sagte Della. „Ich kann es nicht sehen. Die Scheinwerfer blenden mich." Das Rückfenster war mit Licht ausgefüllt, sodass es unmöglich war, etwas zu erkennen.

Pete wurde noch langsamer. Dann fuhr er an den Straßenrand auf den weichen, schmutzigen Randstreifen. „He, was soll das?", rief er aus dem Fenster.

Das andere Auto fuhr auch an den Rand und hielt nur einige Zentimeter hinter ihnen. Pete griff nach der Tür, um auszusteigen. „Nein, warte", sagte Della und hielt seinen Arm fest. Plötzlich hatte sie Angst.

Was, wenn es kein Bekannter war? Was, wenn es ... jemand war, den sie gar nicht kennen wollten? Sie hatte den ganzen Abend nicht mehr an den Toten und seinen Komplizen gedacht. Aber jetzt kam die Erinnerung mit aller Macht zurück.

„Steig nicht aus, Pete. Verriegle deine Tür."

Er sah sie merkwürdig an, befolgte jedoch ihren Rat.

Sie beobachteten das Auto hinter ihnen, er durch den Rückspiegel und sie durch das Rückfenster. Sie warteten, dass jemand die Tür öffnen und aussteigen würde, sodass sie ihn oder sie sehen könnten.

Aber die Tür öffnete sich nicht. Wer immer in dem Auto hinter ihnen saß, brachte den Motor auf Touren, bis er dröhnte.

„Ich habe Angst", flüsterte Della. „Lass uns sehen, dass wir hier wegkommen, Pete."

Zustimmend ließ er den Motor an und trat das Gaspedal durch. Auf dem weichen Grund drehten die Reifen laut durch, und das Auto schlingerte zurück auf die Straße. Für einen Moment verlor Pete die Kontrolle, als das Auto auf den Bürgersteig rutschte. Er lenkte es schnell auf die Straße zurück und fuhr mit voll durchgetretenem Gaspedal davon.

Della sank in den Sitz zurück und zwang sich, nicht in Panik zu geraten. Sie sah zu dem leuchtenden, grünen Geschwindigkeitsanzeiger hinüber. Sie fuhren schnell. Sehr schnell.

„Bitte", sagte Della laut, ohne dass es ihr bewusst wurde. „Bitte verschwinde, wer immer du bist."

Hinter sich hörten sie ein Kreischen. Dann folgte das Dröhnen des Motors von dem anderen Auto. Wieder reflektierte der Rückspiegel helle, gelbe Scheinwerfer, die ihr Auto mit Licht und sich schnell bewegenden Schatten füllten.

„Ich glaub das nicht!", schrie Pete. Das Lenkrad schwang in seiner Hand. Er brauchte seine ganze Konzentration, um die alte, kurvige Straße mit dieser Geschwindigkeit entlangzufahren. „Er verfolgt uns immer noch! Das ist verrückt!"

Er trat das Gaspedal fester durch. Die Tachonadel stieg und stieg.

„Was tun wir“, schrie Della. „Das ist Wahnsinn! Ich hasse Autorennen schon in Filmen! Ich will nicht selbst an einem teilnehmen!“

„Überprüf deinen Sicherheitsgurt“, sagte Pete. „Er lockert sich manchmal.“

„Oh, danke, dass du mir das sagst!“, rief sie. „Was für ein brillanter Zeitpunkt, mich darauf hinzuweisen.“

Pete sah in den Spiegel, und sein Gesichtsausdruck wurde noch besorgter. „Er … er wird schneller!“

„Aber er ist ganz dicht hinter uns. Er wird uns hinten drauffahren!“, schrie Della, duckte sich und schloss die Augen.

„Mein Vater bringt mich um“, sagte Pete. „Er liebt diesen Kombi.“

„Wie kannst du dir nur um das Auto Sorgen machen?“, überschrie Della den Lärm des Motors. „Hier geht es um unser Leben!“

„Du kennst meinen Vater nicht“, sagte Pete, schwenkte auf die linke Bahn und riss dann den Wagen zurück auf die rechte.

„Oh!“, schrie Della, als sie den Zusammenprall spürte und kurz darauf einen weiteren Schlag, als das Auto hinter ihnen auf ihre Stoßstange knallte.

„Was zum …“ Petes Augen starrten geradeaus, als er versuchte, die Kontrolle über das Auto nicht zu verlieren. „Probiert der wirklich, uns von der Straße zu drängen … oder ist das nur ein Spiel … oder was?“

Della schloss ganz fest die Augen und griff nach den

Seiten des Autositzes. Sie schrie wieder auf, als sie von hinten hart gerammt wurden. Ihr Auto schien von der Straße abzuheben und mit durchdrehenden Reifen wieder aufzusetzen.

„Bieg ab!“, schrie sie. „Nimm eine andere Straße. Vielleicht folgt er uns nicht.“

„Ich kann nicht wenden“, sagte Pete, und seine Stimme zeigte seine Angst. „Ich fahr zu schnell. Ich weiß nicht, ob ich nicht die Kontrolle verliere.“

Sie wurden wieder gerammt, dieses Mal härter. Die Scheinwerfer schienen das Auto einzukreisen, jede Ecke zu durchdringen und sie mit einem harten gelben Glanz zu umzingeln.

„Es ist ein Ford“, sagte Pete und schaute wieder in den Rückspiegel. „Kennst du jemanden, der einen schwarzen Ford fährt?“

„Nein“, sagte Della. „Was sollen wir tun?“

„Halt dich fest“, sagte Pete. „Vielleicht ist es verrückt, aber ich versuche es. Wenn es nicht funktioniert … nun … dann ist es eben so.“

„Was willst du tun?“, fragte sie.

Aber statt zu antworten, trat er mit dem Fuß auf die Bremse und riss das Steuer herum. Das Auto kreischte, schlitterte ungefähr neunzig Meter und drehte sich dann. Das andere Auto wich heftig nach rechts aus, dann donnerte es vorbei.

Pete umklammerte verzweifelt das Steuer und versuchte, den Kombi geradeaus zu lenken. Sie hatten sich umgedreht und sahen den Weg, den sie gekommen waren, vor sich.

Wieder trat er das Gaspedal bis zum Anschlag durch. Das Auto schnellte vor.

„Das ist ein alter Kojak-Trick!“, schrie Pete, sichtlich erleichtert, dass er immer noch lebendig genug war, ihr das zu erklären. „Bist du okay?“

„Ich weiß nicht. Ich vermute. Sind wir ihn los?“

Pete sah in den Spiegel. „Ja. Ich denke. Wir …“

Sie hörten das Kreischen von Bremsen und Reifen.

„Er dreht!“

Dann hörten sie einen Krach, so laut, dass Pete die Hände vom Steuer riss. Della schrie auf. Dem Krach folgte ein abscheuliches, knirschendes Geräusch, das Geräusch von zerbrechendem Glas und Holz, das auf Metall aufschlägt.

Pete brachte das Auto zum Stehen. Dellas Herz klopfte. Zuerst hatte sie gedacht, dass sie verunglückt seien! Alles war so unrealistisch. Sie brauchte lange, um zu begreifen, dass das andere Auto von der Straße abgekommen und in die Bäume geknallt war.

„Wir müssen zurück“, sagte Pete. „Wer immer das ist, danach dürfte es ihm nicht allzu gut gehen.“

„Vermutlich“, sagte Della mit einem Schaudern. Sie drehte sich zu Pete. „Bist du okay?“

„Ja“, sagte er und wendete den Wagen. „Ich bin okay. Das ist ein ziemlich aufregendes erstes Rendezvous, meinst du nicht?“

„Halt die Klappe“, sagte sie.

Er drehte vorsichtig und fuhr langsam zurück, bis sie den Ford sahen. Seine Scheinwerfer waren noch immer an, doch der Wagen war so gegen einen dicken Baumstamm geprallt, dass sie in den Himmel leuchteten. Mit seinen sich immer noch drehenden Reifen sah das Auto aus, als wollte es den Baum hochklettern.

Als sie näher herankamen, bemerkten Pete und Della, dass die rechte Seite des Autos ganz eingedrückt war. Überraschenderweise hatte die Fahrerseite nur wenig abbekommen. Glassplitter lagen auf der Straße.

„Lass uns nachsehen, ob er schlimm verletzt ist", sagte Pete.

Della griff fest nach seinem Arm, rührte sich jedoch nicht.

„Du willst nicht mitkommen?", fragte er sanft. „Das ist okay. Kein Problem. Du kannst im Auto bleiben."

„Nein", sagte sie und fühlte plötzlich eine Welle der Übelkeit in sich aufsteigen. „Nein. Ich will raus aus dem Auto. Ich will sehen, wer da drinnen sitzt, wer uns das angetan hat."

Pete öffnete seine Tür und stieg aus. Er ging vorne um den Kombi herum und machte die Beifahrertür für sie auf.

Wackelig kletterte Della aus dem Auto, und sie gingen dem Strahl der Scheinwerfer nach zu der Fahrerseite des verunglückten Autos.

„Jetzt werden wir sehen, wer es ist", sagte Della. Sie fasste nach dem Türgriff und zog die Tür des Fords auf.

Der Wagen war leer.

12

„Wer war denn nun in dem Auto?“, fragte Maia. „Wer hat euch verfolgt?“

„Ich weiß es nicht“, sagte Della achselzuckend.

Es war Montagnachmittag, und sie lehnten an der gelben Fliesenwand vor der Tür zu Mr Abners Zimmer. Die Schule war zehn Minuten früher zu Ende gewesen, und die Räume waren nahezu leer.

Della hatte die ganze beängstigende Geschichte von dem Autorennen am Freitagabend gerade Maia erzählt, denn sie war die Erste vom Naturklub, die sie getroffen hatte. Sie hatte das ganze Wochenende überlegt, ob sie Maia einweihen sollte, aber sie MUSSTE es jemandem erzählen. Jetzt bereute sie es allerdings, denn Maia sah blass und mitgenommen aus.

„Du weißt nicht, wer in dem Auto war?“, fragte Maia verständnislos.

„Es war niemand im Auto“, erklärte Della flüsternd, obwohl der Korridor leer war.

„Du meinst ...“

„Wer immer es war, er muss in den Wald gerannt sein, bevor wir zu dem Auto gekommen sind.“

„Das ist so unheimlich“, sagte Maia, drückte ihren Hinterkopf gegen die Wand und schloss die Augen.

„Glaubst du, es war ...“

„Der Komplize? Vielleicht“, sagte Della. „Es war jedenfalls niemand aus der Schule oder so. Keiner, den wir kennen, würde so ein gefährliches Manöver versuchen.“

„Aber warum sollte …“, begann Maia. Sie hielt inne, als Ricky neben ihnen auftauchte.

„Sprecht ihr wieder über mich, he?“, fragte er und schlang seine dicken Arme um beide. „Nun, es tut mir leid. Ihr könnt mich nicht beide haben. Ihr müsst das unter euch ausmachen.“

Er lachte und ging an ihnen vorbei ins Klassenzimmer. Maia runzelte vor Widerwillen die Stirn. Sie hörte, wie Ricky Suki, Gary und Pete begrüßte.

„Er ist nicht so übel“, sagte Della.

„Nicht so übel wie was? Nicht so übel wie die Beulenpest?“, rief Maia. Dann war ihr Gesicht voller Anteilnahme. „Du bist okay? Du bist nicht verletzt worden oder so?“

„Nein“, versicherte ihr Della. „Pete und mir ist nichts passiert. Wir waren nur ein bisschen verängstigt. Wir sind ganz langsam nach Hause gefahren.“ Sie schwang ihre Büchertasche von einer Hand in die andere und verlagerte ihr Gewicht. „Ich habe nur nicht gut geschlafen. Jedes Mal, wenn ich eingeschlafen war, habe ich die Scheinwerfer vor mir gesehen und geträumt, dass ich wieder verfolgt werde.“

„Das ist furchtbar“, sagte Maia und schüttelte traurig den Kopf. „Ich habe auch schlechte Träume. Was haben wir nur für einen Fehler gemacht. Wenn wir bloß zu Hause geblieben wären, anstatt … Uh-ähh. Da kommt Mr Abner.“

„Hallo, Mädchen. Tut mir leid, dass ich spät dran bin“, rief er ihnen von der Halle aus zu. Er kam schnell herangelaufen, seine braunen Cowboystiefel klickten beim Gehen laut auf dem Boden. Mit seinen engen Jeans und seinem rot-schwarz karierten Flanellhemd sah er mehr wie ein Cowboy als wie ein Lehrer aus. Alles, was er noch brauchte, war ein Halstuch, entschied Della.

„Worüber unterhaltet ihr euch so ernst?“, fragte er.

„Nichts Besonderes“, sagte Maia schnell und wurde rot.

„Haben wir ernst ausgesehen?“, fragte Della neckend. „Das kann nur der erste Eindruck sein, stimmt's?“

Er folgte ihnen in das Zimmer. Sie setzten sich in die erste Reihe. Pete lächelte zu Della hinüber. Suki tätschelte spielerisch Garys Hand.

Mr Abner ließ ein Rollo herunter und sperrte den Sonnenschein aus, der sich über sein Pult ergoss. „Ein schöner Tag“, sagte er zu niemand im Besonderen. „Zu schade, dass wir hier drinnen waren und ihn verpasst haben.“

„Ich wollte ihn nicht verpassen“, sagte Ricky. „Deshalb habe ich den Unterricht heute Morgen sausen lassen!“ Er lachte dröhnend.

Mr Abner verzog sein Gesicht. Dann setzte er sich vorne auf sein Pult, schlug die Beine übereinander und sah auf seine Cowboystiefel hinunter. „Ich bin wieder da“, sagte er. „Ich möchte mich noch mal entschuldigen, dass wir die Camptour verschieben mussten. Ich weiß, dass ihr alle schwer gearbeitet habt, um euch darauf vorzubereiten, und ich weiß, wie sehr ihr euch darauf gefreut habt."

Unbehaglich rutschte Della auf ihrem Sitz hin und her. Sie zog an einer langen Strähne ihres dunklen Haars, eine nervöse Angewohnheit. In der letzten Zeit hatte sie das oft getan, wurde ihr bewusst. Es gab viel, was sie nervös machte.

Wenn jetzt nur einer von ihnen sich verplappern würde! „Themawechsel", bat sie in Gedanken. „Es ist zu gefährlich. Natürlich würde niemand freiwillig etwas verraten. Aber was, wenn sich einer von ihnen verspricht ..."

„... diese Familienprobleme. Ich bin sicher, ihr wisst, was ich meine", sagte Mr Abner. Della stellte fest, dass sie nichts von seiner Geschichte mitbekommen hatte.

Der Lehrer faltete seine langen Beine wieder auseinander und schlug sie andersherum übereinander. „Jedenfalls bin ich zurück", sagte er lächelnd, „und ich habe sehr gute Nachrichten für euch."

Jetzt hörten alle aufmerksam zu.

„Ich konnte unseren Inseltrip für kommenden Samstag umplanen", sagte Mr Abner. Erwartungsvoll lehnte er sich vor und wartete auf ihre erfreute Reaktion. Sein Lächeln verschwand schnell, als niemand etwas sagte.

„Oh. Das ist großartig!", rief Della endlich und hoffte, dass sie wenigstens ein bisschen echt klingen würde.

Bei all dem Terror, den sie in den letzten zwei Wochen erlebt hatten, hatten alle komplett vergessen, dass Mr Abner die Campingtour nachholen könnte.

„Ja. Super", sagte Ricky kein bisschen überzeugend.

„Dieses Wochenende? Oh Mann, ich weiß nicht, ob

das bei mir geht“, sagte Maia. „Meine Familie fährt aufs Land, glaube ich. Um … uh … Verwandte zu besuchen.“

„Ja. Meine auch“, sagte Gary. „Ich meine … nicht aufs Land. Aber ich bin mir ziemlich sicher, dass wir etwas vorhaben, Mr Abner.“

Ihr Lehrer sah verletzt aus. „Ich weiß, dass ihr enttäuscht wart. Deshalb habe ich auch ein paar meiner eigenen Pläne verschoben.“ Er sah Richtung Fenster, konnte jedoch nicht hinausschauen, da er die Rollos vorgezogen hatte. „Ich muss zugeben, dass mich eure Reaktion etwas überrascht“, sagte er und kratzte sich mit den Fingernägeln über die linke Wange. „Oder vielmehr eure mangelnde Reaktion. Das hier ist doch der Naturklub, richtig? Und ihr habt den ganzen Winter gebettelt, eine Camptour zu organisieren, richtig?“

„Wir sind auch noch interessiert“, sagte Gary. „Wirklich.“

„Mein Zeug ist immer noch gepackt und fertig“, fügte Della hinzu.

„Nun kommt schon“, dachte sie. „Zeigt ein bisschen Enthusiasmus. Mr Abner wird misstrauisch. Wir können nicht so lange warten, bis er fragt, warum niemand von uns zur Fear-Street-Insel will. Das können wir nicht.“

„Ich freue mich wahnsinnig darauf“, sagte Suki, die die ganze Zeit still und nachdenklich gewesen war. „Aber ich muss erst mal sehen, was für Pläne bei uns zu Hause für dieses Wochenende anstehen.“ Sie sah Gary an, als erwarte sie, dass er sie unterstützen oder etwas sagen würde, um ihr zu helfen.

Gary guckte unbehaglich zurück. Dann drehte er sich zu Mr Abner um und sagte: „Vielleicht sollte sich der Klub später in der Woche noch mal treffen. Dann wissen wir alle, ob wir können oder nicht."

„Ja, das machen wir wohl besser", sagte Mr Abner und gab sich keine Mühe, seine Enttäuschung zu verbergen. „Ich muss sagen, ich bin alles andere als überwältigt von eurer enthusiastischen Reaktion. Gibt es irgendetwas, wovon ich nichts weiß?"

Della lief es kalt den Rücken hinunter. Sie sah zu Maia hinüber, die die Seiten ihres Stuhls fest umklammert hielt und auf den Boden starrte.

„Ich denke, das ist nur die Frühjahrsmüdigkeit", sagte Gary und grinste Mr Abner beruhigend an.

„Wir sind alle kaputt vom Wochenende. Ich hab ziemlich viel gefeiert. Zu viel gefeiert", sagte Suki.

Alle lachten unbehaglich.

„Wir freuen uns immer noch auf die Tour", sagte Pete.

„Wir freuen uns darauf wie auf eine Mathearbeit", dachte Della. „Niemand von uns wird diese Insel je wieder betreten. Wenn wir nur mit ihm reden könnten. Er ist kein schlechter Typ. Aber er ist ein Lehrer. Wir können ihm das einfach nicht erklären."

„Okay", sagte Mr Abner mit einem resignierten Achselzucken. Er stand schnell auf. „Wir sind uns einig. Wir treffen uns am Mittwoch nach der Schule wieder, und dann lasst ihr mich wissen, ob ihr die Campingtour in euren vollen Terminkalender einplanen könnt."

Er stand auf und ging schnell aus dem Zimmer.

Sobald sie sicher waren, dass er weg war, sprang Gary

auf, ging nach vorne und bedeutete ihnen allen, sitzen zu bleiben. „Wir müssen reden“, sagte er und sah nervös zur Tür. „Was sollen wir Mr Abner sagen?“

„Ja. Wie werden wir diese blöde Campingtour los?“, fragte Suki und klang aus irgendeinem Grund ärgerlich. „Ich werde mit Sicherheit nie mehr campen.“

„Genau!“, schrie Ricky.

Gary forderte ihn auf, die Stimme zu senken. „Ich denke, es geht uns allen so“, sagte er. „Deshalb müssen wir rauskriegen …“

Draußen in der Halle war Lärm zu hören, jemand öffnete einen Spind.

„Wir besprechen das besser nicht hier“, sagte Della.

„Lasst uns zum Parkplatz runtergehen“, schlug Gary vor.

„Ich hab nur ein paar Minuten Zeit“, sagte Maia und sah auf ihre Uhr. „Ich habe meiner Mutter gesagt, dass ich um vier zu Hause bin.“

Sie stürmten zur Seitentür hinaus und liefen zum Schülerparkplatz hinter dem Gebäude. Auf dem Parkplatz standen nur zwei Autos. Alle anderen waren nach Hause gefahren. Auf dem Übungsfeld hinter den Tennisplätzen wärmten sich Mitglieder der Baseballmannschaft auf.

„Wir müssen es hinauszögern“, schlug Pete vor, als sie sich gegen den großen Metallzaun lehnten, der den Parkplatz von dem Übungsfeld trennte. „In vier oder fünf Wochen sind Ferien. Wenn wir alle an den Wochenenden keine Zeit haben, kann die Campingtour nicht stattfinden.“

„Vielleicht sollten wir Abner die ganze Geschichte erklären", schlug Gary vor. „Es wäre gut, denke ich, es einem Erwachsenen zu erzählen. Er würde nicht zur Polizei gehen oder so was. Das glaube ich nicht."

„Nein!", protestierte Maia sofort. „Es ist unser Geheimnis. Wir müssen es geheim halten. Wir haben einen Eid geschworen. Erinnert ihr euch?"

Die anderen stimmten ihr schnell zu. Man konnte nicht wissen, wie Mr Abner sich verhalten würde, wenn er alles herausbekam.

„Wir können ihn vertrösten", sagte Suki mit Bestimmtheit. „Wir müssen uns nur versichern, dass unsere Geschichten …"

„He, mir ist gerade was eingefallen", unterbrach Ricky sie. Er wandte sich Della zu und tippte ihr mit dem Finger auf die Schulter. „Es passt zwar nicht zum Thema, aber was ist mit meiner Farbpistole? Ich bin von der Tour nur mit fünf Farbpistolen zurückgekommen. Du hast mir deine nie zurückgegeben. Kannst du sie heute Abend bei mir vorbeibringen?"

„Oh nein", keuchte Della und griff nach dem Zaun. Ihr war plötzlich ganz kalt.

„Heute Abend nicht? Gut, dann bring sie morgen mit in die Schule", sagte Ricky, ohne ihren entsetzten Ausdruck zu bemerken.

„Ich … ich hab sie vergessen", bekam Della mit Mühe heraus.

„Was?"

„Ich hatte die Pistole in der Schlucht. Dann hat der Mann … er … er hat sie mir weggenommen und …" Sie schüttelte heftig den Kopf, als wollte sie das, woran sie sich erinnerte, wegschütteln. Sie starrte Ricky an. „Ich hab die Pistole neben der Leiche liegen lassen. Auf der Insel."

„Nein! Das darf nicht wahr sein!", schrie Ricky. Er knallte seine Faust gegen den Zaun. Einige der Baseballspieler sahen zu ihnen herüber.

„Ssst. Sprich leiser, Ricky", warnte Gary.

„Aber meine Pistole! Ich meine, du kannst sie nicht da liegen lassen!", schrie er Della an, Gary ignorierend. „Wenn die Polizei die Leiche in den Blättern findet, werden sie auch meine Pistole finden."

„Sie werden nicht wissen, dass es deine ist, Schorr", sagte Suki mit angeekeltem Blick.

„Alle wissen, dass ich Spaß an Farbkriegen habe", sagte Ricky aufgebracht. Er drehte sich von Della weg und schrie Suki direkt ins Gesicht. „Alle wissen, dass ich derjenige an der Schule bin, der die ganzen Farbpistolen hat. Alles, was die Bullen tun müssen, ist, irgendein Kind zu fragen, wem die Farbpistolen gehören, und dann kommen sie direkt auf mich. Diese Pistole wird sie zu Ricky Schorr führen! Und ich sage euch eins ..."

Gary zog ihn von Suki weg. „Beruhig dich. Komm schon, Ricky."

Ricky entwand sich Garys Griff. „Ich sag euch eins, ich übernehme nicht die Verantwortung für diesen Toten. Wenn die Polizei zu mir kommt, erzähle ich ihnen auch von euch."

„Du dreckiges ..." Sukis Augen wurden groß vor Hass.

Schnell trat Gary zwischen die beiden.

„Wartet! Stopp! Alle – stopp!“, rief Della. Sie drehten sich zu ihr herum. „Ricky hat recht. Ich bin dafür verantwortlich. Für alles.“

„Nein, warte … Della“, begann Pete, aber sie hob die Hand und legte sie ihm auf den Mund, um ihn zum Schweigen zu bringen.

„Ich war für die Pistole verantwortlich, und ich habe sie auf der Insel vergessen. Ich denke, ich habe keine Wahl. Ich werde zurückfahren … zurück zur Fear-Street-Insel … und dir die Pistole holen, Ricky.“

„Gut, okay“, sagte Ricky, der immer noch wütend Suki anstarrte.

„Wow! Warte mal!“, kam es von Pete. „Du kannst doch nicht allein zu dieser Insel zurückfahren, Della. Ich komme mit.“

„Danke“, sagte Della weich und lächelte ihn an.

„Vielleicht sollten wir alle mitkommen“, sagte Gary plötzlich.

„Was?“, rief Maia beunruhigt.

„Ja. Vielleicht sollten wir die Campingtour machen. Dann könnte Della sich wegschleichen und die Pistole zurückholen. Schließlich betrifft uns das alle.“

„Und wenn wir gemeinsam fahren, ist es nicht so schlimm“, fügte Pete hinzu.

„Nun … ich denke …“, sagte Suki zögernd. „Ich denke, wenn etwas Schlimmes passiert, ist Abner ja da. Er kann jeden Fremden mit seinen fuuuurchtbaren Cowboystiefeln zertrampeln.“

Alle lachten. Bis auf Maia.

„Aber … aber was machen wir, wenn der Komplize

kommt?“, fragte Maia, hielt sich am Zaun fest und sah zu Boden.

„Ich hoffe, dass er kommt!“, sagte Gary, und sein Gesicht wurde hart vor Ärger. „Ich hab die Nase voll von diesem blöden Komplizen. Ich würde den Kerl gern zermalmen. Das würde ich wirklich gern.“

Della sah unschlüssig aus. Sie hasste es, wenn Gary so brutal redete. „Ihr Jungen braucht wirklich nicht mitzukommen“, sagte sie mit bebender Stimme.

„Das geht uns alle an“, sagte Gary. „Natürlich kommen wir mit ... Stimmt's, Leute?“

Bis auf Maia murmelten alle ihr Einverständnis. Schließlich sagte Maia: „Nun ja. Ich meine ... Die Tour kann nicht schlimmer werden als die letzte, oder?“

13

Das Wetter war nicht sehr vielversprechend, als sie sich in drei Kanus auf den Weg über den See machten. Es hatte sie alle einiges gekostet, um ihren Eltern klarzumachen, dass der Campingtrip eine Fortsetzung hatte. Maia war völlig fertig mit den Nerven. Aber irgendwie hatte sie es dann doch geschafft. Sie hatte von einem Bepflanzungsprojekt auf der Insel erzählt, das noch einmal überprüft werden musste. Diese Geschichte hatte sich Pete für sie ausgedacht.

Diesen Morgen hatten sie sich am Seeufer getroffen. Mr Abner nahm das eine Kanu, und jeweils drei Klubmitglieder saßen in einem der beiden anderen. Hohe Wolken verdeckten die Sonne, und Himmel und Wasser waren von unheilvollem Grau. Ein leichter Nebel erschwerte die Sicht, und man konnte kaum erkennen, wo das Wasser endete und der Himmel begann.

Niemand sagte etwas, als sie losfuhren. Nur das Geräusch der rhythmisch ins Wasser klatschenden Paddel und das heisere Schreien zweier großer Enten, die oben am Himmel flogen, durchbrachen die Stille.

Della lehnte sich vor, sah an Maia vorbei zu Pete, der vorne im Kanu saß, und passte ihre Paddelschläge seinen an. Bei dieser Fahrt waren die Wellen stärker, wurden aufgepeitscht von einem warmen, aber stürmischen

Wind, und es war schwerer, das kleine Kanu auf Vorwärtskurs zu halten.

„Ist das hier ein Stummfilm, oder was?", rief Mr Abner von seinem Kanu, das einige Meter weiter vorne lag. „Wie wär's mit ein bisschen Krach, Jungs? Kennt ihr ein paar Lieder?"

„Nein!", riefen Ricky, Gary und Suki einstimmig.

„Es ist viel zu früh am Morgen, um zu singen", fügte Suki hinzu.

„Hat euch schon mal jemand gesagt, wie außerordentlich lustig ihr seid?", fragte ihr Lehrer und paddelte stärker gegen die Strömung an.

„Nein", schrie Gary. „Niemand!"

Alle lachten halbherzig.

„Ich kann nicht glauben, was wir hier tun", murmelte Maia. „Ich kann nicht glauben, dass wir zu dieser furchtbaren Insel zurückfahren."

„Maia … ssst", warnte Della. „Der Wind kann deine Stimme weitertragen. Du weißt, warum wir zurückfahren müssen. Lass uns das Beste daraus machen."

Maia runzelte die Stirn, schloss die Augen und steckte zum Aufwärmen ihre Hände unter ihr Sweatshirt.

Leichter Nieselregen begann zu fallen. Der graue Himmel wurde dunkler. Im dichter werdenden Nebel erschien alles unheimlich und drohend.

„Perfekt", dachte Della. „Das ist die perfekte Stimmung, um zur Fear-Street-Insel zurückzukehren, zurückzukehren zum Schauplatz eines … Mordes."

„Hör auf, so zu denken", schalt sie sich selbst. Es war kein Mord. Es war ein Unfall. Sie dachte an den Körper, der dort unter den knisternden, braunen Blättern lag. Sie dachte an den Komplizen des Toten, der zu dem Körper ging und die silbernen Schädel von der Kette riss, die der Tote um den Hals hatte. Sie dachte an die Plastikfarbpistole, die neben dem Körper lag.

Würde sie wirklich die Nerven haben, zurück zu der Schlucht zu gehen und die Pistole zu holen?

Ja. Sie hatte keine andere Wahl. Sie konnte sie nicht dort liegen lassen, dann würde die Polizei sie finden.

Sie dachte an den Toten, an seinen Körper unter den Blättern, der verfiel, verfiel, verfiel. Würde sie ihn ansehen müssen?

Nein. Sie würde die Pistole vom Boden aufheben und wegrennen.

Vielleicht würde Pete mitkommen. Ja, wahrscheinlich würde er das.

Sie sah Pete an, der im vorderen Teil des Kanus ruderte, sein dunkles Haar wehte in dem starken Wind. Sie merkte, dass sie ihn wirklich zu mögen begann. Als sie vor einer Stunde am See angekommen war und Gary mit Suki eintreffen sah, hatte ihr das nichts ausgemacht. Sie hatte Gary angesehen und nicht diese Stiche gespürt, dieses Gefühl der Eifersucht. Jetzt war Gary zu irgendeinem Jungen geworden, zu irgendeinem Jungen an ihrer Schule. Und sie war froh darüber.

Als sie aus den Kanus kletterten und sie auf den steinigen Strand zogen, hörte der Regen auf, und die Wolkendecke lichtete sich etwas. Die ganze Insel erschien in Grautönen – die Bäume, die Dünen, der Strand. Della hatte das Gefühl, in einem Schwarz-Weiß-Film zu sein.

„Zieht die Kanus zu den Bäumen rüber", wies Mr Abner sie an, ohne zu merken, dass sie das bereits getan hatten.

„Wir müssen vorsichtig sein", dachte Della. „Wir dürfen ihm nicht zeigen, dass wir die Insel schon kennen."

„Ist die ganze Insel dicht mit Wald bewachsen?", fragte sie. „Ich war nicht mehr hier, seit ich ein kleines Mädchen war."

„Soweit ich weiß, ja", sagte Mr Abner und zog sein Kanu mit den Zelten und der Ausrüstung auf die Insel. „Ich war nie auf der anderen Seite der Insel. Keine Ahnung, wie es da aussieht." Er ließ das Kanu los. „He, das ist eine gute Idee. Lasst uns zur anderen Seite der Insel wandern. Es ist ein guter Morgen für eine Wanderung."

„Oh nein", stöhnte Suki.

Auch die anderen zeigten keine große Begeisterung. „Müssen wir nicht die Zelte aufschlagen und uns erst mal um Brennholz und alles kümmern?", fragte Ricky hoffnungsvoll.

„Wir lassen alles bei den Kanus", sagte Mr Abner. Anscheinend hatte er beschlossen, ihren Widerwillen zu ignorieren.

„Wir schlagen die Zelte auf, wenn wir zurückkommen. Kommt. Legt alles hin und nehmt eure Rucksäcke. Es wird kein langer Spaziergang. Nur zwei, höchstens drei Stunden."

Er nahm seinen blauen Rucksack und schwang ihn sich über die Schulter, ein eifriges Lächeln im Gesicht. Della und ihre Freunde konnten sehen, dass es keinen

Sinn hatte zu protestieren. Sie würden eine Wanderung zur anderen Seite der Insel machen.

„Super Tag für eine Wanderung", sagte Pete, der neben ihr stand, mit einem ironischen Grinsen. „Wie geht's dir?"

„Mir? Okay, denke ich. Ich wünschte nur, dieses Wochenende wäre schon vorbei." Sie nahm ihren Rucksack. Er hielt ihn für sie, während sie ihre Arme durch die Riemen steckte.

„Wir beide", sagte er seufzend. Der Niesel setzte erneut ein, kein direkter Regen, sondern ein feines Sprühen, durch das sich alles nass anfühlte, selbst die Luft, die sie einatmeten. „Ich gehe mit dir die Farbpistole holen. Vielleicht können wir uns während der Wanderung wegschleichen."

Della blickte auf und sah, dass Mr Abner zu ihnen herüberschaute. „Vielleicht sollten wir das besser nach der Wanderung machen", flüsterte sie.

„Wir gehen später, wenn alle Brennholz suchen", entschied Pete.

„Danke", flüsterte sie. „Ich hoffe nur, dass wir nicht das ganze Wochenende wandern. Mr Abner begeistert sich viel mehr dafür, als ich dachte."

Sie folgten den anderen in den Wald. Della zog die Kapuze ihres Sweatshirts hoch, die Kopf und Haar bedeckte, aber nicht die Kälte oder das zunehmende Angstgefühl fernhielt, das in ihr hochkam. Sie wollte nicht wieder durch diesen Wald gehen und ihre Turnschuhe über diese toten braunen Blätter stapfen hören.

Das Gelände stieg steil an. Ihre Turnschuhe rutschten

im Matsch. Das Gehen wurde durch den vom Regen glitschigen Boden schwieriger. Della griff nach Petes Arm, und er half ihr einen steilen Hang hinauf.

Vorsichtig stiegen sie über einen umgefallenen Baum und folgten den anderen tiefer in den Wald hinein. Plötzlich kam Mr Abner eilig zu ihnen zurückgejoggt, eine Videokamera vor den Augen. „Seht nicht in die Kamera", wies er sie an, hielt die Kamera auf Della und Pete gerichtet und ging rückwärts, um sie im Bild zu behalten.

Sie blieben stehen und starrten auf die Kamera.

„Nein … bleibt nicht stehen", rief er. „Geht weiter."

„Mr Abner, was machen Sie da?", fragte Della.

„Ich mache einen Film von der Campingtour", sagte er, während er sie weiter aufnahm. „Wenn wir wieder zu Hause sind, bekommt ihr alle eine Kopie."

„Der arme Kerl", dachte Della. „Er weiß nicht, was los ist. Er hat keine Ahnung, dass niemand von uns eine Erinnerung an dieses Erlebnis haben möchte. Diese Tour wollen wir alle so schnell wie möglich vergessen."

„Ihr könntet wenigstens lächeln", drängte Mr Abner. Er ging rückwärts und hielt die Videokamera weiter auf sie gerichtet. Della und Pete machten einen schwachen Versuch zu lächeln. Plötzlich verfing sich Mr Abner mit seinem Absatz in einer hochstehenden Wurzel und stürzte rückwärts in den Dreck.

Die sechs Klubmitglieder taten ihr Bestes, nicht zu lachen. Doch der Anblick, wie er auf den Rücken fiel, wie die Videokamera aus seiner Hand glitt und wie seine langen Beine in die Luft flogen, war zu lustig, und alle prusteten los. Verblüfft richtete sich Mr Abner langsam auf und überprüfte die Videokamera, um sich zu versichern, dass sie noch funktionierte.

„Wanderregel Nr. 1: Sieh nicht in die falsche Richtung, während du gehst“, sagte er und wischte sich nasse Blätter und Schmutz vom Hosenboden seiner Jeans. Dann fügte er hinzu: „Das habe ich nur gemacht, um euch wachzurütteln. Ihr lacht zum ersten Mal an diesem Morgen.“

Della wurde bewusst, dass er recht hatte. Sie waren nicht gerade gut darin, sich normal zu verhalten. Aber was konnten sie tun? Niemand von ihnen hatte Lust, Witze zu machen, nicht einmal Ricky. Della fiel es sogar schwer, einen klaren Gedanken zu fassen. Sie musste immer wieder daran denken, wie sie sich wegschleichen und das tun konnte, was sie tun musste.

Es kam ihnen vor, als würden sie tagelang wandern. Sie machten nur einmal eine Pause, um die Brote zu essen, die sie mitgenommen hatten. Endlich erreichten sie müde ihr Ziel. Alle schienen mit den Nerven am Ende zu sein. Alle, außer Mr Abner. Die andere Seite der Insel sah genauso aus wie die Seite, die sie schon kannten, was nicht überraschend war. Die Kiefern wichen den niedrigen Dünen eines felsigen Strandes. Falls Land jenseits dieser Seite des Sees liegen sollte, konnten sie es nicht sehen. Niedrige Wolken und Nebel versperrten die Sicht.

„Irgendwie ist es schön“, sagte Della zu Pete und starrte auf den See. „So grau und geheimnisvoll. Fast wie im Traum.“

„Ja“, sagte Pete und verlagerte seinen Rucksack. Er stöhnte. „Der war leicht, als wir losgingen. Jetzt wiegt er eine Tonne.“

Mr Abner war mit dem Filmen des Uferstreifens fertig und setzte die Kamera ab. „Sieht nicht so aus, als würden sich die Wolken verziehen“, sagte er und blinzelte in das endlose Grau.

„Was machen wir jetzt?“, fragte Ricky ihn verdrießlich.

„Wir gehen natürlich zurück“, sagte Mr Abner und blickte weiter über den See.

„Sie meinen, wir müssen durch den Wald zurückwandern?“, stöhnte Maia.

„Möchtest du, dass ich das Auto hole?“, fragte Mr Abner lachend. „Ich sag euch was, lasst uns am Strand langgehen. Wir gehen um den Wald herum statt durch ihn hindurch.“

Die Idee schien allen zu gefallen. Doch bis sie wieder bei ihren Kanus und den Vorräten waren, war es später Nachmittag, ihre Turnschuhe waren durchweicht, sie waren durchgefroren, und ihre Beine schmerzten vom langen Stapfen durch den Sand.

Ricky ließ sich in eins der Kanus fallen. Della und Maia sanken auf dem kalten, nassen, kieseligen Sand auf die Knie.

„Oh, das hat gutgetan!“, rief ihr Lehrer glücklich lächelnd, als er sorgfältig seine Videokamera einpackte. „Nein – nicht hinsetzen, Leute. Der Spaß ist vorbei. Jetzt ist es Zeit für die Arbeit!“

Brummend und murrend trugen sie die Zelte und

Vorräte zu einer Lichtung jenseits der Baumgrenze. Della wurde klar, dass sie sich ganz in der Nähe ihres alten Zeltplatzes befanden, der ungefähr neunzig Meter tiefer im Wald lag.

Nachdem die Zelte aufgestellt waren, schickte Mr Abner sie nach Brennholz aus. „Versucht, trockenes Holz zu finden“, wies er sie an.

„Alles ist tropfnass“, brauste Suki auf. „Wo sollen wir trockenes Holz finden?“

„Ich glaube, ich hab noch was zu Hause“, bot Ricky an. „Ich werde es holen.“

„Ricky …“, sagte Mr Abner streng.

„Nein. Wirklich. Das macht mir nichts“, spaßte Ricky. „Ich hole es und bin bald wieder zurück.“

„Seht nach Holz, das unter Bäumen oder unter anderem Holz liegt“, sagte Mr Abner und überhörte Rickys Einwand. „Das wird trockener sein als Holz, das offen herumliegt. Wir können feuchtes Holz nehmen. Damit dauert es nur ein bisschen länger, das Feuer in Gang zu bringen.“

Die sechs machten sich in verschiedenen Richtungen auf den Weg.

„Maia, bleib hier, und hilf mir, die Abendessensvorräte auszupacken“, sagte Mr Abner. Maia drehte sich sofort um und ging zum Zeltplatz zurück. Sie sah erleichtert aus. „Bringt genug Holz“, rief ihnen der Lehrer nach. „Sieht so aus, als bekämen wir eine kalte, trübe Nacht.“

„Ich weiß nicht, was das Kalte anbelangt, aber was das Trübe betrifft, hat er recht“, sagte Suki zu Gary, als sie gemeinsam aufbrachen.

„Wetten, dass ich dich aufheitern kann“, hörte Della Gary antworten.

„Hör auf, Gary. Lass deine Hände von mir!“, protestierte Suki nicht gerade überzeugend.

Della sah Pete nasse Zweige über den Boden ziehen. „Nichts ist trocken“, murmelte er. „Abner ist verrückt.“ Plötzlich kam Wind auf, schüttelte die Äste und ließ die Blätter in verschiedene Richtungen fliegen.

„Das ist der längste Tag in meinem Leben“, seufzte Della.

„Du wirst dich besser fühlen, wenn wir …“ Petes Stimme verlor sich. Er sah sich um. Die anderen waren zurückgeblieben. „Komm … lass uns gehen.“

„Häh?“

„Lass uns Rickys Pistole holen. Jetzt. Wo es noch ein bisschen hell ist.“

Della zögerte. Sie konnte fühlen, wie ihr Hals wie zugeschnürt war und wie ein dumpfes Gefühl sich in ihrem Magen auszubreiten begann. „Ich denke …“

„Abner ist mit Maia auf dem Zeltplatz. Er wird nichts merken. Wir schnappen uns die Pistole und sind in ein paar Minuten wieder hier.“

„Okay“, sagte Della und zog die Kapuze ihres Sweatshirts hoch. „Vermutlich ist es jetzt nicht besser oder schlechter als zu irgendeinem anderen Zeitpunkt.“

Gemeinsam machten sie sich in Richtung Schlucht auf.

„He, wo wollt ihr hin, Leute?“ Das war Abner. Sie drehten sich verblüfft um. Wieso war er hier im Wald?

„Wir wollten nur, äh …“

„Kommt, Leute“, schimpfte Abner und schüttelte den Kopf. „Ihr kennt die Regeln. Keine Techtelmechtel.“

„Aber wir haben nicht ...“, protestierte Della.

„Natürlich habt ihr“, beharrte Abner lachend. „Kommt näher zum Zeltplatz. Ihr braucht nicht so tief in den Wald hineinzugehen.“

„Okay“, sagten Della und Pete einstimmig. Sie folgten ihm zurück zum Zeltplatz und begannen, am Rand des Waldes Brennholz zu suchen.

„Wir kommen nie weg. Nie“, stöhnte Della.

„Ssst. Sieh mal“, zeigte Pete. Abner und Maia waren zur anderen Seite der Lichtung gegangen. „Komm. Er kann uns nicht sehen. Wir versuchen es noch mal.“

„Okay. Schnell“, sagte sie, die Augen auf Abner gerichtet.

„Erinnerst du dich noch, wo die Schlucht ist?“, fragte Pete. Dellas Sweatshirtkapuze hatte sich in ihrem Haar verfangen. Er half ihr, sie gerade zu ziehen. Seine Hand fühlte sich kalt an, als sie ihre Stirn streifte.

„Ich ... ich bin mir ziemlich sicher.“

„Dann lass uns gehen“, sagte Pete.

Sie eilten in den Wald.

Als sie schnell über den nassen, schlüpfrigen Boden liefen, griff er nach ihrer Hand. Er ließ sie los, als sie den Schrei hörten.

Er kam vom Zeltplatz, ein schriller, ohrenbetäubender Schrei, ein Schrei absoluten Horrors.

Della erkannte ihn sofort.

„Das ist Maia!“, rief sie.

14

Ein zweiter Schrei schrillte durch die Bäume, ein Schrei um Hilfe.

Della und Pete kamen in dem Moment zum Zeltplatz, als Gary und Suki erschienen. Auch sie sahen verängstigt und verwirrt aus.

„Maia! Wo bist du?“, rief Della.

Ricky stolperte mit einem Haufen Zweige in den Händen auf die Lichtung. Er warf sie in die Nähe eines der Zelte. „Was soll das Spektakel? Was brüllt ihr so herum?“

„Hier rüber!“, rief Maia. Ihre Stimme kam von der Nähe des Waldrands auf der anderen Seite der Zelte. „Hilfe, bitte!!“

Mit klopfendem Herzen rannte Della um die Zelte herum Maias Stimme entgegen. Die anderen folgten ihr. Sie fanden Maia auf den Knien neben Mr Abner, der auf dem Rücken lag. Sie wiegte den Kopf des Lehrers in ihren Armen. Als die anderen näher kamen, konnten sie sehen, dass seine Augen geschlossen waren, sein Mund offen und dass von seinem Kopf ein Blutrinnsal tröpfelte.

„Maia ... Mr Abner ... was ...“

„Er ist bewusstlos“, sagte Maia. „Ich kann ihn nicht wieder zu Bewusstsein bringen.“

„Aber wer hat das getan?“

„Hast du gesehen, wie es passiert ist?"

„Ist er gefallen? Wurde auf ihn … geschossen?"

Pete und Gary knieten sich neben Maia. Gary legte seine Hand über der Brust auf Mr Abners Hemd. „Sein Herz schlägt ordentlich", sagte er. „Was ist passiert?"

„Er wurde … niedergeschlagen", sagte Maia mit zitternder Stimme. „Auf den Kopf geschlagen. Ich habe jemanden gesehen … einen Mann … Er ist in den Wald gerannt." Sie sah an ihnen vorbei zum Wald. „In die Richtung."

„Einen Mann?", schrie Della. „Hast du ihn richtig sehen können?"

„Wer war das?", fragte Gary.

„Ich weiß nicht. Er war wie ein Schatten", sagte Maia. „Ein dunkler Schatten. Er trug eine schwarze Jacke, glaube ich."

Mr Abner stöhnte und drehte den Kopf, öffnete jedoch nicht die Augen.

„Wir müssen Hilfe holen", sagte Maia. Sanft legte sie seinen Kopf auf die Erde und trat zurück. Die Ärmel ihres Sweatshirts waren verfärbt von dunklem Blut. „Er ist übel verletzt, denke ich."

Della war überrascht, wie gut Maia im Notfall reagierte. „Sie ist stärker, als wir annehmen", dachte sie.

„Wer hat das getan? Warum?", fragte Suki, die Hände in die Hüften gestemmt. Sie sah eher wütend als ängstlich aus.

„Vielleicht der Komplize des Toten", sagte Pete und blickte Della an. „Vielleicht ist er uns hierhin zurück gefolgt."

„Und jetzt plant er, uns abzumurksen, einen nach dem anderen“, sagte Ricky und starrte in den Wald. Sein rundes Gesicht war plötzlich angespannt vor Angst.

„Halt die Klappe, Schorr“, brauste Suki auf. „Immer machst du alles nur noch schlimmer.“

„Was könnte schon schlimmer sein?“, sagte Maia ruhig. Sie lief zu der anderen Seite des Zelts. Ein paar Sekunden später tauchte sie mit einem zusammengerollten Schlafsack wieder auf, den sie unter Mr Abners Kopf schob. „Einer muss einen Schlafsack aufrollen und ihn damit zudecken“, befahl sie.

Pete rannte los, um einen zu holen.

„Hier sind wir hilflos“, dachte Della laut. „Wir können nichts für Mr Abner tun. Und wir können auch nichts tun, um uns zu schützen, wenn … wenn der, der das getan hat, zurückkommt.“

„Ein paar von uns müssen in die Stadt fahren und Hilfe holen“, sagte Maia und half Pete, den Lehrer mit einem Schlafsack zuzudecken.

„Ich fahre!“, rief Ricky plötzlich.

„Du bist ja gar nicht eifrig, was, Schorr?“, sagte Suki.

„Lass mich in Ruhe“, fuhr Ricky sie ärgerlich an.

„Du hast mir nichts zu sagen!“ Suki schnitt ihm eine Fratze.

„Hört auf. Kommt schon, hört auf“, sagte Gary erregt. „Wir haben einen Notfall.“

„Er verliert sehr viel Blut“, sagte Maia und presste ihr Taschentuch gegen Mr Abners Kopf; ohne viel Erfolg versuchte sie, die Blutung zu stoppen.

„Okay. Wir holen Hilfe“, entschied Gary. „Kommt,

Ricky, Suki. Lasst uns fahren. Ihr drei bleibt hier bei ihm."

Della sah die drei zu den Kanus hasten. Plötzlich blieb Ricky stehen und drehte sich um. „He", rief er, „meine Farbpistole. Was ist mit meiner Farbpistole?"

„Ich hole sie jetzt", antwortete Della. Sie atmete tief durch und sah ihnen nach, bis sie hinter den Bäumen verschwunden waren. „Ich denke, ich habe keine andere Wahl", sagte sie zu Pete. „Ich muss die Pistole holen. Bevor sie mit der Polizei zurückkommen."

„Okay. Ich geh mit", sagte Pete und sah auf Mr Abner herunter. „Wir sind so schnell zurück, wie wir können, Maia."

„Nein!", schrie Maia und griff nach seinem Arm. „Das könnt ihr nicht tun!"

„Was?"

„Ihr könnt mich hier nicht allein lassen."

„Aber Maia ...", sagte Della.

„Nein. Ich meine das ernst. Das ist nicht fair. Was ist, wenn der Mann zurückkommt? Dann ist niemand hier, der mir helfen kann. Ihr könnt mich nicht hier allein lassen. Das dürft ihr einfach nicht."

„Sie hat recht", sagte Della zu Pete.

„Aber Della ..."

„Ich muss die Pistole allein holen", sagte Della. „Du bleibst hier und hilfst Maia."

„Aber ich will nicht ..."

„Wir wollen doch nicht zurückkommen und sehen, dass Maia auch niedergeschlagen worden ist. Oder schlimmer. Es wäre unsere Schuld, Pete. Du musst bei ihr bleiben. Ich bin schnell zurück. Ich renne direkt zu der Schlucht, schnappe mir die Pistole und renne sofort wieder zurück."

Pete befreite sich aus Maias Griff. „Nein. Ich kann dich nicht gehen lassen."

„Sieh mal", sagte Della. Sie hielt die Pfeife hoch, die sie um den Hals trug. „Siehst du das? Ich habe eine Pfeife. Sie ist ziemlich laut. Wenn ich in irgendeiner Gefahr bin, pfeife ich. Okay?"

„Eine Pfeife?" Pete war nicht sehr davon überzeugt, dass das ein guter Plan sei. Aber er sah Maia an, die bleich und zitternd neben ihm stand, und ihm wurde klar, dass er bei ihr bleiben musste.

„Ich bin ganz schnell zurück. Wirklich", beharrte Della und dachte, dass sie das vielleicht selbst glauben würde, wenn sie es immer wieder wiederholte. Sie beugte sich auf Zehenspitzen vor und gab Pete einen schnellen Kuss auf die Wange. „Viel Glück." Dann drehte sie sich um und zwang sich dazu, in den Wald zu rennen.

„Warte … stopp! Della!" Pete kam hinter ihr hergerannt. „Hier. Nimm das besser mit." Er gab ihr eine große Taschenlampe aus Metall. „Es wird dunkel werden."

Sie nahm sie und war überrascht, wie schwer sie war. Sie drehten sich um und gingen in verschiedene Richtungen davon. Della hörte Maia nach Pete rufen, ängstlich, dass er seine Meinung geändert haben und sie allein lassen könnte.

„Maia ist so ein Baby", dachte sie.

Doch dann rief sie sich zur Ordnung. Maia hatte recht.

Sie hatte guten Grund, Angst zu haben. Und sie selbst auch.

Fest umfasste sie die Taschenlampe. „Wenn es nötig ist, kann ich sie als Waffe benutzen", dachte sie.

„Als Waffe? Was denke ich denn da? Hab ich total den Verstand verloren? Bin ich das wirklich, die durch diesen Wald läuft, um einen Toten zu finden und um eine blöde Plastikpistole zurückzuholen? Allein im Wald, während irgendein widerlicher Kerl herumschleicht, irgendein widerlicher Kerl, der Mr Abner niedergeschlagen hat und der jetzt vielleicht mir folgt, mich vielleicht beobachtet, vielleicht bereit ist …

Stopp!

Hör auf zu grübeln. Denk an gar nichts. Geh weiter, geh, bis du die Schlucht findest. Und verbann alles Furchtbare aus deinem Kopf. Lieber an etwas Schönes denken. Was ist mit Pete? Ich werde versuchen, an Pete zu denken."

Aber sie stellte sich vor, wie Pete einen Schlag über den Kopf bekam. Stellte sich einen Mann in einer schwarzen Jacke vor, der durch den Wald rannte. Stellte sich vor, wie Pete, genau wie Mr Abner, auf der Erde lag und wie Blut aus seinem Kopf auf den Boden tröpfelte.

Blut, Blut auf dem Boden. Blut überall.

„Nein. Ich kann nicht an Pete denken. Ich werde an zu Hause denken. Sicher, warm, ruhig.

Aber der Komplize des Toten war auf unserer Veranda und hat dort den Umschlag mit dem silbernen Schädel und der beängstigenden Nachricht hinterlassen. Auf unserer Veranda. Er war praktisch in unserem Haus. Er weiß, wo ich wohne. Er kennt mich. Er …

Beobachtet er mich jetzt? Beobachtet er mich, wie ich durch den Wald laufe? Wartet er darauf, dass ich stolpere, dass ich falle, dass er zuschlagen kann?

Nein!

Hör auf zu denken!"

Della sah sich um und merkte, dass sie die Orientierung verloren hatte. Alles sah gleich aus, die raschelnden Bäume, die Büschel braunen Unkrauts, die schwebenden, sich bewegenden, toten Blätter.

War sie hier schon gewesen? Ging sie im Kreis?

Nein. Das musste die richtige Richtung sein. Sie erinnerte sich an diesen großen, quadratischen Felsen am Fuß des niedrigen Hügels.

Ja. Sie ging in Richtung Schlucht. Sie war fast da.

Sie musste sich nur konzentrieren, wo sie langging, und alle anderen Gedanken aus ihrem Kopf vertreiben.

Plötzlich wurde es dunkler. Della knipste die Taschenlampe an; sie warf einen engen Strahl weißen Lichts auf den Boden vor ihr.

Ja. Das war besser. Wenigstens konnte sie jetzt den Boden sehen, konnte darauf achten, über diesen herabgefallenen Ast zu steigen und um dieses Loch herumzugehen und diese Dornenbüsche zu meiden.

„Genau hier oben ist es", dachte sie erschauernd. Sie starrte über den Lichtstrahl, versuchte, durch die Bäume zu sehen. Jetzt stieg sie einen steilen Hang hinauf. Ja. Daran erinnerte sie sich. Sie erinnerte sich, wie steil er plötzlich wurde, wie überraschend steil und …

Was war das für ein Licht?

Zu ihrer Rechten sah sie durch die Bäume einen Strahl weißen Lichts.

Ist das mein eigenes Licht? Eine Reflexion meines Lichts?

Nein. Sie sah es wieder, ein enger Strahl, abgeschnitten durch einen Ast.

Schnell schaltete sie ihre Taschenlampe aus.

Warum soll ich verraten, wo ich bin?

Ein Schauer lief ihr den Rücken hinunter. Sie rang nach Atem.

Wer war das?

Das Licht verschwand, erschien dann einige Meter näher wieder. Es flackerte und schien zu schweben, als habe es keine Schwerkraft, als würde es von einem riesigen Glühwürmchen ausgestrahlt, das zwischen den Bäumen herumtanzte.

Vielleicht ist es Pete.

Ja, natürlich. Es ist Pete. Er hat Maia beruhigt und ist mir gefolgt.

Sollte sie ihn rufen?

Ja. Nein. Ja.

Aber wenn es nicht Pete war? Wenn es der widerliche Kerl war, der Mr Abner niedergeschlagen hatte?

Nein. Ruf ihn nicht.

Das Licht kam näher.

„Pete?“ Ihre Stimme war klein und verängstigt. Das Wort entschlüpfte ihr einfach. Sie hatte es nicht aussprechen wollen. Aber jetzt, nachdem sie es getan hatte, wiederholte sie es. „Pete?“ Dieses Mal etwas lauter.

Das Licht kam näher. Jetzt hörte sie Schritte.

„Pete?“

Ein Husten. Sie hörte das Husten eines Mannes.

Es war nicht Pete.

Jetzt kam er auf sie zu.

Sie fröstelte. Wie dumm. Wie dumm, zu rufen und ihm zu zeigen, wo sie war. Ihn direkt zu sich zu führen.

Nein! Hör auf! Hör auf zu denken … und lauf.

Sie drehte sich um und ergriff die Flucht. Jetzt dachte sie an gar nichts. Ihr Kopf war leer, klar. Alle Gedanken waren von ihrer Angst verjagt worden. Sie rannte nur, hörte auf das Knacken sich schnell nähernder Schritte hinter ihr, rannte, rannte über die schlüpfrigen braunen Blätter, über die herabgefallenen Äste und Zweige, durch Kletten und Dornensträucher und Büschel großen, sehnigen Unkrauts.

Sie hielt die Taschenlampe fest in der Hand, aber sie machte sie nicht an. Sie hatte keine Zeit. Und sie brauchte sie nicht. Jetzt lief sie wie ferngesteuert durch die Dunkelheit, ferngesteuert durch Angst.

Aber das Licht hinter ihr kam näher und näher.

Schon kletterte sie einen steilen Hang hinauf, kletterte weg von dem Licht, in Richtung …

Bevor es ihr richtig bewusst war, hatte sie die höchste Stelle der Schlucht fast erreicht. Bevor es ihr richtig bewusst war, hatte sie sie erreicht und war über sie hinweg. Sie blieb nicht stehen und sah nicht den umgefallenen Baum auf ihrem Weg …

Della stolperte. Sie schrie nicht auf, gab keinen Laut von sich, denn sie war viel zu ängstlich, um zu schreien.

Sie wusste, wo sie war.

Sie wusste, dass sie die Schlucht gefunden hatte. Und als sie nach vorn stolperte, die Schlucht hinunter, sah sie den furchtbaren, furchtbaren Blätterhaufen – und wusste, dass sie genau auf ihn zuschlitterte.

15

Sie lag genau auf ihm.

„Mir wird schlecht“, dachte sie. Eine Welle der Übelkeit stieg von ihrem Magen her auf. Sie atmete tief ein und hielt den Atem an, wartete, dass das Gefühl vorüberging.

Schwindelig. Mir ist so schwindelig.

Sie versuchte, sich mit den Armen aufzurichten, aber ihre Hände rutschten auf den nassen Blättern aus.

Ich liege genau auf ihm, auf seinem toten, verfallenden Körper.

Sie zwang sich aufzustehen, hielt immer noch den Atem an, fühlte sich immer noch schwindelig.

Ich habe auf einem Toten gelegen.

Die Taschenlampe. Wo war die Taschenlampe?

„Genau, Della“, sagte sie sich. „Denk an die Taschenlampe. Denk daran, die Farbpistole zu finden und aus dieser Schlucht wegzukommen. Denk nicht an den Blätterstapel. Denk nicht an den verfaulenden Körper, auf dem du gerade gelegen hast. Denk nicht …“

Moment. Der Blätterstapel. Er war so flach. Sie erinnerte sich an den Blätterhügel, den sie zurückgelassen hatten.

Gut … vielleicht waren Blätter weggeweht worden.

Vorsichtig trat sie mit dem Turnschuh nach den Blättern.

Bei der Berührung fielen sie auseinander.

Sie trat erneut zu, tiefer in den Haufen hinein.

Nichts als Blätter.

Schwer atmend trat sie mitten in den Stapel. Ihr Turnschuh sank tief ein, bis er den … Boden berührte!

Sie trat nach den Blättern, wieder und wieder, ließ sie in alle Richtungen davonfliegen.

Er war weg. Der Körper war weg. Er lag nicht in dem Blätterhaufen.

Der Körper war weggeschafft worden.

Sie stand da und starrte auf die verstreuten Blätter. Sie wusste nicht, wie sie sich fühlen sollte. Auf der einen Seite war sie erleichtert, dass sie nicht auf einem verwesenden Körper gelegen hatte. Aber dass er weggeschafft worden war, machte die Sache auch nicht besser.

Della schüttelte den Kopf, wie um ihn klar zu bekommen, bückte sich und suchte in den Blättern nach der Farbpistole. Mit beiden Händen schob sie das Laub zur Seite, scharrte wie ein Hund, der versucht, einen verlorenen Knochen zu finden.

Als sie die Pistole nicht fand, stand sie auf und begann, das ganze Gebiet zu durchpflügen. Sie zog langsam mit ihrem Turnschuh gerade Linien, trat in Klumpen feuchter Blätter.

Ohne Erfolg.

„Ich muss sie finden“, sagte sie laut. „Ich muss.“

Sie zog ihren Schuh durch ein weiteres Stück Boden, ohne Erfolg. „Sie muss hier sein“, murmelte sie vor sich hin, bückte sich tief hinunter und suchte zwischen den Blättern.

Ihre Hand traf auf etwas Hartes.

Erschrocken hob sie es auf. Es war ihre Taschenlampe.

„Das dürfte die Sache erleichtern“, dachte sie. Sie schaltete sie ein. Kein Licht. Sie schaltete noch einmal. Noch einmal.

Sie musste bei dem Sturz kaputtgegangen sein.

Frustriert schlug sie mit der Lampe gegen ihr Bein.

„Au!“

Nimm's leicht, Mädchen. Verlier nicht die Kontrolle.

Sie wollte gerade die Taschenlampe wegwerfen, als sie ein Husten hörte.

Hinter ihr.

Sie wirbelte herum.

Jemand stand in der Dunkelheit über ihr. Zuerst sah sie seine schwarzen, mit Matsch bespritzten Stiefel. Dann sah sie seine engen Jeans.

Ihre Augen wanderten zu der Fliegerjacke hinauf.

„Nein, das kann nicht sein!“, schrie sie mit einer Stimme, die sie nicht wiedererkannte. „Sie waren tot! Ich weiß, dass Sie tot waren!“

Mit einem mehr tierischen als menschlichen Knurren sprang er an der Seite der Schlucht hinunter, stürzte sich auf sie und griff mit beiden Händen nach ihrer Kehle.

16

Della fiel rückwärts, entglitt ihm.

Laut atmend trat er einen Schritt zurück und stürzte sich erneut auf sie.

Ohne zu denken, ohne zu realisieren, was sie tat, hob sie den Arm. Und als er nahe genug herangekommen war, schlug sie ihm die Taschenlampe auf den Kopf, so fest sie konnte.

Es gab einen lauten, dumpfen Aufschlag, Metall gegen Knochen.

Die Taschenlampe ging an und warf einen weißen Lichtstrahl auf den Boden.

Plötzlich fühlte sie sich, als hätte jemand anderes das getan. Der Arm eines anderen hatte sich hinuntergebeugt. Eine andere Hand hatte nach der Taschenlampe gegriffen. Ein anderer hatte sie dem Mann über den Kopf geschlagen.

Aber ihre Angst war real. Jetzt konnte sie sie schmecken.

Angst schmeckt bitter, stellte sie fest.

Sie fiel auf den Blättern auf die Knie. Alles um sie drehte sich, die Bäume, der Boden unter ihr, der Mann, der immer noch neben ihr lag. Drehte sich, drehte sich. Wenn sie nur den bitteren Geschmack in ihrem Mund loswerden könnte …

Sie wartete, hielt den Kopf gesenkt, atmete tief ein. Sie wartete, dass das Drehen aufhörte, wartete, dass ihre Herzschläge ruhiger wurden.

Nach einer Weile fühlte sie sich besser. Sie stand auf. Sie hob die Taschenlampe auf und leuchtete in das Gesicht des Mannes.

„Ohh!“ Sie starrte das Gesicht an, das in dem weißen Lichtstrahl so blass wirkte, starrte auf die geschlossenen Augen, auf das lockige, blonde Haar, auf die kurze, aufrechte Nase, auf die lange, gerade Narbe über dem Kinn.

Es war nicht derselbe Mann.

Es war nicht der Tote, der Mann, den sie bei ihrer ersten Campingtour die Schlucht hinuntergestoßen hatte.

Sie richtete das Licht auf sein Gesicht, bis ihre Hand so stark zu zittern begann, dass sie den Strahl nicht ruhig halten konnte. Dann drehte sie sich von ihm weg, um nachzudenken.

Das musste sein Komplize sein, wurde ihr klar.

Natürlich. Natürlich ist das der Komplize.

Und dann wollte sie nur noch weg.

Rickys Farbpistole war ihr jetzt egal, wohin der Körper des Toten geschafft worden war, war ihr egal, der Komplize war ihr egal, alles. Sie wollte nur noch wegrennen, zu dem Zeltplatz rennen, Pete und Maia holen und von der Insel verschwinden – für immer.

Ohne den Mann auf dem Boden noch eines Blickes zu würdigen, richtete sie das Licht der Taschenlampe vor sich und begann, den steilen, matschigen Hang der Schlucht hinaufzuklettern. Sie gebrauchte auch ihre Hände, kletterte wie ein Tier und bemühte sich, die Taschenlampe nicht zu verlieren, während sie sich zum höchsten Punkt hocharbeitete.

Als sie oben ankam, waren die Knie ihrer Jeans von Matsch durchweicht. Sie fühlten sich an ihren Beinen kalt und nass an, als sie in Richtung Zeltplatz rannte, den Lichtstrahl niedrig vor sich herhaltend. Ihre Hände waren wund und mit nassem Matsch bedeckt.

Äste schlugen ihr beim Rennen ins Gesicht. Ein dicker Dorn riss ihr Sweatshirt am Ärmel entzwei. Sie schrie auf, mehr überrascht als vor Schmerz, verlangsamte jedoch nicht ihr Tempo.

„Ich muss zurück, zurück", sagte sie laut, die Worte kamen zwischen schweren Atemzügen.

Wahrscheinlich waren die anderen jetzt aus der Stadt zurück. Und sie hatten die Polizei oder einen Arzt oder sonst wen mitgebracht.

Nicht mehr weit. Nicht mehr weit und sie wäre in Sicherheit.

„Ohhh!"

Sie fiel kopfüber über einen heruntergefallenen Ast.

„Ich bin okay. Ich bin okay. Ich muss weiterlaufen."

Schnell zog sie sich hoch. Ihre linke Hand war verletzt. Sie konnte das warme Blut über ihr Handgelenk laufen spüren.

Ich muss weiterlaufen.

Die Bäume lichteten sich. Sie war fast da.

Dann hörte sie Schritte hinter sich.

Der Komplize?

Nein. Er konnte ihr nicht so leicht gefolgt sein, konnte sie nicht so schnell eingeholt haben.

„Es muss Pete sein“, dachte sie.

Sobald die anderen aus der Stadt zurückgekommen waren, musste Pete losgegangen sein, um nach ihr zu suchen.

Sie wurde langsamer, griff nach der Pfeife um ihren Hals, führte sie an die Lippen und pfiff.

Kein Laut kam heraus. Sie schüttelte sie. In der Pfeife war kein kleiner Ball. Sie war kaputt!

„Ein großer Schutz“, seufzte sie und warf die Pfeife voller Empörung weg.

„Pete!“, schrie sie. „Pete! Hier drüben! Ich bin okay, Pete! Ich bin hier drüben!“

Sie rannte dem Geräusch der Schritte entgegen.

Ein Fuß trat hinter einem Baum hervor, und Della stolperte darüber. Schrie überrascht auf, als sie auf Händen und Knien im weichen Matsch landete.

Ein Lachen.

Schnell drehte sie sich um und sah zu ihm hoch.

Der Tote. Der Mann, den sie getötet hatte.

„Sie sind tot“, platzte sie heraus, während sie auf dem Boden verharrte und in seine wütenden, dunklen Augen starrte. „Sie sind tot. Ich weiß, dass Sie tot sind.“

„Okay. Ich bin ein Geist“, sagte er ruhig. Er zuckte mit den Achseln und trat hinter dem Baum hervor. Er trug dieselbe Fliegerjacke.

„Aber … nein! Sie hatten keinen Puls. Ich habe es überprüft. Gary … er hat es auch überprüft.“

Der junge Mann stand über ihr, sein schönes Gesicht von einem höhnischen Lächeln verzerrt, seine Hände bereit für den Fall, dass sie versuchen würde wegzulaufen. „Ich bin ein medizinisches Wunder", sagte er sanft, ruhig. „Das ist nicht gelogen. Ich habe einen sehr schwachen Puls. Selbst Ärzte haben Schwierigkeiten, ihn zu finden."

„Wirklich?", fragte sie tonlos. Schnell sah sie sich nach allen Seiten um, versuchte, den besten Fluchtweg auszumachen.

„Dann waren Sie das die ganze Zeit", sagte sie. „Aber warum? Warum haben Sie versucht, uns Angst einzujagen? Nur aus Rache?"

„Rache?" Er lachte, ein trockenes, bitteres Lachen. „Was für ein dummes Wort."

„Warum dann?", wiederholte sie.

Er zuckte mit den Achseln. „Wir haben von dem alten Gärtner nichts bekommen. Nicht einen Pfennig. Wenn er irgendwo Geld versteckt hatte, haben wir es jedenfalls nicht gefunden. Das war ziemlich enttäuschend. Und als ihr dann aufgetaucht seid und euer kleines Begräbnis mit mir inszeniert habt, kam uns eine Idee. Zuerst wollten wir euch ein bisschen erschrecken.

Du weißt schon, euch weich machen, es uns erleichtern, etwas Geld von euch und euren netten Eltern zu bekommen. Wie viel hättest du bezahlt, um den Mord geheim zu halten – den Mord an mir?"

Er trat nach einem Baumstamm. „Deine Eltern haben ziemlich viel Zaster. Wahrscheinlich hätten sie etwas davon abgegeben … um geheim zu halten, dass ihre Tochter eine Mörderin ist."

„Aber das bin ich nicht!", protestierte Della. „Sie sind nicht tot."

„Nebensache.“ Er grinste.

„Waren Sie das in dem schwarzen Ford draußen auf der Old Mill Road?“, fragte sie.

„Das war mein Kumpel.“ Er lachte in sich hinein. „Wollte nur ein bisschen Spaß haben. Aber ihr habt ihm mehr Spaß verschafft, als er sich vorgestellt hatte. Der arme Kerl musste durch den Wald zurücklaufen.“

„Dann waren die Schädel … und die Nachricht … bloß dazu da, uns Angst einzujagen, damit wir bezahlen?“

Er grinste. „Ich denke, das kann man so sagen. Ja. Wir wollten nur erst ein bisschen Spaß haben. Und dann zum Geschäft kommen.“

Sie starrten einander an. Della hatte einen freien Weg durch den Wald entdeckt. Wenn sie ihn nur für eine Sekunde ablenken könnte, könnte sie dorthin rennen. Langsam richtete sie sich auf.

Als könnte er ihre Gedanken lesen, packte er sie. „Du dumme Närrin“, sagte er und kam mit seinem Gesicht ihrem ganz nahe. „Warum hast du nicht nachgesehen, ob ich geatmet habe?“

„Au. Mein Arm. Sie tun mir weh!“

Sein Griff wurde fester statt lockerer.

„Warum?“, fragte er. „Warum hast du nicht nachgesehen, ob ich geatmet habe?“

„Ich … ich hatte Angst“, sagte sie und versuchte, sich aus seinem Griff zu befreien, damit die Schmerzen aufhören würden. „Ich hatte zu große Angst. Ich konnte nicht … ich konnte einfach nicht klar denken. Alles drehte sich. Ich wusste nicht, was ich tun sollte.“

„Das stimmt nicht!“, schrie er ihr ins Gesicht, seine

Augen waren wild und irre. Er lockerte seinen Griff um ihren Arm ein wenig. „Es war dir egal“, sagte er höhnisch grinsend. „Ich war dir so egal, dass du nicht einmal nachgesehen hast, ob ich noch atmete oder nicht!“

Er ließ einen ihrer Arme los, holte aus und schlug ihr mit dem Handrücken hart ins Gesicht.

„Nein!“

„Halt die Klappe! Halt die Klappe! Halt die Klappe!“ Er hatte sich in eine blinde Wut geredet.

Sie stand still und blickte zu Boden. Ihre Wange pochte vor Schmerz, und sie wartete, dass er sich beruhigte. Er hielt sie immer noch an einem Arm fest, sein Gesicht war ihrem nahe, sie spürte seinen heißen Atem.

Endlich ließ er sie los und trat einen Schritt zurück.

„Ich bin wirklich kein schlechter Kerl, wirklich nicht. Einige Mädchen sagen, dass ich ziemlich gut aussehe. Was meinst du?“

Seine Wut hatte sich gelegt. Jetzt spielte er mit ihr, testete sie.

Sie wollte nichts sagen oder tun, was ihn wieder vor Ärger explodieren ließ. Aber was war die richtige Antwort?

Wenn sie ihm nur entkommen könnte! Sie war sich ziemlich sicher, wegrennen zu können. Der Zeltplatz war sicher nicht weit. Doch jetzt schien es ihr so, als sei er am anderen Ende der Welt.

„Nun?“ Er wartete auf eine Antwort.

„Ja. Ja, Sie sehen gut aus“, sagte Della. Sie schaute ihn nicht an, versuchte, seine Augen zu meiden, die in ihre starrten. „Sehr gut sogar.“

„Sag es aufrichtig."

„Was?"

„Du hast mich schon verstanden!", schrie er. „Sag es aufrichtig!"

„Ich war aufrichtig", sagte sie vorsichtig, weil sie seinen Zorn wieder aufflackern sah.

„Gut, vielleicht wird dir das hier helfen, etwas aufrichtiger zu sein." Er griff in seine Tasche, dann hielt er ihr etwas vor das Gesicht.

Es war eine Pistole.

„Nein!", schrie sie. Sie hatte nicht schreien wollen, aber in diesem Augenblick wurde ihr bewusst, dass er sie töten wollte.

Ihre Angst ließ sie handeln. Sie machte einen Satz und rannte los.

Aber er fing sie schnell ein, griff nach ihrem Arm und drehte sie herum.

Seine dunklen Augen waren wild vor Zorn. „Nein", schrie er. „Nein! Nein! Nein! Du hast freundlich zu sein. Weißt du denn gar nichts?"

Er hob die Pistole und presste den Lauf gegen ihre Schläfe.

„Nein, bitte ...", gelang es ihr zu sagen, ihre Stimme war nur ein Flüstern.

„Du hast deine Chance gehabt!", schrie er.

Er zog den Abzug.

17

Sie hatte keine Zeit zu schreien.

Zuerst wurde ihr bewusst, dass sie immer noch lebte. Dann fühlte sie die Flüssigkeit seitlich an ihrem Gesicht hinunterlaufen.

Farbe. Er hatte mit der Farbpistole auf sie geschossen.

Sie griff sich an den Kopf und rieb ihre Finger in der Farbe, um sich zu vergewissern. Ja. Gelbe Farbe.

Er ließ sie los und begann zu lachen. Er schüttelte den Kopf, fand ihre Angst, den versteinerten, entsetzten Ausdruck auf ihrem Gesicht, lustig. Immer lauter lachte er, härter, er schloss die Augen und zeigte auf sie, das grausamste Lachen, das sie je gehört hatte.

Dann wirbelte er die Farbpistole an seinem Finger herum und schoss einen Strahl Farbe in die Luft. Darüber musste er noch stärker lachen. Er hatte Tränen in den Augen. Sein Lachen klang verrückt. Er lachte so stark, dass er nach Atem ringen musste.

„Jetzt“, dachte Della. „Das ist meine Chance.“

Sie drehte sich um und begann zu rennen. Sie hatte ihren Fluchtweg schon gewählt. Sein Lachen war die Ablenkung, die sie brauchte. Sie wusste, dass sie nur ein paar Sekunden Vorsprung haben würde – aber vielleicht, nur vielleicht, waren ein paar Sekunden alles, was sie nötig hatte.

Sie rannte schnell, flog fast über den Boden. Die plötzliche Freiheit ließ sie Leichtigkeit empfinden, während sie rannte. Sie hatte das erstaunliche Gefühl, fliegen zu können, wenn sie nur wollte.

Flieg weg, Della. Flieg weg.

„Ich bin noch nie so schnell gerannt", dachte sie.

Sie war verblüfft, als er sie um die Taille packte und zu Fall brachte.

Sie landete hart auf der Seite und stöhnte vor Schmerz, als er auf sie fiel. Sie hatte das Gefühl, sich eine Rippe gebrochen zu haben.

Er stand langsam auf und sah auf sie hinunter, jegliche Heiterkeit war aus seinem Gesicht gewichen. Es war, als hätte es das Lachen nie gegeben. Jetzt zeigte sein Gesicht nur Ärger.

Grob zog er sie hoch und stieß sie hart nach hinten. Sie hielt sich ihre Seite. Der Schmerz ließ langsam nach. Wahrscheinlich war doch nichts gebrochen.

„Ich hab auch eine richtige Pistole", sagte er sanft. „Damit habe ich den alten Mann in dem Haus erschossen. Ich kann wieder damit schießen."

„Nein", sagte Della und wischte sich nassen Dreck von den Händen. Sie sah keine richtige Pistole. Aber sie wollte ihn auch nicht herausfordern.

„Ich kann wieder schießen", wiederholte er, seine Augen wurden irre, als sein Ärger wuchs. „Ich habe keine Probleme damit, wirklich nicht. Wenn das zum Kommunizieren nötig ist. Ich möchte nur kommunizieren, du weißt das. Das dürfte nicht so schwierig sein. Von Mensch zu Mensch. In der Art. Du weißt, was ich meine? Warum sollte das so schwer sein? Warum sollte es den Leuten so schwerfallen zu verstehen? Warum muss ich eine Waffe gebrauchen? Du weißt, woher ich komme, nicht? Du siehst wie ein kluges Mädchen aus. Du verstehst, was ich meine, nicht?"

Er hielt inne, als warte er auf eine Antwort.

Sie starrte ihn an. Sie wusste nicht, was sie sagen sollte. „Ja, ich verstehe", sagte sie schließlich.

Er ist verrückt, wurde ihr bewusst. Absolut verrückt.

Plötzlich hatte sie das Gefühl, schreien zu müssen.

„Ich bin hier mit einem Verrückten gefangen. Er kann alles mit mir machen! Alles!", dachte Della. „Was haben Sie mit mir vor?", platzte sie heraus.

Er blinzelte, überrascht durch die Unterbrechung. Sein ärgerlicher Ausdruck wich einem leeren Starren. „Spielt doch keine Rolle", sagte er bitter. „Ich bin doch auf jeden Fall tot, richtig?"

„Nein", stotterte sie.

Sein Ärger kam zurück. Er griff nach ihrem Arm. „Ich bin auf jeden Fall tot, richtig? Du hast mich unter einem Haufen von Blättern begraben, erinnerst du dich? Ich bin nicht einmal hier … richtig?"

„Nein! Ich meine …"

„Ich bin tot. Ich bin ein toter Mann, ein toter Mann", wiederholte er und zog sie an sich.

„Nein! Bitte!"

Das helle Licht verblüffte Della fast ebenso wie ihn.

Da waren Schatten, die sich bewegten, das Knacken von Schritten und dann ein Dreieck hellen, weißen Lichts.

Das Licht schien dem jungen Mann in die Augen. Er schnitt eine Grimasse und ließ Della los. „He … ich kann nichts sehen!“ Er hob die Hände, um seine Augen zu schützen.

Eine andere Hand zog an Dellas Arm. „Los … renn!“

„Pete!“, schrie sie, als sie ihn erkannte.

Pete leuchtete dem Mann mit seiner hellen Halogenleuchte in die Augen. „Komm schon!“, rief er.

Aber Della folgte ihm nicht gleich. Geistesgegenwärtig bückte sie sich und hob die Farbpistole auf. Der Mann nahm seine Hände herunter, um zu sehen, was passierte. Und sie schoss – zweimal, dreimal, viermal.

Er schrie auf. Die Farbe brannte in seinen Augen. Er bedeckte sie erneut, schrie blind vor Schmerz.

Della drehte sich um.

„Nein … diesen Weg!“, schrie Pete.

Sie war die ganze Zeit in die falsche Richtung gelaufen.

Sie folgte ihm, stolperte über eine Wurzel.

„Beeil dich, Della! Er kommt hinterher!“

Della sah panisch über ihre Schulter, sah ihn hinter ihnen herkommen; er rieb sich noch immer die Augen. Hatte er eine Pistole, wie er geprahlt hatte? Wenn er sie hatte, würde er davon Gebrauch machen, das wusste sie. Das hatte er ihr ganz deutlich zu verstehen gegeben.

Sie zog sich hoch und begann, wieder zu rennen.

„Pete … warte nicht auf mich! Lauf einfach!“, schrie sie.

Aber Pete wartete, bis sie ihn eingeholt hatte. „Ich habe so lange gebraucht, um dich zu finden. Ich gehe nicht ohne dich zurück!“, rief er.

Sie rannten zusammen, Seite an Seite, sahen sich alle paar Sekunden um. Ihr Verfolger jagte sie noch immer. Er rieb sich nicht mehr die Augen. Aber er rannte unsicher, vorsichtig, als könne er nicht richtig sehen, wohin er lief.

„Wir sind fast da", rief Pete schwer atmend.

„Ich … ich kann nicht …", stöhnte sie, „ich kann nicht mehr. Ich …"

Er griff nach ihrer Hand. „Komm. Du schaffst es."

Sie sahen sich um. Der Mann in der Fliegerjacke kam immer näher. „Kommt zurück! Ich will mit euch reden!", schrie er aus Leibeskräften.

Der Klang seiner Stimme, so laut, so nah, so außer Kontrolle, ließ sie nur noch schneller laufen.

„Stopp! Ich will nur mit euch reden! Das ist alles … wirklich! Stopp! Ich will nur mit euch kommunizieren!"

Della tat die Seite weh, und sie hatte das Gefühl, nicht atmen zu können, aber sie hielt mit Pete Schritt. Endlich erreichten sie die Lichtung, und als Della die Zelte und ihre Freunde und das kleine Campingfeuer sah, stürzte sie vorwärts, stürzte mit ihrem ganzen Körper vorwärts. Jetzt flog sie, schwebte über dem Boden. Sie spürte keine Schmerzen mehr, da sie zurück im Zeltlager und sicher war.

Schwer atmend fiel sie vor dem Feuer auf die Knie. Maia und Suki kamen zu ihr gerannt.

Und der junge Mann in der Fliegerjacke trat auf die Lichtung.

„Da ist er!", hörte sie Pete rufen.

Sie hörte Füße laufen. Es gab viel Bewegung, viel Verwirrung.

Sie sah auf und war verblüfft, dass drei Polizisten auf den Zeltplatz stürmten. Zuerst glaubte Della, es sei ein Traum, eine Halluzination, die durch das lange Laufen, ihre Erschöpfung und die Angst hervorgerufen wurde.

Aber die Polizisten waren echt.

Der junge Mann starrte sie ungläubig an. Er bewegte sich nicht, machte keine Anstalten zu fliehen.

Sie kreisten ihn ein und ergriffen ihn mit Leichtigkeit. Er machte nicht einmal den Versuch, sich zu widersetzen. Er war zu überrascht, zu atemlos, zu erschöpft, um sich zur Wehr zu setzen. „Wo kommen Sie denn her?“, fragte er und sah äußerst verblüfft aus.

„Cincinnati“, witzelte ein rotgesichtiger, junger Polizist. „Und wo kommen Sie her?“

„Vom Mars“, war die bittere Antwort.

„Mir ist egal, wo er herkommt“, sagte ein anderer Polizist und gab ihm einen kräftigen Schubs. „Aber ich weiß, wo er hinkommt.“

„Ihr Bullen wisst immer alles“, sagte der Mann in der Fliegerjacke atemlos.

„Lies ihm seine Rechte vor“, sagte ein dritter Polizist. „Sind Sie okay, junge Frau?“

„Ja. Ich denke schon“, sagte Della unsicher. „Er hat mich im Wald festgehalten. Er wollte …“

„Ist schon in Ordnung.“ Der Polizist legte ihr eine heiße, schwere Hand auf die Schulter. „Sie können uns das später erzählen. Kommen Sie erst mal wieder zu Atem.“ Er ging zu den anderen zurück.

„Sein Komplize …“, begann Della.

Schnell und äußerst interessiert drehte der Polizist sich um. „Ja?“

„Sein Komplize ist im Wald. In der Schlucht. Ich bringe Sie hin.“

„Okay. Lassen Sie mich nur erst die Wache anrufen.“ Er rief seinen zwei Kollegen zu: „He … der Komplize ist hier im Wald!“ Dann wandte er sich wieder an Della. „Sie wissen, dass eine Belohnung auf die beiden ausgesetzt ist?“

Della lächelte Pete an, der sich eine Feldflasche mit Wasser über den Kopf goss, um sich abzukühlen. Er lächelte durch das Wasser, das über sein Gesicht tröpfelte, zurück.

„Die beste Belohnung“, sagte er, „ist, dass dieser Albtraum vorbei ist.“

18

„Wohin gehst du heute Abend?", fragte Dellas Mutter und fuhr Della mit der Hand durchs Haar.

Della wich zurück. Immer veränderte ihre Mutter ihre Frisur, wenn sie sie gerade so hingekriegt hatte, wie sie wollte. „Ins Kino, denke ich. Oder vielleicht zu Pete, Videos gucken. Pete hat nichts Genaues gesagt."

„Ein Film ist okay", sagte ihre Mutter und glättete ein Sofakissen. „Ich möchte aber nicht, dass du zu lange wegbleibst." Ihre Mutter sah sie durch das Zimmer an, einen nachdenklichen Ausdruck im Gesicht.

„Wahrscheinlich denkt sie an all die furchtbaren Dinge, die ich ihr erzählt habe", vermutete Della. Nachdem sie ihren Eltern – und der Polizei – alles gebeichtet hatten, was seit ihrer Campingtour passiert war, fiel es allen schwer, sich mit etwas anderem zu beschäftigen.

Della hatte den größten Teil der Woche daran gedacht, es noch einmal durchlebt, sogar nachts davon geträumt. Wenigstens hatten Maias Eltern besser reagiert als erwartet. Sie waren in erster Linie besorgt – und sogar ein wenig stolz, dass ihre Tochter bei der Ergreifung der Mörder beteiligt gewesen war.

Jetzt, eine Woche später, war allerdings endlich Zeit, es aus ihrem Kopf zu verbannen, fand Della. Sie wollte ausgehen und einen schönen Samstagabend haben.

Die Türklingel schellte, und sie lief, um aufzumachen.

„Hallo, Pete."

„Wie geht's, Della?"

„Super." Sie rief ihrer Mutter „Gute Nacht" zu, ging hinaus und schloss die Vordertür hinter sich.

Einige Minuten später fuhren sie in dem Kombi seiner Familie Richtung Stadt. „He – warte mal!", schrie Della alarmiert auf. „Was ist das?"

Sie zeigte auf das zusammengefaltete Zelt hinten im Auto.

„Oh, das", sagte Pete grinsend. „Ich dachte, du hättest vielleicht Lust auf Camping!"

Sie schlug ihn, so fest sie konnte, auf die Schulter.

„War doch nur ein Witz! War doch nur ein Witz!", protestierte er, duckte sich und versuchte, weiteren Schlägen auszuweichen. „Ich hab's mitgenommen, um es für die Pfadfindergruppe meines Bruders flicken zu lassen."

„Okay", sagte sie lachend und lehnte sich im Sitz zurück. „Das einzige Camping, das ich von jetzt an noch machen möchte, ist vor dem Fernseher in der Bude!"

„Das klingt gut für mich", sagte Pete und bedeutete ihr, auf dem Sitz näher zu ihm hinzurücken. „Aber kannst du vor dem Fernseher Marshmallows rösten?"

„Wir können es versuchen", sagte Della und rückte näher an ihn heran. „Wir können es versuchen."

OHNE JEDE SPUR

Ein wortloser Abschied …

1

Als Mom und Dad die erste Nacht nicht nach Hause kamen, haben wir uns zuerst nicht besonders darüber aufgeregt. Bei uns lief nämlich eine Riesenparty.

Eigentlich war das gar nicht geplant. Wir fühlten uns ein bisschen einsam, und deshalb lud Mark Gena ein. Dann rief ich Lisa und Shannon an, meine beiden neuen Schulfreundinnen. Die luden noch ein paar andere Leute ein, und bevor wir richtig wussten, was los war, feierten plötzlich ungefähr zwanzig Leute in unserem Wohnzimmer, das Mark und mir immer noch so neu und ungemütlich vorkam.

Wir waren erst vor zwei Monaten hier eingezogen – Anfang September –, um rechtzeitig mit Beginn des Schuljahres an der Shadyside Highschool anfangen zu können. Und obwohl dieses Haus zweimal so groß war wie unser altes in Brookline, war es viel älter und wirkte heruntergekommener.

Die Leute, die wir an der Highschool kennenlernten, verhielten sich immer ganz merkwürdig, wenn wir ihnen sagten, dass wir in der Fear Street wohnten. Sie fingen sofort an, uns Geschichten über furchtbare Dinge zu erzählen, die in unserer Straße und den dichten Wäldern dahinter passiert waren. Geschichten über unheimliche Gestalten, über Menschen, die einfach verschwanden und nie wieder auftauchten, über Geister und lauter solche Sachen.

Ich bin sicher, dass Mark diese Schauergeschichten für wahr hält. Er glaubt nämlich immer alles, was man ihm erzählt. Obwohl mein Bruder ein Jahr älter ist als ich, bin ich längst nicht so gutgläubig wie er und viel zynischer.

Mark ist ein richtig netter Kerl. Offen und geradlinig – und so sieht er auch aus. Mit seinen breiten Schultern, dem kräftigen Hals, den blond gelockten Haaren und den tiefgrünen Augen wirkt er ein bisschen wie ein Bodybuilder. Aber sein Aussehen täuscht – er ist nicht blöd oder naiv, er hat einfach Vertrauen zu anderen Menschen. Er zieht die Leute nie auf, und ich glaube, er merkt es nicht mal, wenn er selber auf den Arm genommen wird.

Mark schließt ganz leicht neue Freundschaften, weil ihn alle auf Anhieb sympathisch finden. Bei mir ist es da schon schwieriger. Wahrscheinlich schreckt mein etwas schräger Sinn für Humor einige Leute erst mal ab. Deswegen waren die meisten unserer Partygäste auch neue Freunde von Mark, die er in der kurzen Zeit kennengelernt hatte.

Ich hatte einen ganz guten Draht zu Lisa und Shannon, mit denen ich in eine Klasse ging, aber so richtig dick befreundet waren wir bis jetzt nicht. Außerdem war mir noch kein Junge über den Weg gelaufen, der mir wirklich gut gefiel. Mark hatte da mit Gena Rawlings mehr Glück gehabt.

Gena war auch der Grund für den großen Krach am Frühstückstisch, der an diesem Morgen stattfand. Mark hatte einen richtig heftigen Auftritt mit meinen Eltern, bevor er zur Schule ging. Mom und Dad waren nämlich mit Gena überhaupt nicht einverstanden und wollten nicht, dass Mark und sie sich weiterhin sahen. Dabei waren die beiden regelrecht unzertrennlich. Es war wirklich rührend, sie zu beobachten. Mark entwickelt immer gleich ziemlich starke Gefühle, wenn er mit einem Mädchen zusammen ist, aber ich glaube, er war noch nie so verliebt wie in Gena.

Als er Mom und Dad fragte, was ihnen denn an Gena nicht passen würde, und sie ihm keine richtige Antwort geben konnten, platzte ihm der Kragen.

Zu Recht, finde ich. Meine Eltern sind normalerweise wirklich nett und reden immer ganz ehrlich mit uns. Ich verstand auch nicht, was sie gegen Gena hatten.

„Wahrscheinlich kommst du wegen ihr gar nicht mehr zum Lernen", sagte mein Vater. Ziemlich lahmes Argument. Mark war schon immer ein guter Schüler gewesen. Er arbeitet wirklich hart für die Schule – im Gegensatz zu mir – und nimmt seine Noten so ernst wie alles andere in seinem Leben auch.

Ich kann gut verstehen, dass Mark sauer wurde und Dad anschrie. Natürlich feuerte mein Vater sofort zurück und sagte eine Menge Dinge, die *er* besser nicht gesagt hätte. Daraufhin lief Marks Gesicht krebsrot an, und er brüllte eine Menge Dinge, die er besser nicht gesagt hätte. Als sich dann auch noch Mom einmischte, wurde es so laut, dass ich dachte, die Küchenwände mit der abblätternden gelben Farbe würden gleich Risse bekommen und zusammenstürzen.

Ich machte mich auf meinem Stuhl möglichst klein und starrte meinen Pfannkuchen an. Mir war der Appetit gründlich vergangen. Ich weiß auch nicht, warum Mark so auf diese Gena abfährt, aber ich finde, meine Eltern haben kein Recht, deswegen auf ihm herumzuhacken. Und schon gar nicht gleich am frühen Morgen.

Es war unser lautester Streit seit langer Zeit. Der letzte hatte noch in Brookline stattgefunden, als Mark und ich uns das Auto geliehen hatten, ohne unseren Eltern Bescheid zu sagen, und sie es als gestohlen gemeldet hatten. Dafür bekamen wir zwei Monate Ausgangsverbot. Keine große Sache.

Aber das hier *war* eine große Sache für Mark. „Ich bin sechzehn. Ich weiß genau, was ich tue!", schrie er.

Mom und Dad lachten laut los, was ich ziemlich gemein fand.

Mark wurde natürlich noch wütender und griff nach seinem Pfannkuchen, um ihn quer durch den Raum zu schleudern. Ich konnte förmlich schon sehen, wie er mit einem dicken, fetten *Splash* an der Wand landete.

Aber Mark bremste sich im letzten Moment und knallte den Pfannkuchen nur wütend auf seinen Teller. Dann stand er auf, drehte sich wortlos um und stapfte durch die Küchentür, die er mit voller Wucht hinter sich zuschlug.

Mom und Dad waren ziemlich blass geworden. Sie sahen sich über den Tisch hinweg an und schüttelten den Kopf. „Du wirst zu spät zur Schule kommen", sagte mein Vater nach einer ganzen Weile. Seine Stimme klang ein bisschen zittrig. Dieses Gebrülle hatte ihn ziemlich aufgeregt.

Unsere Eltern waren überhaupt sehr nervös, seitdem wir nach Shadyside gezogen waren. Wahrscheinlich hatte es mit dem Umzugsstress und ihrem neuen Job zu tun, obwohl sie das ja eigentlich hätten gewohnt sein müssen. Wegen ihrer Arbeit zogen wir nämlich ständig um. In den letzten acht Jahren hatten wir in sechs verschiedenen Städten gelebt.

Das war natürlich nicht einfach für sie – aber für Mark und mich auch nicht. Ich hatte jedes Mal Schwierigkeiten, Freunde zu finden, weil ich genau wusste, dass wir in einem Jahr oder so wieder umziehen würden und ich sie dann zurücklassen musste. Meine Mutter hielt mir oft vor, dass ich eine Einzelgängerin sei, aber das war doch auch kein Wunder. Ich meine, warum sollte ich mich denn erst auf Leute einlassen, wenn ich genau wusste, dass es nur für eine kurze Zeit sein würde?

Aber was soll's. Seufzend griff ich nach meiner Schultasche und schaute aus dem Küchenfenster. Mark war mit seinem Bogen im Garten hinter dem Haus und verschoss mit verkniffenem Gesicht einen Pfeil nach dem anderen.

Mein Bruder ist nämlich ein begeisterter Bogenschütze. Das Erste, was er nach unserem Einzug machte – noch bevor er sich sein neues Zimmer ansah –, war, einen Baum auszusuchen, an dem er seine Zielscheibe aufhängen konnte. Er ist ziemlich gut in dieser Sportart und ein hervorragender Schütze. Aber wenn man bedenkt, wie viele Stunden er mit seinem Hobby zubringt, kann man das ja wohl auch erwarten.

„Es ist die beste Art, Frust loszuwerden", sagt er immer zu mir. Ich schätze, heute Morgen hatte er das dringend nötig, denn er sah immer noch verdammt wütend aus. Er feuerte einen Pfeil nach dem anderen auf die Zielscheibe und wartete nicht einmal ab, ob er mit dem einen sein Ziel getroffen hatte, bevor er den nächsten aus dem Köcher zog.

„Eines Tages wird er noch jemandem ein Auge ausschießen!", jammert Mom ständig. Manchmal gibt sie sich nämlich besondere Mühe, wie eine besorgte Mutter zu klingen, weil ihr das im Grunde gar nicht liegt. Sie ist noch ziemlich jung und echt in Ordnung.

Dad ist eigentlich auch ganz okay, obwohl er genauso ernsthaft ist wie Mark. Es ist nicht ganz leicht, sich mit ihm zu unterhalten, weil er ständig etwas anderes im Kopf zu haben scheint. Aber vielleicht ist das auch nur mein Problem.

Normalerweise haben wir selten solche Streitereien wie heute Morgen. Ich finde, wir kommen ganz gut miteinander aus. Vielleicht liegt es aber auch nur daran, dass Mom und Dad wegen ihrer Arbeit so viel unterwegs sind, dass wir kaum Gelegenheit haben, uns in die Wolle zu kriegen.

Ich griff mir Marks Jacke und seine Schultasche, stürmte durch die Hintertür und schaffte es irgendwie, ihn rechtzeitig zur Bushaltestelle zu lotsen. Wir verabschiedeten uns nicht mal von Mom und Dad.

Wir kamen nicht auf den Gedanken, dass es vielleicht das letzte Mal war, dass wir unsere Eltern gesehen hatten.

„Wenn ich bloß wüsste, was ihnen an Gena nicht passt!", seufzte Mark, als wir auf den Bus warteten.

„Vielleicht finden sie, dass sie zu klein für dich ist", witzelte ich. Gena war nämlich wirklich einen Kopf kleiner als Mark.

„Meinst du?"

„War doch nur Spaß", seufzte ich. Warum musste ich Mark bloß immer erklären, wenn ich einen Scherz gemacht hatte?

Gena war zwar klein, aber um es mal direkt zu sagen – sie hatte eine umwerfende Figur und war ausgesprochen hübsch. Sie hatte lange schwarze Haare, die ihr bis zur Taille reichten, eine makellose Haut und wunderschöne dunkle Augen, die die Jungs völlig verrückt machten. Alle Typen an der Schule fanden Gena unheimlich sexy – und das war sie wirklich.

Jetzt, um zehn Uhr abends, ohne Eltern in der Nähe und inmitten der spontanen Party in unserem Wohnzimmer, saß sexy Gena auf dem Schoß meines Bruders auf dem Sofa.

Ich musste wieder an den Streit von heute Morgen denken und sah besorgt auf die Uhr. Ich fragte mich, wo Mom und Dad wohl blieben. Normalerweise riefen sie immer an, wenn sie länger arbeiteten.

Der CD-Player war bis zum Anschlag aufgedreht. Irgendjemand spielte die Aufnahme einer Heavy-Metal-Band in voller Lautstärke. Lisas Freund Cory veranstaltete ein Tauziehen um eine Dose Cola mit einem Typen, den ich noch nie gesehen hatte. Die Dose schien in ihren Händen zu explodieren, und ein Schwall Cola ergoss sich auf den Teppichboden.

„Oh nein!", dachte ich. „Hoffentlich geht das gut!"

Wenn Mom und Dad zurückkämen, dann …

Ich drehte mich zu dem Sofa um, auf dem Mark und Gena saßen. Sie beugte sich über ihn und küsste ihn mit geschlossenen Augen. Eigentlich war es ja nur ein Kuss. Ich wollte wirklich nicht so hinstarren, aber es war einfach unglaublich! „In einigen anderen Ländern könnte man für so einen Kuss verhaftet werden!", schoss es mir durch den Kopf.

Plötzlich dachte ich, ich hätte die Türklingel gehört.

Aus einer Ecke des Wohnzimmers drang lautes Gelächter. Mark und Gena hatten sich nicht mal bewegt. Sie schienen völlig in ihrer eigenen Welt versunken zu sein. Anscheinend war ich die Einzige, die das Klingeln bemerkt hatte.

Ich lief zum Wohnzimmerfenster und warf einen Blick nach draußen. In der Auffahrt stand ein großer blauer Chevy Caprice. Ich entdeckte einen großen Mann in einem dunklen Hemd und mit zerknitterten Hosen, der unter der Lampe auf der Vorderveranda stand. Als er mich bemerkte, hielt er eine Art Plakette hoch – eine Polizeimarke!

Mitten in diesem Trubel aus Musik, Lärm und Gelächter fühlte ich mich plötzlich wie betäubt. Mein Herzschlag schien auszusetzen, und alles lief nur noch wie in Zeitlupe ab.

Ich wusste, warum der Polizist gekommen war.

Mom und Dad war irgendetwas Schreckliches zugestoßen!

2

Der Polizist lächelte mich an, als ich die Tür öffnete. „Guten Abend“, sagte er und musterte mich gründlich.

Die Verandabeleuchtung blendete mich, und ich brauchte ein paar Sekunden, bis ich sein Gesicht hinter dem Fliegengitter in der Zwischentür deutlich erkennen konnte. Er war offensichtlich nicht mehr ganz jung. Graue Strähnen durchzogen seinen Schnurrbart. Er starrte mich mit den kältesten blauen Augen an, die ich je gesehen hatte. Eisblau, wie ein zugefrorener See im Winter. „Ich bin Captain Farraday“, sagte er.

„Was ist passiert?“, fragte ich. Ich hatte einen Kloß im Hals. „Mom und Dad - sind sie ...“

„Sind sie zu Hause?“, wollte er wissen und lächelte immer noch. Er hatte strahlend weiße Zähne.

„Nein. Sie ...“

„Sie sind nicht da?“

„Nein. Ich denke, sie machen mal wieder Überstunden.“ Er starrte an mir vorbei in den Flur.

„Sie haben also keine schlechten Nachrichten für mich?“, fragte ich mit einem Gefühl riesiger Erleichterung. Irgendwie schien er die Frage nicht richtig zu verstehen.

„Nein. Ich untersuche einen Einbruch in der Nachbarschaft.“

„Einen Einbruch?"

„Ja. Drei Häuser weiter die Straße runter. Ich gehe jetzt von Haus zu Haus, um zu fragen, ob irgendjemand etwas Verdächtiges bemerkt hat."

„Oh. Ich verstehe ... Aber mir ist nichts Ungewöhnliches aufgefallen."

Eine Lachsalve drang aus dem Wohnzimmer, gefolgt von dem Geräusch von zersplitterndem Glas. Die Heavy-Metal-Musik schien hier im Flur sogar noch lauter zu sein.

„Ist dir vielleicht irgendjemand hier in der Straße aufgefallen? Jemand, den du vorher noch nie gesehen hast?" Er starrte mich mit seinen kalten blauen Augen eindringlich an.

Ich wich seinem Blick aus. „Nein. Niemand. Aber ich habe auch nicht darauf geachtet. Außerdem wohnen wir noch gar nicht so lange hier, deshalb ..."

„Kommen deine Eltern bald nach Hause?"

„Ich weiß es nicht genau. Manchmal arbeiten sie bis spätabends."

Wieder starrten wir uns einen Moment lang an. Dann griff er in seine Tasche und zog eine kleine weiße Karte heraus. „Hier. Für dich." Er öffnete die Zwischentür und reichte mir die Karte. „Da steht meine Durchwahl drauf. Wenn du etwas Verdächtiges bemerkst, ruf mich an – jederzeit."

Ich nahm die Karte und bedankte mich.

„Du solltest sie am besten in die Nähe des Telefons legen", riet er. „Nur für den Fall, dass der Einbrecher es hier in der Gegend noch einmal versucht."

Dann drehte er sich um und ging die Treppe der Veranda hinunter.

Ich blieb noch eine Weile stehen und lauschte dem Knirschen seiner Stiefel auf der gekiesten Auffahrt. Ich beobachtete, wie er in seinen großen alten Wagen stieg, und fragte mich, warum er wohl kein Polizeiauto fuhr.

„Wahrscheinlich benutzt er das Auto als Tarnung, um Raser und andere Verkehrsrowdys leichter zu erwischen", dachte ich. Der Wagen fuhr an und verschwand in der Nacht.

Ich schob die Karte in die Tasche meiner Jeans und ging zurück ins Wohnzimmer. Mir fiel sofort auf, dass es ganz still im Raum war. Ich blickte hinüber zum Sofa. Gena saß immer noch auf Marks Schoß, hatte sich aber jetzt umgedreht und sah verlegen in meine Richtung. Auch mein Bruder starrte mich unbehaglich an. Irgendjemand hatte die Musik leiser gedreht.

„Es tut mir schrecklich leid, Cara", sagte Cory Brooks, Lisas Freund, leise. Er wirkte sehr aufgeregt.

„Was denn?"

„Was zum Teufel ist hier los?", fragte ich mich. „Was ist hier drinnen passiert?"

„Ich hab eben noch mit David Metcalfe rumgealbert, und da ... also ... Ich fühlte mich nicht so gut, und ich ... ich glaube, mir ist ein bisschen schlecht geworden."

Ich sah zu Mark hinüber, aber der hatte sein Gesicht in Genas Haar verborgen.

Und dann entdeckte ich es. Eine ekelhafte grünbraune Pfütze, die über die Kante des Couchtisches tropfte.

„Schöne Schweinerei, was?“, murmelte Corys Freund David, der auf der anderen Seite des Zimmers an der Wand lehnte. – „Ooohh, ich glaube, mir wird auch schlecht“, stöhnte ein Mädchen, das ich noch nie gesehen hatte, und presste sich die Hand vor den Mund.

„Ich helfe dir, es wegzumachen“, schlug Cory vor, der total verlegen aussah.

„Ist schon in Ordnung. Hol mir einen Löffel“, sagte ich ganz cool. „Ich werd's essen, bevor es gerinnt.“

„Iiiih! Das ist ja widerlich!“, kreischte Gena.

Ich kniete mich hin und hob die unechte Gummipfütze auf.

Ein Scherzartikel! Und dann schmiss ich sie Cory an den Kopf. Alle lachten. Nur Cory machte ein enttäuschtes Gesicht. Für ein paar Sekunden hatte ich ernsthaft geglaubt, dass diese Schweinerei echt war, aber das musste ich ihm ja nicht auf die Nase binden.

„Cory, wieso machst du bloß immer so einen Schwachsinn?“, schnaubte Lisa und verpasste ihm einen harten Schlag gegen die Schulter.

Cory ist groß und kräftig gebaut. Er zuckte nicht mal zur Seite, als Lisas Schlag ihn traf. „Es war Davids Idee“, verteidigte Cory sich lachend und warf die glibberige Gummipfütze nach seinem Freund.

„Ich denke, wir sollten die Party mit diesem Höhepunkt beenden“, sagte ich energisch. Die ganze Runde protestierte. Mein Bruder hatte seine Arme um Gena geschlungen. Von ihm war offensichtlich keine große Hilfe zu erwarten.

„Na los! Macht schon! Morgen müssen wir wieder

zur Schule, und außerdem war die Polizei schon einmal da."

Laute Schreie der Überraschung ertönten. Alle waren so mit der Party beschäftigt gewesen, dass sie von dem Besuch des Polizisten gar nichts mitgekriegt hatten.

„Meine Eltern werden jeden Moment nach Hause kommen", sagte ich und hoffte, dass es keine Lüge war. Langsam fing ich nämlich an, mir ernsthaft Sorgen um sie zu machen. Es war schon fast elf Uhr.

Nach und nach brachen die anderen widerstrebend auf. Ich verabschiedete mich von Lisa und Shannon. Sie waren die Einzigen in diesem Haufen, die ich eingeladen hatte, und ich war den ganzen Abend nicht dazu gekommen, mich mit ihnen zu unterhalten.

Ich bemerkte einen großen nassen Fleck auf dem Teppichboden. Der war allerdings echt. „Was soll's. Dieser gammelige Teppich könnte sowieso mal 'ne kleine Reinigung vertragen", murmelte ich vor mich hin.

Von der Haustür aus beobachtete ich die anderen, die durch den Vorgarten zu ihren Autos strömten.

„Wir sehen uns dann morgen."

„Wenn ich dich zuerst sehe, bestimmt nicht!"

Ich hoffte, dass unser miesepetriger Nachbar auch etwas von dem Rufen und lauten Lachen hatte.

Fröstelnd schloss ich die Haustür und rubbelte mir über die Arme, um wieder warm zu werden. Als ich ins Wohnzimmer kam, blieb ich wie vom Donner gerührt stehen. Das durfte ja wohl nicht wahr sein – Mark und Gena hatten sich keinen Zentimeter von der Couch wegbewegt!

Wahrscheinlich musste man sie erst mit einem Gartenschlauch bespritzen, um sie zu trennen.

„Hey, ihr beiden!“, rief ich, hob mein Handgelenk und blickte demonstrativ auf meine Swatch. Aber auch dieser zarte Wink mit dem Zaunpfahl half nichts.

Die beiden nahmen einfach keine Notiz von mir.

„Wie kommt Gena eigentlich nach Hause?“, fragte ich mit erhobener Stimme. Jetzt sah Mark mich doch tatsächlich mal an! „Ich fahre sie“, nuschelte er. Er sah aus wie ein Clown mit all dem Lippenstift, der rund um seinen Mund verschmiert war.

„Ach ja? Und womit, wenn ich fragen darf? Mom und Dad sind mit dem Auto zur Arbeit gefahren, falls du dich erinnerst.“

„Oh.“ Er schien angestrengt nachzudenken. Dann breitete sich ein durchtriebenes Lächeln auf seinem sonst so unschuldig aussehenden Gesicht aus. „Dann wird sie wohl die Nacht bei uns verbringen müssen.“

„Du Schwein“, kicherte Gena und versuchte, ihm eins der samtenen Sofakissen aufs Gesicht zu drücken. Die beiden fingen an herumzubalgen, so, als ob ich gar nicht da wäre.

„Vielleicht haben Mom und Dad ja wirklich recht, was Gena angeht“, dachte ich und war gleichzeitig sauer und eifersüchtig auf die beiden. Warum hatte ich nicht auch jemanden, mit dem ich toben und herumalbern konnte? Ein lautes Klopfen an der Tür riss mich aus meinen trüben Gedanken.

„Das sind wahrscheinlich Mom und Dad“, sagte ich, um Mark und Gena zu erschrecken.

Doch die beiden ließen sich nicht beeindrucken. „Warum sollten sie denn klopfen?“, fragte Mark.

Ich rannte zur Tür. Es war Cory. „Ich hab meinen Gummiglibber vergessen“, sagte er ein bisschen kleinlaut.

Er folgte mir ins Wohnzimmer und suchte eine Weile herum, bis er seinen kostbaren Schatz unter einem Sofakissen fand. Er faltete die eklige Pfütze vorsichtig zusammen und steckte sie in die Tasche seiner Jeansjacke.

„Hey, Cory. Könntest du mich vielleicht nach Hause fahren?“ Gena hatte es tatsächlich geschafft, vom Sofa aufzustehen. Sie zupfte an ihrem blauen Kaschmirpulli herum, der nach der ganzen Knutscherei etwas mitgenommen aussah.

„Na klar! Wenn's dir nichts ausmacht, mit Metcalfe hinten zu sitzen.“

Gena machte ein langes Gesicht. „Vielleicht laufe ich doch lieber.“

„Keine Panik! Ich fessle ihn einfach mit dem Sicherheitsgurt“, meinte Cory grinsend. Gena folgte ihm nach draußen. Natürlich nicht, ohne sich vorher auf die Zehenspitzen zu stellen und Mark einen langen, innigen Kuss aufzudrücken.

Mark und ich blieben in dem verwüsteten Wohnzimmer zurück. „Als Erstes wäschst du dir mal den Lippenstift aus dem Gesicht“, schlug ich vor und versuchte, bei seinem Anblick ernst zu bleiben. „Und dann müssen wir hier aufräumen.“

Mark verschwand wortlos im Badezimmer, um die verräterischen Spuren zu entfernen. Als er kurz darauf zurückkam, wirkte er immer noch ein bisschen benommen.

„Was für 'ne Party!", sagte er kopfschüttelnd. Irgendwie sah er ein bisschen schuldbewusst aus. „Wie sollen wir das jemals wieder sauber kriegen?"

„Möglichst schnell", erwiderte ich trocken. „Bevor Mom und Dad reinkommen und die ganze Bescherung sehen."

„Ich glaube nicht, dass sie heute nach Hause kommen", meinte Mark, während er einige zerdrückte Dosen vom Fußboden aufhob.

„Was? Natürlich werden sie kommen!"

„Wär ja nicht das erste Mal." Seine Stimme klang ein bisschen verbittert. „Ich hol wohl besser einen großen Müllsack aus der Küche."

Ich blieb mitten im Zimmer stehen und fühlte mich plötzlich hundemüde. Ich lauschte dem Knarren der alten Fußbodendielen im Flur, als Mark in die Küche ging. Eigentlich hatte er ja recht. Es wäre wirklich nicht das erste Mal, dass unsere Eltern die ganze Nacht wegblieben, weil sie entweder arbeiteten oder auf einer Party waren.

Wie ich schon sagte, sind Mom und Dad noch ziemlich jung und verhalten sich überhaupt nicht wie normale Eltern. Das werfe ich ihnen auch gar nicht vor. Sie sind wirklich schwer in Ordnung, und wir haben meistens viel Spaß zusammen, aber oft nehmen sie es nicht so ernst, Eltern zu sein.

Sie finden anscheinend eine Menge anderer Dinge wichtiger. Ihre Arbeit, zum Beispiel. Ich hab immer noch nicht verstanden, was genau sie eigentlich machen. Sie sind Computerspezialisten für Großrechner. Das heißt, dass sie für große Firmen ganze Computeranlagen installieren. Das dauert Monate und manchmal sogar Jahre. Danach wechseln sie zum nächsten Unternehmen, das sich meistens in einer anderen Stadt befindet.

Darum sind wir auch schon so oft umgezogen.

Und egal, wo wir hinziehen: Mom und Dad haben sofort jede Menge gesellschaftlicher Verpflichtungen. Ihr wisst schon: Clubs, Partys und alle möglichen Organisationen, bei denen sie sich engagieren. Ich muss zugeben, dass ich manchmal verletzt bin, dass sie jedes Mal, wenn wir kaum die Kisten ausgepackt haben, sofort von einer Verabredung zur nächsten stürzen. Ich meine, man könnte doch wirklich auf die Idee kommen, dass sie gar keine Lust haben, zu Hause zu bleiben und Zeit mit Mark und mir zu verbringen!

Aber jetzt, wo ich älter bin, wird mir klar, dass das dumme und egoistische Gedanken sind. Natürlich haben meine Eltern das Recht auf ihr eigenes Leben und ihre eigenen Interessen.

Aber sie könnten uns wenigstens anrufen und Bescheid geben, wenn sie länger wegbleiben. Oder etwa nicht?

Mark kam mit einem großen grünen Plastikmüllsack zurück. „Ich halte ihn auf, und du schmeißt alles rein", sagte er.

„Warum kann nicht ich zur Abwechslung mal den Sack halten?", beschwerte ich mich halb im Ernst und halb im Spaß.

„Und wenn ihnen nun tatsächlich etwas passiert ist?“, fragte Mark und klang plötzlich ganz besorgt.

„Hä?“

„Wenn sie einen Unfall hatten oder so?“

„Dann hätten sie uns auf jeden Fall angerufen“, sagte ich. Das war einer der Standardwitze in unserer Familie, aber heute war er nicht besonders komisch.

„Und wenn ihr Auto auf dem Rückweg im Wald hinter der Fear Street den Geist aufgegeben hat und sie sich dann verirrt haben? Du kennst doch auch diese Geschichten über Leute, die in diesem Wald verschwanden und erst nach einiger Zeit wieder aufgetaucht sind. Sie hatten sich völlig verändert und wussten nicht mehr, wer sie waren.“

„Wer hat dir denn *die* Geschichte erzählt?“, fragte ich.

„Cory Brooks. Er sagte, es hätte sogar in der Zeitung gestanden.“

„Das ist ja fast so komisch wie der Gag mit dem Gummischleim! Er hat dich auf den Arm genommen, Mark!“

Daraufhin sagte Mark eine ganze Weile erst mal gar nichts. Aber sein Gesichtsausdruck sprach Bände. Diese besorgte Miene hatte ich schon tausendmal bei ihm gesehen. In jeder Familie gibt es einen, der sich ständig Sorgen macht, und bei uns ist es Mark.

„Jetzt hör doch mal auf, so zu gucken“, knurrte ich ihn an.

„Wie denn?“

„Na, wie du eben guckst. Sonst fange ich auch noch an, mir Sorgen zu machen.“

„Warum rufen wir sie nicht einfach an?“, meinte er

plötzlich. „Na klar! Das ist die Idee!“ Warum war mir das bloß nicht früher eingefallen?

Ich folgte Mark in die Küche. Die Durchwahl zu Moms und Dads Büro stand auf einem Block neben dem Telefon. Der Anruf ging nicht über die Telefonzentrale, sodass wir sie auch nach Dienstschluss erreichen konnten.

„Ruf du an“, bat Mark mich und lehnte sich gegen den Resopaltresen. Inzwischen sah er sehr besorgt aus.

„Geht in Ordnung“, meinte ich und blätterte den Block durch, bis ich die Nummer gefunden hatte. Dann nahm ich den Hörer des Wandtelefons ab und begann zu wählen. Nach wenigen Ziffern hörte ich wieder auf.

„Was ist denn jetzt los?“, fragte Mark ungeduldig. – „Ich höre kein Freizeichen“, sagte ich langsam. Das Telefon war tot.

3

Wir standen beide da und starrten gebannt auf das Telefon, so, als ob wir es dadurch wieder zum Leben hätten erwecken können.

„Das ist aber verdammt merkwürdig", meinte Mark schließlich. „Wieso funktioniert es nicht? Wir hatten doch keinen Sturm oder so."

„Wenigstens erklärt das, warum Mom und Dad nicht angerufen haben. Sie konnten uns gar nicht erreichen", sagte ich.

Ich hängte den stummen Hörer wieder auf die Gabel. Mark und ich lächelten uns an. Wir fühlten uns schon ein bisschen besser. Mark öffnete den Mund, um etwas zu sagen, brach dann aber plötzlich ab.

Wir hatten beide das Geräusch gehört. Das Knarren von Fußbodendielen und Schritte über unseren Köpfen. Jemand lief im ersten Stock herum.

Marks Gesicht erstarrte vor Schreck, als die Schritte stapfend die Treppe herunterkamen. Ich selbst sah wahrscheinlich nicht weniger erschrocken aus.

Wir standen regungslos da und hörten, wie das tappende Geräusch lauter wurde. Und dann betrat jemand die Küche: Es war niemand anders als Roger.

Ich kicherte laut los. Mark war viel zu erschrocken, um zu lachen. Sein Gesicht hatte die gleiche Farbe wie die verblichene graue Tapete hinter ihm. Darüber musste ich noch mehr lachen. Ich war ja so erleichtert!

Warum hatten wir bloß nicht an Roger gedacht?

Allerdings war er die meiste Zeit so ruhig und unsichtbar, dass es wirklich leicht war, seine Anwesenheit zu vergessen.

Roger ist ein entfernter Cousin meiner Mutter und wohnt bei uns im Haus. Er tauchte ein paar Tage nach unserem Einzug auf, und meine Eltern boten ihm das Mansardenzimmer an. Das fand ich ziemlich witzig, denn das Zimmer ist so klein, dass Roger selber kaum in den winzigen Raum passt. Er ist so groß und die Dachneigung so schräg, dass er immer ein wenig den Kopf einziehen muss, wenn er aufrecht steht. Aber er hat ein Bett und einen Schreibtisch und scheint glücklich zu sein, dass er bei uns wohnen kann.

Mark und ich sehen ihn nicht sehr oft, aber wenn wir ihm über den Weg laufen, versuchen wir, ganz besonders nett zu ihm zu sein. Immerhin ist er ein Verwandter von uns, und da wir so oft umziehen, kriegen wir vom Rest der Familie nicht viel mit.

Aber es ist gar nicht so einfach, Roger ein bisschen näherzukommen. Er ist nämlich sehr still. Ich glaube, er ist der schüchternste Mensch, dem ich je begegnet bin. Dabei sieht er richtig gut aus. Er hat sandfarbenes Haar und dunkle, leuchtende Augen. Obwohl er glatt als Model arbeiten könnte, weiß er selber offenbar gar nicht, wie er auf Frauen wirkt. Er geht auf die Uni in der Nachbarstadt und verbringt die meiste Zeit lernend oben in der Mansarde.

Ich würde gerne mal wissen, warum meine Eltern ihn aufgenommen haben. Wegen der Miete kann es ja wohl nicht sein, denn wir sind nicht auf das Geld angewiesen. Merkwürdigerweise ist Roger nicht mal unser erster Untermieter. Auch in den anderen Häusern in den verschiedenen Städten haben öfter junge Männer bei uns gewohnt. Wahrscheinlich wollen Mom und Dad damit bedürftige Studenten unterstützen.

„Hallo, Roger. Du hast uns ja einen ganz schönen Schrecken eingejagt", sagte Mark. So langsam bekam er wieder ein bisschen Farbe.

Ein merkwürdiger Ausdruck huschte über Rogers gut aussehendes Gesicht.

„Entschuldigung. Das wollte ich nicht."

Als Mark und ich ins Wohnzimmer zurückgingen, um weiter aufzuräumen, kam Roger hinterher. „Wann bist du eigentlich nach Hause gekommen?", fragte ich und begann, Cola- und Bierdosen aufzuheben, die im ganzen Raum verstreut lagen.

„Schon vor einer ganzen Weile. Ich habe den Lärm gehört und ..."

„Du hättest doch runterkommen können", sagte Mark, der mir mit dem Müllsack durch das Zimmer folgte.

„Nein, das ist schon okay." Aus irgendeinem Grund sah Roger plötzlich sehr verlegen aus. Es war bestimmt nicht besonders angenehm, so schüchtern zu sein. Auf einer Party würde Roger sich garantiert schrecklich unwohl fühlen. Wahrscheinlich traute er sich noch nicht mal zu tanzen.

Roger beugte sich hinunter und griff sich eine Handvoll Chips aus einer Schüssel, die neben dem Sofa stand. „Ich muss gleich noch ein bisschen lernen, aber ich wollte eure Eltern noch etwas fragen."

„Sie sind nicht zu Hause", erklärte ich ihm.

Er sah uns erstaunt an und blickte dann auf seine Uhr. „Haben sie zu dir etwas gesagt, dass sie länger arbeiten wollten?", fragte ich ihn.

„Nein." Er schüttelte den Kopf und kratzte sich am Kinn. „Na ja, macht nichts. Ich kann sie auch später fragen."

Er schob sich noch eine Handvoll Chips in den Mund. „Und bei euch ist alles in Ordnung?"

„Klar. Alles okay", antwortete ich schnell.

Roger hob einige Pappteller auf und stopfte sie in den Müllsack, den Mark aufhielt.

„Sie kommen öfter mal später nach Hause", meinte Mark.

„Haben sie denn nicht angerufen?", wollte Roger wissen und griff schon wieder nach den Chips.

„Nein. Das Telefon ist kaputt."

„Was? Das ist ja eigenartig. Haben eure Eltern euch denn wenigstens eine Nachricht hinterlassen?"

„Nein. Aber ich bin sicher, dass sie mal wieder Überstunden machen", sagte ich. „Oft sind sie so mit ihren Computerproblemen beschäftigt, dass sie das Zeitgefühl verlieren."

„Ab und zu arbeiten sie auch schon mal vierundzwanzig Stunden durch", fügte Mark hinzu und nahm einen tiefen Schluck aus einer halb leeren Coladose. Dabei hielt er sie mit zurückgelegtem Kopf so über seinen Mund, dass ihm Cola über das Kinn tropfte.

„Mark, du bist ein echtes Ferkel", rief ich empört.

„Hey, jetzt reg dich doch nicht gleich so auf! Ich hab eben Durst", schnauzte mein lieber Bruder zurück.

„Sie haben also keine Nachricht oder so was Ähnliches hinterlassen?", fragte Roger noch einmal. Er klang richtig ungeduldig. Ich wunderte mich, dass er uns so viele Fragen stellte. Das passte gar nicht zu ihm. Wahrscheinlich hatte er etwas Wichtiges mit unseren Eltern zu besprechen.

„Nein. Vielleicht sind sie ja auch auf einem ihrer Clubtreffen", meinte Mark. Er drückte die Dose zusammen und warf sie in den Müllsack.

„Aber normalerweise kommen sie vor den Treffen immer zum Abendessen nach Hause", warf ich ein.

„Habt ihr schon mal in ihrem Zimmer nachgesehen?", fragte Roger.

„Warum das denn?" Jetzt wurde sogar Mark hellhörig. Unser Mitbewohner verhielt sich wirklich merkwürdig.

Roger wurde rot. „Ich meine ja nur. Vielleicht haben sie dort eine Nachricht hinterlassen."

„Sie legen ihre Zettel immer auf den Kühlschrank", informierte ich ihn. „Du kennst doch Mom und Dad. Sie sind Computerleute. Sie machen alles nach einem System. Alles immer wieder auf die gleiche Art und Weise."

Roger gähnte und streckte sich. – „Er sieht sogar gut aus, wenn er gähnt", dachte ich bewundernd. – „Dann werde ich eben morgen mit ihnen sprechen", meinte er und griff noch einmal in die Schüssel mit den Chips, die inzwischen fast leer war. Dann ging er in Richtung Treppe. „Gute Nacht."

„Nacht", riefen Mark und ich ihm hinterher und sahen uns fragend an.

„Er ist irgendwie komisch", meinte Mark.

„Kein Wunder, er ist ja auch Moms Cousin", witzelte ich.

„Er schien heute Abend ganz schön nervös zu sein."

„Stimmt. Ich hatte das Gefühl, dass er sich Geld leihen wollte oder so was in der Art."

„Vielleicht hast du recht", sagte ich und merkte auf einmal, wie müde ich war. „Er schien wirklich etwas Dringendes auf dem Herzen zu haben. Hey, wo willst du denn hin?" Mark ging in Richtung Fernsehecke.

„Es ist schon nach zwölf. Ich glaub, ich guck noch ein bisschen *Star Trek*."

„Mark, du hast doch alle Folgen schon mindestens zehnmal gesehen!"

„Nein. Es gibt jetzt eine neue Staffel. Die hab ich erst zweimal gesehen."

Mark ist ein absoluter *Star-Trek*-Fan. Er schaut sich alle Wiederholungen an, die gesendet werden. Die meisten laufen irgendwann nach Mitternacht. Normalerweise fasst er freiwillig kein Buch an, aber er liest alle *Star-Trek*-Geschichten, sobald sie erscheinen. Er findet es auch rasend komisch, mir den Vulkaniergruß zu zeigen, wenn gerade niemand zuguckt. Ich sagte ja schon, dass mein Bruder nicht gerade einen ausgeprägten Sinn für Humor hat.

„Vielleicht sollten wir doch noch mal einen Blick in Moms und Dads Schlafzimmer werfen“, schlug ich vor.

Mark sah mich forschend an. „Was ist denn mit dir los?“

„Schon gut. Ich weiß, dass es mir nicht ähnlich sieht, mir solche Sorgen zu machen. Aber ich habe irgendwie ein komisches Gefühl bei der Sache.“

„Okay. Lass mich nur schnell gucken, welche Folge heute kommt.“ Er ließ sich auf die Ledercouch fallen, griff nach der Fernbedienung und schaltete den Fernseher ein.

Ich setzte mich erschöpft auf die Armlehne der Couch, viel zu müde, um weiter aufzuräumen. Ein paar Minuten später begann *Star Trek*.

„Das ist ’ne alte Folge“, sagte Mark, „aber die ist echt Spitze! Kirk, Uhura und Chekov werden gefangen genommen, und die Typen, die sie erwischt haben, zwingen sie, Hundehalsbänder zu tragen und für Zweikämpfe zu trainieren.“

„Wie aufregend“, seufzte ich. Ich stehe nämlich nicht so besonders auf *Star Trek*. „Dann lass uns doch jetzt nach oben gehen und in Moms und Dads Zimmer nachsehen.“

„Okay, okay“, meinte Mark und schaltete per Fernbedienung den Fernseher aus. Stöhnend rappelte er sich auf. Wir waren beide todmüde. Es war inzwischen fast ein Uhr, und wir mussten am nächsten Morgen früh zur Schule.

Ich folgte Mark durch das Wohnzimmer und kraxelte hinter ihm die Treppe hoch. Das Knarren und Ächzen der alten hölzernen Treppenstufen machte mich wahnsinnig. Unsere Eltern wollten sie eigentlich mit Teppich auslegen, aber bis jetzt waren sie noch nicht dazu gekommen, welchen zu kaufen.

Unser Haus in Brookline war brandneu gewesen. Deswegen fiel es mir schwer, mich an all die unheimlichen Geräusche in diesem alten Kasten zu gewöhnen. Eigentlich bin ich gar kein nervöser Typ – das ist eher Marks Part in unserer Familie –, aber dieses Knarren, Stöhnen und Rascheln machte mich völlig fertig. Ich hatte ständig das Gefühl, dass noch jemand im Raum war, gerade die Stufen herunterkam oder sich von hinten an mich anschlich.

Ich denke, ich werde mich mit der Zeit schon daran gewöhnen. Aber ich muss zugeben, dass ich mich in diesem heruntergekommenen Schuppen wesentlich wohler fühle, wenn Mom und Dad zu Hause sind.

„Wo können sie bloß sein?", fragte ich mich.

Die Tür zu ihrem Schlafzimmer war geschlossen. Das war nicht weiter ungewöhnlich, denn Mom und Dad machten sie meistens hinter sich zu, wenn sie weggingen. Wie sich das gehört – perfekt und ordentlich. Alles an seinem Platz, alles in der richtigen Reihenfolge und nach festen Regeln.

Ich drückte die Klinke hinunter und öffnete die Tür.

Überrascht stellte ich fest, dass es hell im Zimmer war. Eine der beiden Nachttischlampen verbreitete schwaches Licht.

„Oh!"

Ich schrie auf, weil ein Geräusch mich erschreckt hatte. Das war mir ziemlich peinlich, denn es war nur ein Vorhang, der durch den Luftzug gegen das offene Fenster geweht war.

Dann blickte ich auf das Bett und schrie noch einmal. Es war offenbar etwas Schreckliches geschehen …

4

Ich weiß auch nicht, warum meine Schwester plötzlich so durchdrehte. Was war denn nur mit ihr los? Man könnte meinen, sie hätte noch nie ein ungemachtes Bett gesehen. Ihr Gekreische machte mich richtig nervös! Okay, Mom und Dad sind Ordnungsfanatiker, und ich weiß, dass sie *immer* ihr Bett machen, bevor sie zur Arbeit gehen. Aber das ist doch noch lange kein Grund, so auszuflippen und herumzubrüllen, dass irgendetwas Schreckliches passiert sein muss!

Ich beruhigte Cara mit meiner bewährten Methode, indem ich sie anschrie, dass sie gefälligst die Klappe halten sollte. Man konnte doch auf den ersten Blick sehen, dass es keinen Grund gab, total verrückt zu spielen.

Immerhin bin ich derjenige, der in unserer Familie den Ruf weghat, dass er sich ständig Sorgen um irgendetwas macht. Und Cara ist die Ruhige, Coole, Beherrschte. Wenn sie so weitermacht, wird sie noch ihr ganzes Image ruinieren.

„Tut mir leid“, murmelte sie und knabberte auf ihrer Unterlippe herum. Das tut sie immer, wenn sie Mist gebaut hat. „Ich wollte wirklich nicht so rumschreien. Es ist nur …“

„Was?“, fragte ich. Ich wollte Cara nicht so einfach davonkommen lassen. Schließlich hatte sie mich eben zu Tode erschreckt.

Ihre Stimme war ganz piepsig und schwach. „Es ist die Art und Weise, wie die Tagesdecke halb auf dem Boden hängt. Und das Bettzeug ist auch völlig zerknüllt. Es … es sieht aus, als ob hier ein Kampf stattgefunden hätte."

„Jetzt beruhige dich erst mal", sagte ich und setzte mich auf die Bettkante. „Du tust so, als ob Mom und Dad noch nie spät zurückgekommen wären."

Cara war so durcheinander, dass ich beschloss, mich betont ruhig und selbstsicher zu geben. Klar machte ich mir auch ein bisschen Sorgen, aber das sollte sie nicht merken. Eigentlich war ich besorgt und froh zugleich. Wenn meine Eltern heute nicht länger weggeblieben wären, hätte ich Gena nicht einladen können. Und es war wirklich ein ganz schön heißer Abend mit ihr gewesen …

Wie ich da so auf dem ungemachten Bett saß, fiel mir wieder der Streit von heute Morgen ein. Wenn ich bloß wüsste, warum Mom und Dad wegen Gena so einen Aufstand gemacht haben. Sie ist doch ein tolles Mädchen. Klug und hübsch, und außerdem mag sie mich sehr. Ihren Vater habe ich erst ein paarmal getroffen, aber er scheint ein netter Kerl zu sein. Ich glaube, er ist Arzt. Also – wo ist das Problem? Was haben meine Eltern gegen Gena?

Außerdem war es verdammt merkwürdig, dass sie mir keinen vernünftigen Grund dafür nennen konnten.

Normalerweise sind Mom und Dad nämlich unschlagbar im Argumentieren. Sie können dir für alles, was sie tun, mindestens zwei oder drei gute Gründe nennen. Sie werfen Cara und mir ständig vor, dass wir irgendetwas tun, weil wir eben Lust dazu haben, und dann nicht erklären können, warum wir es getan haben.

Schließlich muss es für alles im Leben einen guten Grund geben, nicht wahr?

Und als ich von ihnen wissen wollte, warum ich Gena nicht mehr sehen darf, war alles, was ihnen dazu einfiel: „Vertrau uns! Wir wissen über diese Dinge besser Bescheid."

Vertrau uns! Was ist denn das für eine Erklärung!?

Vielleicht hätte ich nicht gleich so in die Luft gehen sollen, aber das sind sie von mir ja schon gewohnt. Und außerdem hatte ich einen guten Grund. Wenigstens dieses eine Mal war ich im Recht!

„Mom und Dad haben doch schon öfter lange gearbeitet", sagte ich noch einmal zu Cara.

„Ja, aber sie haben jedes Mal angerufen." Sie sah nicht gerade beruhigt aus. Mit gerunzelter Stirn, die Arme vor der Brust verschränkt, stand sie vor dem Bett. „Ich weiß auch, dass das Telefon kaputt ist. Aber sie hätten ja auch bei Mrs Fisher nebenan anrufen können, oder?"

„Cara, jetzt hör endlich auf, dir Sorgen zu machen! Das sieht dir überhaupt nicht ähnlich", sagte ich.

Aber anstatt mir zuzuhören, schnappte sie plötzlich nach Luft. Mit offenem Mund und vor Schreck weit aufgerissenen Augen starrte sie mich an.

Ich brauchte einen Augenblick, bis ich merkte, dass sie gar nicht mich anschaute, sondern zum Fenster hinüberblickte. „Mark“, flüsterte sie mit erstickter Stimme. Sie beugte sich näher zu mir und ergriff meine Schultern. Ihre Hände krallten sich in meinen Pullover. „Mark … Da ist jemand …“

„Was?“ Ich konnte sie kaum verstehen.

Sie stupste mich so lange an der Schulter, bis ich mich umdrehte. Zuerst konnte ich nichts entdecken, was sie so aufgeregt haben könnte. Ich sah nur das halb geöffnete Fenster und die Dunkelheit dahinter. Eine schmale Mondsichel stand am Nachthimmel. Die gemusterten, bodenlangen Vorhänge blähten sich sanft im Wind.

Und dann sah ich es! Zwei Schuhspitzen, die unter dem rechten Vorhang hervorschauten.

Plötzlich durchfuhr mich der gleiche Schreck wie meine Schwester. Ich starrte gelähmt vor Entsetzen auf die Schuhe unter dem Vorhang und auf die leichte Wölbung im Stoff, die nicht von einer Windbö kam.

Da wurde mir klar – wie kurz zuvor Cara –, dass außer uns noch jemand im Schlafzimmer unserer Eltern war.

5

Wenn ich vorher darüber nachgedacht hätte, wäre ich wahrscheinlich ganz ruhig stehen geblieben. Aber wie ich schon sagte, habe ich nicht immer einen Grund für das, was ich tue. Manchmal tue ich es einfach. Die Gründe überlege ich mir dann meistens hinterher, wenn es schon zu spät ist.

Auf jeden Fall sprang ich vom Bett auf und stürzte zum Fenster.

Hinter mir hörte ich Cara schreien, ich solle stehen bleiben. Aber es war zu spät. Jetzt konnte ich nicht mehr zurück.

Ich hatte nicht den blassesten Schimmer, was ich tun wollte, und war eher wütend als verängstigt. Ich meine, was zum Teufel hatte jemand hinter dem Vorhang im Schlafzimmer meiner Eltern zu suchen?

War es vielleicht ein Einbrecher?

Ich dachte keine Sekunde daran, dass diese Person gefährlich sein, dass sie mich einfach wegpusten könnte, sobald ich den Vorhang zur Seite zog. Ich glaube, ich habe in diesem Moment überhaupt nicht nachgedacht.

Ich rannte einfach los – und blieb wie vom Donner gerührt stehen, als plötzlich Roger hinter dem Vorhang auftauchte. Er sah ziemlich verlegen aus.

„Ich bin's doch nur", sagte er kleinlaut. Der wütende

Ausdruck auf meinem Gesicht war wohl nicht zu übersehen, denn er hielt beide Hände hoch, als wollte er sich ergeben.

„Roger! Was machst du denn hier?“, rief Cara verblüfft.

„Äh … Ich habe nur aus dem Fenster geschaut. Ich … äh … ich dachte, ich hätte draußen etwas gehört …“

„Was hast du eigentlich im Schlafzimmer unserer Eltern zu suchen?“, stieß ich hervor. Mein Herz klopfte immer noch wie verrückt.

„Du hast uns furchtbar erschreckt!“, zischte Cara wütend und verschränkte die Arme vor der Brust.

„Das tut mir wirklich leid! Ich wollte nur nachsehen, ob eure Eltern hier eine Nachricht hinterlassen haben. Dann bin ich zum Fenster gegangen, als ich das Geräusch draußen hörte. Ich habe gar nicht gemerkt, dass ihr gekommen seid.“

Ich glaubte ihm, aber Cara schien ihm seine Geschichte nicht abzunehmen. Meine Schwester glaubt nämlich nie, was man ihr erzählt.

„Ach, und wieso hast du uns nicht gehört? Wir haben doch die ganze Zeit miteinander geredet.“

„Äh, die Vorhänge sind ziemlich dick, weißt du. Wahrscheinlich haben sie den Schall geschluckt“, druckste Roger herum und fuhr sich nervös mit der Hand durch das wellige braune Haar. Sein Sweatshirt war unter den Achseln ganz durchgeschwitzt, und auf seiner Stirn standen Schweißperlen. Es war zwar warm im Zimmer, aber nicht so warm.

„Ich wollte euch ganz bestimmt nicht erschrecken“, beteuerte Roger und schaute an mir vorbei zu Cara, die ihre Arme immer noch fest vor der Brust verschränkt hatte. „Ich war nur beunruhigt wegen eurer Eltern und –“

„Was hast du da in der Hand?“, unterbrach ihn Cara.

Roger hielt einen kleinen schwarzen Kasten hoch. „Das ist nur mein Walkman“, erklärte er und ging zur Tür.

„Und wo sind die Kopfhörer?“, fragte Cara immer noch misstrauisch.

„Die Kopfhörer … äh, ja … die habe ich oben gelassen“, meinte Roger und stopfte den Walkman in seine Hosentasche.

Die Fenstervorhänge blähten sich plötzlich auf und wehten ins Zimmer.

Wir schrien alle drei erschrocken auf.

Es war nur eine Windbö gewesen, aber im selben Moment heulte ein Tier in den Wäldern hinter der Fear Street. Mir lief ein kalter Schauer über den Rücken. Die Typen in der Schule hatten mir nämlich erzählt, dass im Wald hinter unserem Haus Wölfe frei herumstreunten.

„Es tut mir wirklich leid, dass ich euch beide so erschreckt habe“, wiederholte Roger und gähnte. „Ich denke, wir sind alle ganz schön müde.“ Er war schon halb aus der Tür, als er sich noch einmal umdrehte. „Macht euch keine Sorgen um eure Eltern. Die sind spätestens morgen früh zurück.“

„Ja, wahrscheinlich hast du recht“, meinte Cara. Sie

ließ die Schultern hängen. „Und entschuldige bitte, wenn wir dich auch erschreckt haben“, fügte sie als Friedensangebot an Roger noch hinzu. „Wir konnten ja nicht wissen, dass du das warst.“

„Tja, also dann. Noch mal gute Nacht!“

„Gute Nacht!“

Roger verschwand. Wir lauschten seinen Schritten, während er die Treppe zum Mansardenzimmer hochstapfte. Als es wieder ruhig war, sprang Cara aufs Bett, drehte sich auf den Bauch und verbarg ihr Gesicht in Moms Kissen.

Ich ging durch den Raum und schloss das Fenster. Unten wirbelte der Wind abgefallene Blätter durch den Vorgarten. Plötzlich blieb mein Blick an der gegenüberliegenden Straßenseite hängen. Dort parkte ein grauer Lieferwagen, der keine Aufschrift auf der Seite hatte. Ich konnte mich nicht erinnern, ihn hier in der Gegend schon mal gesehen zu haben. Es war zu dunkel, um zu erkennen, ob jemand im Wagen saß.

Was machte er hier vor unserem Haus?

Ich zog die schweren Vorhänge zu und trat zurück.

„Glaubst du, dass Roger uns die Wahrheit gesagt hat?“, fragte Cara mit gedämpfter Stimme. Sie hatte ihr Gesicht immer noch ins Kissen gepresst.

„Ich weiß nicht genau. Wahrscheinlich schon“, antwortete ich. „Warum sollte er uns anlügen?“

„Keine Ahnung. Aber er hat auf jeden Fall hier drin etwas gesucht. Nur was?“, fragte Cara und rollte sich auf den Rücken. Ihr Gesicht hatte sie immer noch in dem dicken Federkissen versteckt.

„Nach dem Gleichen wie wir, denke ich." Ich ging zu ihr hinüber und setzte mich an das äußerste Ende des riesigen Doppelbettes.

„Aber wenn er nach einer Nachricht gesucht hat, warum versteckt er sich dann hinter den Vorhängen und starrt aus dem Fenster?"

Ich stöhnte. Cara kann manchmal ganz schön anstrengend sein. „Jetzt mach aber mal 'nen Punkt. Er hat es uns doch eben erklärt, oder? Was willst du denn jetzt von mir hören?"

„Du hast ja recht. Wahrscheinlich bin ich einfach nur hundemüde." Sie schob das Kissen weg und schloss die Augen.

„Willst du etwa hier schlafen?"

Cara gähnte. „Nein. Ich steh gleich auf." Sie reckte ihre Arme und lächelte zufrieden. Das Bett unserer Eltern ist nämlich sehr bequem.

Meine Gedanken wanderten wieder zu Gena. Ich fragte mich, ob es wohl schon zu spät war, um bei ihr anzurufen. Wahrscheinlich. Ich sollte es lieber ein andermal probieren.

Plötzlich verschwand das Lächeln schlagartig aus Caras Gesicht, und sie setzte sich abrupt auf.

„Was ist denn jetzt los?"

„Ich habe etwas unter der Decke gefunden."

Auf ihrer Handfläche hielt sie mir einen kleinen Gegenstand entgegen. Er sah aus wie ein winziger, weißer Totenkopf. Ich beugte mich näher zu ihr, um ihn besser sehen zu können. „Was ist das? Ein menschlicher Schädel?"

„Nein.“ Cara hielt ihn dicht vor ihr Gesicht, um ihn in dem schwachen Licht der Nachttischlampe genauer zu betrachten. „Es ist ein … ein Affenschädel.“

„Was?“

Sie hob ihn hoch und hielt ihn mir entgegen. Es war ein geschnitzter weißer Affenkopf von der Größe eines Tischtennisballs. Tief in den Augenhöhlen waren zwei glitzernde Steine befestigt, die aussahen, als gehörten sie zu billigem Modeschmuck. Im Schein der Lampe strahlten sie einen goldenen Glanz aus.

Ich nahm ihn in die Hand und rollte ihn zwischen meinen Fingern hin und her. „Merkwürdig. Er fühlt sich ganz kalt an.“

„Ich weiß“, sagte Cara, und ein ängstlicher Ausdruck huschte über ihr Gesicht. „Ich finde, er hat etwas Unheimliches an sich.“

Ich hielt den Affenschädel hoch und drehte ihn so, dass er mich ansah. Als ich in seine glänzenden Augen blickte, kam es mir vor, als starrte er mich an. Er war aus schneeweißem Elfenbein geschnitzt, und die Nasenlöcher schienen im Kontrast dazu sehr tief und dunkel zu sein. Über die ganze Breite des Gesichts zog sich ein hässliches, furchterregendes Grinsen. Das Elfenbein fühlte sich ganz glatt und sehr kalt an.

Die glitzernden Augen schienen sich förmlich in meine zu bohren. Sie strahlten etwas Böses, irgendwie Bedrohliches aus.

Na gut. Vielleicht hatten Cara und ich in letzter Zeit zu viele Horrorvideos gesehen, sodass ich jetzt schon Gespenster sah. Vielleicht war ich auch einfach übermüdet und außerdem beunruhigt, weil Mom und Dad immer noch nicht zu Hause waren.

Aber dieser kleine weiße Affenschädel hatte wirklich etwas zutiefst Böses an sich mit seinen merkwürdigen, glänzenden Augen und dem eingefrorenen Grinsen.

Ich starrte ihn eine ganze Weile wie hypnotisiert an. Dann konnte ich es nicht länger aushalten und schloss meine Finger um dieses geheimnisvolle Ding. Ich verbarg es in meiner Hand und atmete tief durch. Obwohl ich es die ganze Zeit festgehalten hatte, war es immer noch eiskalt. Die Kälte brannte wie Trockeneis in meiner Hand. Ich warf den Affenschädel zurück zu Cara, die ihn kurz anschaute und dann mit angewidertem Gesicht auf den Nachttisch schleuderte.

„Was ist das? Und wo kommt es her?“, fragte sie.

Zwei weitere Fragen, die ich in dieser Nacht nicht beantworten konnte.

6

In dieser Nacht konnte ich einfach nicht einschlafen. Aber das war ja auch kein Wunder. Ich lag im Bett und starrte auf die Schattenmuster, die über die Zimmerdecke huschten.

Meine Gedanken wanderten immer wieder zu Gena. Sie war wirklich das tollste Mädchen, das ich jemals getroffen hatte! Ich musste immerzu daran denken, wie ich sie in meinen Armen gehalten und geküsst hatte. Obwohl das ganze Haus voller Leute gewesen war, hatte ich das Gefühl gehabt, dass wir die Einzigen im Raum gewesen waren.

Natürlich dachte ich auch an Mom und Dad. Es war ein seltsames Gefühl zu wissen, dass sie nicht unten im Wohnzimmer waren, Zeitung lasen, Fernsehen guckten oder was auch immer sie machten, wenn Cara und ich ins Bett gegangen waren. Ich hatte nicht richtig Angst um sie, aber es war schon alles sehr merkwürdig.

Ich fühlte mich immer noch mies wegen des Streits, den wir am Morgen gehabt hatten. Aber das war nicht meine Schuld gewesen, sagte ich mir. Wie ich so in der Dunkelheit dalag, lief alles noch einmal wie ein Film vor mir ab.

Als ich auf die Uhr schaute, war es kurz vor zwei, und ich war immer noch hellwach. Ich stand auf und ging hinüber zum Fenster. Warum, weiß ich auch nicht genau. Vielleicht wollte ich einfach nur mal nachsehen, ob der Wagen von Mom und Dad inzwischen in der Einfahrt stand.

Ich blickte in den Vorgarten. Die Verandabeleuchtung warf verzerrte Schatten auf den Rasen. Inzwischen war es sehr neblig geworden. Ich konnte kaum die Straßenlaterne auf dem gegenüberliegenden Bürgersteig erkennen. Dahinter verschwand der dunkle Wald im grauen Nebel.

Ich presste meine Stirn an die Fensterscheibe. Das kühle Glas tat meinem erhitzten Kopf gut. Aus den Tiefen des Waldes ertönte das gleichzeitige Heulen zweier Tiere.

Ich sah wieder nach draußen. Der graue Lieferwagen parkte immer noch gegenüber von unserem Haus.

Das Geheul schien lauter zu werden und immer näher zu kommen. In diesem Moment bemerkte ich, wie jemand über den Rasen auf die Straße lief.

Ich blinzelte einmal, zweimal. Vielleicht war ich ja doch nicht ganz wach, und meine Augen spielten mir einen Streich.

Nein. Es war Roger. Ich konnte ihn im Licht der Verandabeleuchtung ganz deutlich erkennen. Sein langer, dünner Schatten schien sich über den ganzen blätterbedeckten Rasen zu ziehen.

Er rannte sehr schnell geradeaus über die Straße. Als er sie fast überquert hatte, öffnete sich die Seitentür des Lieferwagens, und zwei Hände erschienen, die ihn ins Innere zogen. Gleich darauf glitt die Tür wieder zu.

„Was ist denn jetzt los?“, flüsterte ich mit erstickter Stimme.

Ich starrte hinaus in den Nebel. Nichts geschah. Der Lieferwagen stand einfach nur ruhig da. Nicht einmal die Innenbeleuchtung war eingeschaltet. Schatten huschten über den Rasen. Die Dunkelheit außerhalb des Lichtkegels der Verandabeleuchtung schien immer tiefer zu werden.

Ich merkte, dass ich zitterte, und wandte mich vom Fenster ab.

Was ging da vor sich? Warum rannte Roger mitten in der Nacht zu einem Lieferwagen? Und wen traf er dort?

Immer noch zitternd beschloss ich, Cara zu wecken. Aber da entdeckte ich etwas neben meinem Bett.

Ein sanfter weißer Glanz ging von meinem Nachttisch aus. Ich griff nach dem glänzenden Gegenstand und machte das Licht an.

Es war der weiße Affenkopf.

Seine goldgelben Augen glänzten in dem hellen Licht noch intensiver. Sein breites Grinsen schien mich zu verhöhnen, sich über mich lustig zu machen.

Hatte ich den Affenkopf etwa mit in mein Zimmer genommen? Ich konnte mich gar nicht daran erinnern, dass ich ihn auf meinen Nachttisch gelegt hatte. Aber wie sollte er sonst dorthin gekommen sein? Als ich ins Bett ging, war ich so müde gewesen, dass ich es vielleicht vergessen hatte.

Ich warf ihn aufs Bett und ging zurück zum Fenster. Der Lieferwagen stand immer noch da. Aus seinem Inneren drang kein Licht, und die Seitentür war geschlossen. Roger musste also noch drinnen sein.

„Hier ist irgendetwas faul!“, dachte ich und beschloss, mich in Rogers Zimmer umzusehen, während er draußen war. Vielleicht konnte ich dort irgendeinen Hinweis darauf finden, was mit ihm los war. Er hatte sich schon den ganzen Abend so merkwürdig verhalten. Und dass er jetzt auch noch mitten in der Nacht in einem unbeleuchteten Lieferwagen verschwand, war wirklich zu auffällig, um es einfach zu ignorieren.

Während ich meinen Bademantel anzog, versuchte ich, eine logische Erklärung dafür zu finden. „Vielleicht kauft er ja Drogen“, überlegte ich.

Nein. Bestimmt nicht. Roger war doch in der Hinsicht ein Musterknabe. Ich hatte noch nie gesehen, dass er mehr als ein halbes Bier am Abend trank, und ich konnte mir beim besten Willen nicht vorstellen, dass er etwas mit Drogen zu tun hatte.

Was dann? Traf er sich vielleicht mit einem Mädchen?

Ja, das war eine Möglichkeit.

Aber als ich genauer darüber nachdachte, erschien es mir doch unwahrscheinlich. Warum holte er sie nicht einfach rein? Und außerdem hatte ich den Lieferwagen vorhin schon gesehen. Wenn er wirklich mit einem Mädchen verabredet wäre, würde er sie doch sicher nicht so lange warten lassen.

Offensichtlich hatte er abgewartet, bis Cara und ich eingeschlafen waren. Was auch immer er dort draußen machte, er wollte anscheinend nicht, dass wir etwas davon mitbekamen.

Ich trat in den Flur und ging zur Dachbodentreppe. Der Fußboden knarrte und ächzte unter meinen Füßen.

Ich hatte gerade meinen Fuß auf die unterste Stufe gesetzt, als ich Rogers Stimme direkt hinter mir hörte. „Hey, Mark. Was machst du denn hier?"

7

Ich wirbelte herum. Der Flur wurde nur von einem kleinen Nachtlämpchen beleuchtet, das etwa in Höhe des Fußbodens gegenüber von Caras Zimmer in eine Steckdose gesteckt war. Aber sogar in diesem schwachen Licht konnte ich deutlich erkennen, dass Roger schwitzte und sein Gesicht gerötet war.

„Mann, hast du mich erschreckt!“, flüsterte ich.

„Entschuldige. Das scheint heute Nacht ja schon zur Gewohnheit zu werden“, murmelte Roger, ohne zu lächeln. „Was machst du eigentlich hier?“

„Ich … also … ich wollte gerade ins Badezimmer“, stotterte ich, weil mir so schnell nichts Besseres einfiel.

„Zum Badezimmer geht's aber in die Richtung“, sagte Roger und zeigte den Flur hinunter.

„Ich weiß. Aber ich …“ Ich brach ab, ehe ich mich noch mehr verhedderte. „Hey, und wo kommst *du* her?“, fragte ich und drehte den Spieß um.

„Ich konnte nicht schlafen“, erwiderte er und wischte sich mit der Hand über die Stirn. „Wahrscheinlich habe ich heute zu lange über meinen Büchern gesessen. Ich bin ein bisschen spazieren gegangen, um den Kopf wieder klar zu kriegen.“

Das war eine dicke Lüge! Ich hatte schließlich gesehen, dass er direkt in den grauen Lieferwagen *spaziert* war.

„Es ist noch ganz schön warm draußen“, fügte er schnell hinzu. „Man kann kaum glauben, dass es schon November ist.“ Und dann schob er sich an mir vorbei und stieg die Treppen zur Mansarde hinauf.

„Na ja, dann gute Nacht!“, flüsterte ich. Ich beschloss, ihn nicht auf seine Lüge anzusprechen und ihm nicht zu verraten, dass ich ihn dabei beobachtet hatte, wie er im Lieferwagen verschwunden war. Dazu war ich viel zu müde und verwirrt. Ich wollte erst mit Cara darüber sprechen und mit ihr zusammen überlegen, wie wir uns verhalten sollten.

„Gute Nacht!“, rief er über die Schulter zurück. Ich hatte den Eindruck, dass er froh war, mir und meinen Fragen aus dem Weg gehen zu können, so schnell stürmte er die Treppe hinauf.

Dabei hatte ich wirklich eine Menge Fragen, die in meinem Kopf herumwirbelten wie schwere, nasse Wäschestücke in einer Waschmaschine. Aber jetzt war es zu spät.

Plötzlich fühlte ich mich auch sehr schwer und todmüde. Ich schlurfte in mein Zimmer zurück und ließ mich ins Bett fallen, ohne erst meinen Bademantel auszuziehen. Als ich schließlich einschlief, hatte ich merkwürdige und beunruhigende Träume.

In einem Traum war ich auf einem riesigen Parkplatz ausgesetzt worden. So weit das Auge reichte, erstreckten sich endlose Reihen von grauen Wagen in alle Richtungen. Ich stand ganz allein in der Mitte dieses bedrückenden Platzes und wusste nicht, welcher Wagen mir gehörte und wie ich hier wieder herauskommen sollte.

Ich war von jemandem an diesem trostlosen Ort abgesetzt worden – daran erinnerte ich mich. Aber ich wusste nicht, warum und was ich nun tun sollte.

Als am nächsten Morgen um sieben Uhr der Wecker losrasselte, erwachte ich ziemlich schlecht gelaunt. Ich fühlte mich wie zerschlagen – meine Muskeln schmerzten, und mein Kopf war schwer. Was für eine Nacht! Ich konnte mich zwar nicht mehr genau an die anderen Träume erinnern, aber ich wusste noch, dass sie ähnlich unangenehm gewesen waren wie der erste.

„Oh nein! Der Tag fängt ja gut an", stöhnte ich. Damit meinte ich nichts oder niemand Bestimmtes – einfach nur die Welt im Allgemeinen.

Ich reckte mich und drehte mich schlaftrunken auf die Seite. Als ich die Augen öffnete, fuhr ich erschrocken zusammen und war schlagartig wach. Auf meinem Nachttisch neben dem Radiowecker lag der weiße Affenkopf!

Wieder hatte ich das unheimliche Gefühl, dass er mich anstarrte und mir ein hässliches, spöttisches Grinsen zuwarf. Obwohl es in meinem Zimmer noch dunkel war, glänzten die unheimlichen Augen ungewöhnlich hell.

Ohne lange darüber nachzudenken, griff ich nach diesem abstoßenden Ding und schleuderte es quer durch den Raum. Ich hörte, wie der Affenschädel gegen die Wand prallte und dann auf den Teppich plumpste. „Das hast du nun davon, dass du mich so anstarrst!", knurrte ich.

Dann fiel mir schlagartig ein, dass Mom und Dad inzwischen bestimmt zurückgekommen waren und unten warteten. Ächzend quälte ich mich aus dem Bett. Ich ließ meine morgendliche Dusche ausfallen und zog mir die Jeans von gestern über. Dann griff ich nach einem gestreiften Sweatshirt und stürmte zur Treppe.

Cara war direkt vor mir. „Guten Morgen!", nuschelte ich.

Sie antwortete nicht. Stattdessen rief sie lauthals: „Hey! Mom, Dad, wo seid ihr?", während wir, immer zwei Stufen auf einmal nehmend, dic Treppen hinunterrasten.

Gleichzeitig erreichten wir die Küche. Sie war leer! Das schmutzige Geschirr vom vorigen Abend stapelte sich immer noch auf dem Tresen neben der Spüle. „Wir haben ja nicht besonders gründlich aufgeräumt", seufzte Cara bei diesem unerfreulichen Anblick.

„Das ist doch jetzt völlig egal! Wo sind Mom und Dad?", brüllte ich.

„Schrei mich nicht so an! Woher soll ich denn das wissen?", zischte Cara.

„Ich schreie überhaupt nicht!", verteidigte ich mich. Wollte sie etwa ausgerechnet jetzt einen Streit vom Zaun brechen?

„Vielleicht schlafen sie noch", murmelte Cara und schob mich beiseite. „Ich werd mal oben nachsehen."

„Warte, ich komme mit." Ich weiß auch nicht genau, warum ich ihr folgte. Es war wirklich nicht nötig, dass wir zu zweit im Schlafzimmer nachschauten, ob unsere Eltern schon zurück waren. Ich glaube, ich habe in diesem Moment gar nicht darüber nachgedacht, was ich tat. Denn ich machte mir inzwischen ernsthafte Sorgen.

Das ist bei mir leider immer so. Wenn mich erst mal etwas beunruhigt, kann ich mich da richtig reinsteigern!

Ich blieb am Fuß der Treppe stehen und beobachtete Cara, wie sie aufgeregt zu Moms und Dads Schlafzimmer hinauflief. Viele furchtbare Bilder schossen mir durch den Kopf. Ich malte mir in allen Einzelheiten aus, was meinen Eltern zugestoßen sein konnte. „Wenn ihnen etwas passiert wäre, hätte uns die Polizei doch schon längst benachrichtigt", versuchte ich mir einzureden. Dieser Gedanke beruhigte mich etwas, aber ich wusste genau, dass ich mich erst wieder besser fühlen würde, wenn ich wusste, wo sie waren.

„Sind sie da oben?", rief ich die Treppe hinauf.

Caras Kopf tauchte über dem Treppengeländer auf. Ich bemerkte erst jetzt, dass sie ihre Haare nicht gekämmt hatte. Das war ziemlich ungewöhnlich für meine superordentliche Schwester. Niedergeschlagen schüttelte sie den Kopf. „Nee. Sie sind nicht nach Hause gekommen."

In diesem Moment knurrte mein Magen lautstark, und ich merkte plötzlich, wie hungrig ich war. Ich fragte mich, ob wir überhaupt etwas zum Frühstück im Haus hatten. Gleich darauf überfiel mich das schlechte Gewissen. Wie konnte ich bloß an Essen denken, wenn Mom und Dad verschwunden waren!?

Cara schlich mit bedrücktem Gesicht die Stufen herunter, und ich folgte ihr in die Küche. Wir fühlten uns beide ziemlich mies. Nach längerem Suchen fand Cara eine Packung Cornflakes im Schrank. Da die Milch alle war, gossen wir einfach eine Dose Cola darüber. „Man sollte jeden Tag mit einem ausgewogenen Frühstück beginnen", murmelte Cara ironisch.

Eigentlich schmeckte es gar nicht so schlecht. Ich hatte schon fast den ganzen Teller Cornflakes in mich hineingeschaufelt, als ich plötzlich – wie von der Tarantel gestochen – aufsprang. Gerade war mir der graue Lieferwagen wieder eingefallen!

„Hey! Wo willst du hin?", rief Cara mir verdutzt nach, als ich ins Wohnzimmer rannte und aus dem Fenster starrte. Draußen war es immer noch dunkel. Die ersten schwachen Sonnenstrahlen kämpften sich gerade durch die dichte Wolkendecke. Der Lieferwagen war verschwunden.

„Was machst du denn hier, Mark?" Cara war mir ins Wohnzimmer gefolgt.

Ich deutete mit dem Daumen auf die Couch und war erstaunt, als Cara sich widerspruchslos hinsetzte. Dann erzählte ich ihr, was letzte Nacht passiert war.

„Und du hast wirklich gesehen, dass Roger in diesem merkwürdigen Lieferwagen verschwunden ist?", fragte Cara skeptisch. „Du bist ganz sicher, dass du es nicht geträumt hast?"

Das ist typisch meine Schwester! Sie bezweifelt grundsätzlich erst mal alles, was man ihr erzählt.

„Nein, ich habe nicht geschlafen!"

„Es könnte doch auch sein, dass er an dem Wagen vorbeigelaufen ist. Vielleicht sah es nur so aus, als ob die Seitentür geöffnet war. Im Licht der Straßenlaternen werfen die Bäume manchmal seltsame Schatten."

So langsam fing ich an, an dem zu zweifeln, was ich

mit eigenen Augen gesehen hatte. „Nein“, sagte ich energisch. „Es war genau so, wie ich es beschrieben habe. Roger ist in den Lieferwagen geklettert, und dann wurde die Tür hinter ihm geschlossen.“

„Dann hat er dich also angelogen, als er sagte, dass er noch einen Spaziergang gemacht hat?“

„Cara, du bringst mich echt auf die Palme, wenn du so weitermachst“, knurrte ich und versuchte, meine wachsende Wut zu beherrschen.

„Okay, okay“, entgegnete sie und hob beschwichtigend die Hände. „Es tut mir leid! Ich möchte doch nur, dass wir uns ganz sicher sind, bevor wir zu Roger raufgehen und ihm erzählen, was du gesehen hast. Das könnte sonst ziemlich peinlich werden.“

„Na gut … Es war vielleicht dunkel draußen und außerdem neblig, aber ich weiß genau, dass er in diesem Wagen verschwunden ist.“

„Dann lass uns jetzt sofort nach oben gehen!“, rief Cara. Sie sprang von der Couch auf und zog mich hoch. „Wir werden ihn einfach fragen, was er letzte Nacht in dem grauen Lieferwagen gemacht hat.“

„Meinst du wirklich?“ Caras Fragen hatten mich ganz schön verunsichert. Inzwischen fing ich schon fast an zu glauben, dass ich das alles doch nur geträumt hatte. Außerdem hatte ich keine große Lust, mich mit Roger anzulegen.

„Äh … Cara“, begann ich zögernd, während wir die Stufen hinaufstiegen. „Vielleicht sollten wir uns aus der Sache lieber raushalten. Ich meine, Roger hat doch schließlich auch ein Recht auf sein Privatleben, oder?“

Cara seufzte und rollte genervt mit den Augen. „Mark, unsere Eltern sind verschwunden, richtig?“

„Na ja … jedenfalls sind sie gestern nicht nach Hause gekommen.“

„Und seitdem sie verschwunden sind, benimmt Roger sich ziemlich merkwürdig. Findest du nicht auch?“

„Ja, ich denke schon.“

„Also haben wir ja wohl ein Recht darauf zu erfahren, warum er sich so auffällig verhält, oder etwa nicht?“

Ich dachte einen Augenblick über ihre Worte nach und musste ihr dann zustimmen. Wie üblich gab ich nach. In Auseinandersetzungen mit Cara ziehe ich immer den Kürzeren, es sei denn, ich fange an herumzuschreien. Aber dazu war ich heute Morgen einfach noch zu schlapp.

Außerdem hatte sie dieses Mal ausnahmsweise wirklich recht.

Wir kletterten die schmalen Stufen zum Dachboden hinauf. Hier oben unter dem Dach war es einige Grade wärmer als unten im Haus. Rogers Zimmertür war geschlossen.

„Sollen wir ihn wecken?“, flüsterte ich Cara zu. „Oder wollen wir lieber warten, bis er aufwacht?“

Cara warf mir einen vernichtenden Blick zu. „Natürlich werden wir ihn wecken!“, zischte sie. „Oder wolltest du heute nicht zur Schule gehen?“

Ich klopfte zuerst zögernd, dann energischer an die Tür.

Keine Antwort.

Plötzlich lief mir ein kalter Schauer über den Rücken,

und eine Welle von Angst krampfte meinen Magen zusammen. Ich hatte auf einmal das Gefühl, dass dadrinnen etwas Schreckliches passiert war. Ich warf meinen Kopf mit einer heftigen Bewegung in den Nacken, um diesen Gedanken abzuschütteln. Inzwischen sah ich schon überall Gespenster!

Ich klopfte noch einmal, aber es kam wieder keine Antwort.

Also öffnete ich langsam die Tür und trat einen Schritt vor.

Graues Licht fiel durch ein kleines, schmutzverschmiertes Oberlicht in das Zimmer. Rogers schmales Bett war gemacht, und die dünne grüne Überdecke war ordentlich an allen vier Ecken festgesteckt worden. Der Raum war leer. Roger war schon gegangen.

„Das glaub ich einfach nicht", stöhnte Cara, die offenbar enttäuscht war, dass sie jetzt auf ihr Verhör verzichten musste.

„Wahrscheinlich hat er irgendwelche Seminare an der Uni", sagte ich und drückte mich an die Wand, damit Cara sich auch in das winzige Zimmer quetschen konnte.

„Doch nicht um diese Zeit", schnaubte Cara und knabberte dann nachdenklich auf ihrer Unterlippe herum. „Okay … Wo wir nun schon mal hier sind, können wir uns ja auch ein bisschen umsehen", meinte sie dann.

„Das wird nicht lange dauern", sagte ich und zog den Kopf ein, damit ich nicht gegen die Decke stieß.

Ich nahm mir den Stapel Papiere vor, der sich auf Rogers Schreibtisch türmte. Es waren nur ein Haufen Hefte und einige Lehrbücher. Cara ließ sich auf Hände und

Knie nieder und schaute unter das Bett. „Siehst du was?“, fragte ich. Aus irgendeinem Grund flüsterte ich.

„Jede Menge Staubwolken“, antwortete sie und richtete sich hastig wieder auf.

Das Regal über dem Schreibtisch war bis auf einige Bücher und Zeitschriften, die unordentlich auf dem mittleren Bord herumlagen, fast leer. Ein einsamer Pappbecher, der mit Stiften und Textmarkern gefüllt war, stand auf dem Bord darunter.

„Was für ein ungemütliches Zimmer!“, sagte ich.

„Finde ich auch. Er hätte ja wenigstens ein paar Poster oder so aufhängen können“, meinte Cara.

Ich warf einen Blick auf die nackten grauen Wände. Der Raum wirkte eher wie eine Gefängniszelle und nicht wie das Zimmer eines Studenten.

Cara begann, den Stapel Hefte und Bücher auf Rogers Schreibtisch durchzugehen. „Die habe ich mir schon angesehen“, sagte ich ungeduldig. Ich wurde langsam nervös und konnte es gar nicht erwarten, das Zimmer zu verlassen. Ich malte mir aus, was passieren würde, wenn Roger plötzlich zurückkäme und uns erwischte.

„Hey! Sieh dir das mal an!“, rief Cara überrascht und hielt ein leeres Notizbuch in die Höhe.

„Na, so was! Ein Notizbuch! Da hast du ja wirklich einen aufregenden Fund gemacht“, knurrte ich gereizt.

„Das kann man wohl sagen. Es ist nämlich völlig leer!“ Cara blätterte das nächste Heft durch. „Schau doch mal, Mark! Dieses auch!“ Verblüfft untersuchte ich die anderen Hefte. Auch sie waren leer – es stand kein einziges Wort darin!

„Was hat das zu bedeuten?“, fragte ich. „Diese hier sind auch nicht benutzt.“

Cara blätterte gerade Rogers Lehrbücher durch. „Keine Unterstreichungen, keine Anmerkungen“, murmelte sie vor sich hin.

„Vielleicht schreibt er einfach nicht gerne in seine Bücher hinein“, sagte ich seufzend. „Ich tue das übrigens auch nicht. Ich glaube kaum, dass uns das sehr viel weiterhilft, Cara.“

„Aber er hat sich nicht eine einzige Notiz gemacht. Das ganze Zeug sieht aus, als wäre es noch nie benutzt worden!“

In diesem Moment hörte ich ein knarrendes Geräusch unten im Flur. Ich sah zu Cara. Sie hatte es offensichtlich auch gehört.

Vor lauter Schreck standen wir beide reglos da und lauschten angestrengt.

Stille.

Ich warf einen Blick durch die Tür, aber es war niemand zu sehen. Dann schlich ich auf Zehenspitzen zur Treppe und schaute hinunter. Wieder Fehlanzeige. Es war also nur das alte Haus gewesen, das ständig diese unheimlichen Geräusche von sich gab.

Als ich in Rogers Zimmer zurückkam, war Cara gerade dabei, die Schreibtischschubladen aufzuziehen und deren Inhalt zu durchwühlen. Da in der winzigen Mansarde kein Platz für einen Kleiderschrank war, bewahrte Roger seine Klamotten im Schreibtisch auf. Eine ganze Schublade war mit ordentlich zusammengerollten Socken gefüllt.

„Komm, Cara! Lass uns verschwinden!“, bat ich. „Wir werden hier bestimmt nichts Interessantes finden. Es ist doch praktisch nichts da, was man durchsuchen könnte. Mir kommt es so vor, als ob Roger gar nicht richtig hier lebt.“

Cara sah mich eindringlich an. „Das ist ja gerade das Merkwürdige! Findest du das etwa nicht interessant?“

„Nein!“, sagte ich kurz angebunden.

Cara ignorierte mich einfach und zog die unterste Schreibtischschublade heraus. Sie war bis oben hin mit Unterwäsche gefüllt. „Lass uns endlich abhauen!“, drängte ich. „Wir haben nichts gefunden. Null. Absolut nichts.“ Ich wandte mich um und ging aus dem Zimmer.

„Warte, Mark! Oh Gott!“

Erschrocken lief ich wieder zurück. „Cara, was ist los?“ Sie hatte die Unterwäsche aus der Schublade geholt. Darunter lag eine glänzende schwarze Pistole mit kurzem Lauf.

8

„Mark, was machst du denn da? Leg sofort die Pistole weg!“, brüllte ich. Er hatte die Waffe aus der Schublade genommen und untersuchte sie.

„Sie ist geladen“, stellte er mit leiser Stimme fest.

„Dann ziel doch gefälligst nicht auf mich!“

„Tu ich ja gar nicht! Reg dich bloß nicht so auf, ich leg sie ja schon zurück“, knurrte er verärgert.

„Sei bloß vorsichtig!“

Mark legte die Pistole zurück und fasste sie dabei an wie ein rohes Ei. Dann stapelte ich Rogers Unterwäsche wieder darauf und schloss die Schreibtischschublade.

„Was glaubst du, warum bewahrt Roger eine geladene Pistole in seinem Zimmer auf?“, fragte Mark.

„Vielleicht macht es ihm ja Spaß, auf Kakerlaken zu schießen“, witzelte ich.

Mark schaute mich verblüfft an. Er schien mal wieder nicht gemerkt zu haben, dass ich ihn auf den Arm genommen hatte. „Na los! Lass uns von hier verschwinden!“, sagte ich und schob meinen begriffsstutzigen Bruder zur Tür.

Kaum waren wir unten angekommen, begann Mark, unruhig durch die Küche zu tigern. Ich setzte mich auf den Küchentisch und sah meinem Bruder wortlos zu. „Und jetzt?“, fragte Mark nach einer Weile.

Ich warf einen Blick auf die Uhr über der Spüle. Es war zwanzig vor acht. Wenn wir uns nicht bald auf die Socken machten, würden wir zu spät zur Schule kommen. „Das Telefon", sagte ich. „Vielleicht ist es ja wieder in Ordnung."

Wir rannten beide im selben Augenblick los und stürzten uns auf das Wandtelefon. Ich war schneller und riss den Hörer von der Gabel. Stille. „Es ist immer noch tot!", seufzte ich.

„Wir müssen die Telefongesellschaft anrufen", meinte Mark. „Wahrscheinlich haben Mom und Dad die ganze Nacht versucht, uns zu erreichen."

„Ich weiß. Ich werd mal eben um die Ecke zu Mrs Fisher gehen", sagte ich. „Dort kann ich bestimmt telefonieren."

„Ich würde ja mitkommen, aber ich glaube, Mrs Fisher mag mich nicht besonders", entschuldigte sich Mark. „Sie hat neulich Mom besucht, als ich im Garten Bogenschießen trainierte, und seitdem sieht sie mich immer so komisch an."

„Ich finde sie ganz in Ordnung", rief ich und verschwand schnell durch die Hintertür. Ich liebe es nämlich, das letzte Wort zu haben.

Draußen war es ziemlich kühl. Kein Sonnenstrahl drang durch die dichten, tief hängenden Wolken. Ich hätte mir besser einen Pullover oder irgendetwas Warmes überziehen sollen, aber bis zu Mrs Fishers Haus war es zum Glück nicht besonders weit.

Mit schnellen Schritten lief ich den Bürgersteig entlang, vorbei an Ahornbäumen und Platanen, die fast alle ihre Blätter verloren hatten. Es sah schon richtig winterlich aus, obwohl es für die Jahreszeit ganz ungewöhnlich warm war. Als ich Mrs Fishers verwinkeltes altes Haus, das mit Schindeln gedeckt war, sehen konnte, begann ich zu laufen und joggte den Rest des Weges bis zu ihrer Gartenpforte.

Da die Klingel offenbar nicht funktionierte, benutzte ich den alten Türklopfer, der in der Mitte der Tür angebracht war. Schon nach dem zweiten Klopfen öffnete mir Mrs Fisher, eine ziemlich attraktive Frau von ungefähr Ende vierzig oder Anfang fünfzig. Heute trug sie Cordhosen und ein kariertes Männerhemd, das ihr viel zu groß war. Ihr tiefschwarzes Haar hatte sie mit einem blauen Gummiband zu einem Pferdeschwanz zurückgenommen.

Zuerst starrte sie mich nur wortlos an. Sie schien erstaunt zu sein, mich zu sehen. „Cara?“, sagte sie dann.

„Guten Morgen, Mrs Fisher. Tut mir leid, wenn ich störe.“

Sie öffnete die Tür etwas weiter und ließ mich hinein. „Kein Problem. Ich stehe jeden Morgen um sechs Uhr auf“, beruhigte sie mich. Ein durchdringender Geruch nach Zigarettenrauch erfüllte das kleine Haus. „Ist alles in Ordnung?“

Als sie mir die Frage stellte, sah sie plötzlich zur Seite. Dies und die offensichtliche Besorgnis in ihrer Stimme machten mich stutzig. Aber dann sagte ich mir, dass ich mir das bestimmt nur eingebildet hatte. Nach den Erlebnissen vom Morgen war ich drauf und dran, *jeden* zu verdächtigen.

„Ist Ihr Telefon in Ordnung? Unsere Leitung ist nämlich tot."

„Das ist ja merkwürdig. Mein Apparat funktioniert bestens. Gerade vor ein paar Minuten habe ich mit meiner Schwester gesprochen. Eigentlich müsste doch das Telefonnetz in der ganzen Gegend gestört sein."

„Komisch, nicht wahr?", stimmte ich Mrs Fisher zu. „Darf ich vielleicht mal Ihr Telefon benutzen?"

„Natürlich. Komm mit!" Ich folgte ihr durch das Wohnzimmer, das mit massiven dunklen Antikmöbeln vollgestellt war, in die Küche, die wesentlich heller und freundlicher wirkte.

„Ich denke, ich werde zuerst meine Eltern anrufen", sagte ich.

„Deine Eltern?"

Vom Ton ihrer Stimme alarmiert, sah ich auf und entdeckte einen seltsamen Ausdruck auf Mrs Fishers Gesicht. Sie schien nicht überrascht, sondern eher geschockt. Sobald sie merkte, dass ich sie beobachtete, setzte sie eine undurchdringliche Miene auf. Sie griff nach einer Packung Zigaretten und fingerte sich einen Glimmstängel heraus. Als sie zum Feuerzeug griff, fiel mir auf, dass ihre Hand zitterte.

„Meine Eltern haben wahrscheinlich die ganze Nacht gearbeitet. Sie sind noch nicht nach Hause gekommen", erklärte ich Mrs Fisher. Ich fragte mich, ob ich mir ihren merkwürdigen Gesichtsausdruck nur eingebildet hatte. Ja, so musste es sein – wahrscheinlich litt ich jetzt schon genauso unter Halluzinationen wie mein zartbesaiteter Bruder.

Mrs Fisher schaute mich skeptisch an. Die Zigarette hing ihr dabei lässig im Mundwinkel. Dann drehte sie sich um, ging zur Spüle und begann, geräuschvoll einige Teller abzuwaschen. „Und sie haben nicht bei euch angerufen?", fragte sie ungläubig, ohne mich dabei anzusehen.

„Konnten sie ja nicht. Das Telefon ist doch kaputt."

„Oh, natürlich. Das hatte ich ganz vergessen. Wo arbeiten deine Eltern denn?", erkundigte sich Mrs Fisher. Mir fiel auf, dass die Teller, die sie mit Feuereifer abwusch, eigentlich völlig sauber aussahen.

„Bei der Firma Cranford Industries."

„Oh, ja. Cranford. Ich habe darüber gelesen. Ich glaube, sie stellen Flugzeugteile oder so was in der Art her. Sie bekommen eine Menge Regierungsaufträge, nicht wahr?"

„Keine Ahnung", sagte ich und hob den Telefonhörer ab. „Meine Eltern installieren dort ein Computersystem."

„Oh, wie interessant!" Mrs Fisher trocknete sich die Hände ab und drehte sich um. Sie nahm die qualmende Zigarette aus dem Mundwinkel und legte sie in den Aschenbecher. Mrs Fisher machte einen sehr nervösen Eindruck. „Cranford ist ziemlich weit weg", fuhr sie fort. „Mindestens eine Stunde von hier. Warum haben deine Eltern sich eigentlich ausgerechnet in Shadyside ein Haus gekauft und nicht näher bei ihrer Arbeitsstelle?"

„Keine Ahnung, Mrs Fisher. Darüber habe ich eigentlich noch nie nachgedacht. Vielleicht weil die Highschool hier besser ist. Na ja, Sie wissen schon – wegen Mark und mir."

„Cara …“, setzte sie an und brach sofort wieder ab.

„Ja?“

„Schon gut“, sagte sie schnell. „Jetzt habe ich doch glatt vergessen, was ich sagen wollte.“ Sie warf das Geschirrtuch, das sie sich über die Schulter gehängt hatte, auf die Arbeitsplatte neben der Spüle. „Ich verschwinde jetzt besser mal und lass dich in Ruhe telefonieren.“ Sie sah irgendwie verstört aus, als sie sich auf dem Absatz umdrehte und die Küche verließ. Die brennende Zigarette glomm im Aschenbecher vor sich hin.

„Was ist denn bloß mit ihr los?“, fragte ich mich beunruhigt. Bis jetzt hatte sie immer ganz ruhig und ausgeglichen gewirkt, wenn sie kam, um meine Eltern zu besuchen. Mrs Fisher war die Einzige aus der ganzen Nachbarschaft, die ein bisschen kontaktfreudiger war und ab und zu bei uns vorbeischaute. Alle anderen Hausbesitzer in der Fear Street blieben lieber unter sich und grüßten nicht mal, wenn wir vorbeigingen.

Ich wählte die Durchwahl meiner Eltern bei Cranford Industries und lauschte dem gedämpften Klingeln. Sechsmal, siebenmal, achtmal … Es hob niemand ab. Nicht einmal die Telefonvermittlungszentrale, auf die das Gespräch nach einer Weile automatisch umgeschaltet wurde. Wahrscheinlich war es noch zu früh, um in der Firma jemanden zu erreichen.

Ich ließ mich gegen den Küchentresen sinken und fühlte mich auf einmal richtig schwach und mutlos. Die Enttäuschung war einfach zu groß – ich war so sicher gewesen, dass ich Mom und Dad erreichen würde!

Was nun?

Was sollte ich jetzt bloß tun? Wen konnte ich anrufen? Wir waren ja erst seit September in Shadyside und kannten kaum jemanden.

Meine Gedanken rasten. Ich konnte doch nicht einfach zur Schule gehen, ohne zu wissen, was mit Mom und Dad war. Die Vorstellung, dort Stunde für Stunde abzusitzen und nichts tun zu können, machte mich wahnsinnig.

Eine Welle von Panik überwältigte mich, und gleichzeitig bekam ich heftige Magenschmerzen. Mein Herz klopfte wie wild, während ich immer noch das Telefon anstarrte.

Und plötzlich hatte ich einen Geistesblitz. Mark und ich mussten zu Cranford Industries fahren und dort nach Mom und Dad suchen!

Das Problem war nur, dass wir kein Auto hatten. Also mussten wir uns eben eins leihen oder notfalls sogar mieten. Und vielleicht gab es ja auch einen Bus, der dorthin fuhr.

Das war die Lösung! Wir würden die Schule sausen lassen und nach Cranford fahren! Wenn Mom und Dad da waren, würden wir sie als Erstes fragen, warum sie sich nicht gemeldet hatten. Und wenn sie nicht da waren … Ach was, sie *mussten* einfach da sein!

„Vielen Dank, Mrs Fisher!“, rief ich in den Flur.

Als keine Antwort kam, ging ich achselzuckend zur Haustür. Ich stand schon fast wieder auf dem Bürgersteig, als mir auf einmal siedend heiß einfiel, dass ich total vergessen hatte, die Telefongesellschaft anzurufen. Also machte ich kehrt und rannte zurück ins Haus.

„Und es kommt nicht mal ein Freizeichen?“, fragte eine freundliche Dame am anderen Ende. Sie klang überrascht.

„Nein. Die Leitung ist völlig tot“, sagte ich.

„Sehr ungewöhnlich. Wir haben keine einzige Beschwerde aus der Nachbarschaft bekommen“, murmelte die Frau. „Ich werde sofort unseren Reparaturservice benachrichtigen, damit sie jemanden vorbeischicken.“

Ich bedankte mich und legte den Hörer auf. Jetzt fühlte ich mich schon etwas besser. Da Mrs Fisher noch immer nicht aufgetaucht war, rief ich ein lautes „Tschüss!“ zum Abschied und rannte nach Hause. Ich wollte so schnell wie möglich Mark in meinen Plan einweihen, die Schule zu schwänzen und nach Mom und Dad zu suchen.

Ich lief unsere Auffahrt hoch und kam auf dem Weg zur Hintertür an der Garage vorbei. Plötzlich blieb ich wie vom Donner gerührt stehen – beim Vorbeisprinten war mir aus dem Augenwinkel etwas Merkwürdiges aufgefallen. Unsere Garagentore haben nämlich lange, rechteckige Fenster, durch die man ins Innere sehen kann.

Ich drehte mich um und ging langsam zurück. Dann stellte ich mich dicht vor die Scheibe und schaute hinein. Ich hatte mich nicht getäuscht!

Der Wagen meiner Eltern – der blaue Toyota, mit dem sie jeden Tag zur Arbeit fuhren – stand in der Garage!

9

Mark öffnete das Garagentor. Wir standen in der Auffahrt und starrten mit offenem Mund den Toyota an – so, als hätten wir noch nie in unserem Leben ein Auto gesehen.

„Wie sind Mom und Dad denn bloß zur Arbeit gekommen?“, fragte Mark und schüttelte fassungslos den Kopf. Er ging in die Garage und schaute durch die Fenster ins Wageninnere.

Eigentlich beschäftigte uns eine ganz andere Frage, aber keiner von uns beiden traute sich, sie auszusprechen: Waren sie überhaupt zur Arbeit gefahren?

Es gab nur eine Möglichkeit, das herauszufinden.

„Wir müssen nach Cranford fahren – sofort!“, sagte ich entschieden.

Mark trat unschlüssig gegen den Hinterreifen. „Ich kann nicht, Cara. Wir schreiben heute eine Mathearbeit. Und außerdem bin ich mit Gena in der Schule verabredet …“

Er brach ab und sah betreten zu Boden. Er wusste genau, dass das alles längst nicht so wichtig war, wie Mom und Dad zu finden.

„Mist! Ich weiß einfach nicht, was wir tun sollen!“, schrie er plötzlich wütend und schlug mit der flachen Hand auf den Kofferraum. Er sah dabei aus wie ein kleiner, trotziger Junge. „Autsch!“ Das hatte offensichtlich ganz schön wehgetan.

„Könntest du vielleicht mal für fünf Minuten aufhören, den wilden Mann zu markieren?“, fragte ich. „Ich verstehe ja, dass du aufgeregt bist. Mir geht es doch auch nicht anders, aber es bringt überhaupt nichts, wenn wir unsere Wut und Hilflosigkeit an dem armen Auto auslassen. Wir müssen irgendetwas unternehmen, sonst drehen wir noch völlig durch!“

„Okay, okay“, knurrte Mark. „Dann lassen wir eben den Unterricht heute ausfallen. Komm, wir holen die Wagenschlüssel und unsere Jacken und fahren gleich los. Wenigstens haben wir jetzt ein Auto.“

Wir schauten beide gleichzeitig auf den Toyota. Ich bekam plötzlich ganz weiche Knie und musste mich umdrehen. Der Wagen meiner Eltern hätte einfach nicht hier sein dürfen.

Irgendetwas an der ganzen Sache war faul, oberfaul!

„Vielleicht hat sie ja jemand zur Arbeit mitgenommen“, überlegte Mark, als wir ins Haus liefen, um unsere Jacken zu holen. „Oder sie hatten einen Notfall in der Firma, und die haben einen Fahrer geschickt, der sie abholte.“

„Könnte sein“, sagte ich halbherzig. Wir wussten beide, dass das verdammt weit hergeholt war.

Aber was sollten wir denn sonst glauben?

Ich griff nach meiner Daunenjacke und holte die Ersatzschlüssel und eine Straßenkarte aus dem Schreibtisch im Wohnzimmer. Kurz darauf fuhr Mark rückwärts aus der Einfahrt. Die Sonne hatte die dichten, tief hängenden Wolken nicht vertreiben können. Es war ein grauer, windiger Tag – ein erster Vorgeschmack auf den ungemütlichen November.

Wir waren am Ende der Fear Street angekommen, als Mark plötzlich mit voller Wucht auf die Bremse trat. „Der Lieferwagen!", brüllte er.

Der graue Lieferwagen, der keine Aufschrift an den Seiten hatte, parkte direkt vor uns am Straßenrand. Auf dem Fahrersitz saß ein Mann mit streichholzkurzen weißblonden Haaren.

Mark stoppte den Toyota auf gleicher Höhe mit dem Lieferwagen. Der blonde Mann starrte stur geradeaus und tat so, als würde er uns gar nicht bemerken.

Mark kurbelte die Scheibe herunter und streckte den Kopf aus dem Fenster. „Hey! Warten Sie vielleicht auf Roger?", rief er dem Typen zu.

Daraufhin kurbelte der Mann im Lieferwagen ebenfalls die Scheibe herunter. „Entschuldigung. Ich hatte das Radio voll aufgedreht. Was gibt's denn?", fragte er mit einem strahlenden Lächeln. Dabei entblößte er zwei Reihen makelloser weißer Zähne. Die meisten Leute hätten ihn wahrscheinlich für ziemlich gut aussehend gehalten, aber mit seinem weißblonden Haar, der blassen Haut und den blendend weißen Zähnen wirkte er fast wie ein Albino.

„Warten Sie auf Roger?", wiederholte Mark seine Frage.

„Auf wen?"

„Auf Roger!"

Der Mann im Lieferwagen schüttelte den Kopf. Sein

Lächeln strahlte immer noch wie eine 100-Watt-Birne. „Tut mir leid! Da habt ihr wohl den Falschen erwischt. Ich kenne keinen Roger."

Mark starrte ihn enttäuscht an. „Oh! Entschuldigung."

„Kein Problem", sagte der Mann und kurbelte seine Scheibe wieder hoch.

Mark presste den Fuß aufs Gaspedal, und wir fuhren mit quietschenden Reifen davon. „Er lügt", sagte er mit zusammengebissenen Zähnen.

„Woher willst du das wissen?", fragte ich.

„Ich hab's an seinem Grinsen gemerkt."

Wir prusteten beide los, obwohl seine Bemerkung gar nicht komisch war. Aber irgendwie tat es gut, nach der ganzen Anspannung einfach mal laut zu lachen. Danach wurden wir beide sehr still.

Mark lenkte mit einer Hand und schaute starr geradeaus. Als wäre er ein ferngesteuerter Roboter oder so was Ähnliches.

Nach einer Weile konnte ich das Schweigen nicht länger aushalten. „Was wäre das Schlimmste, was sie uns bei Cranford Industries erzählen könnten?", fragte ich ihn.

Mark antwortete zuerst nicht. Ich wusste nicht, ob er nachdachte oder ob er mich gar nicht gehört hatte.

„Das Schlimmste?", fragte er schließlich und bog mit quietschenden Reifen um die Ecke. „Ich glaube, das Schlimmste wäre, wenn man uns erzählen würde: ‚Eure Eltern haben Dienstag ganz normal Feierabend gemacht. Wir haben uns auch schon gefragt, warum sie gestern nicht zur Arbeit gekommen sind.'"

Ich konnte Mark nur zustimmen. Das war wirklich das Schlimmste, was man sich vorstellen konnte. „Und was wäre das Beste, was sie sagen könnten?“, fragte ich und versuchte krampfhaft, die Unterhaltung in Gang zu halten.

„Blöde Frage“, schnaubte Mark. „Das ist doch klar: ‚Eure Eltern sind in ihrem Büro. Sie waren die letzten Tage leider sehr beschäftigt.‘“

„Na ja … Das wäre doch immerhin eine Möglichkeit, oder?“, sagte ich. Aber Mark und ich wussten beide, dass das ziemlich unwahrscheinlich war.

Es wäre ja auch zu schön, wenn unsere Eltern plötzlich im Büro auftauchen und sich dafür entschuldigen würden, dass sie nicht angerufen hatten. Trotzdem hoffte ich, dass uns bei Cranford Industries irgendjemand eine logische Erklärung für ihr Verschwinden geben konnte.

Warum nur wollte mir dann keine logische Erklärung einfallen?

Ich versuchte, nicht darüber nachzudenken. Aber das gelang mir nicht besonders gut. Immer wieder malte ich mir aus, was Mom und Dad alles passiert sein konnte. Die hässlichsten, beunruhigendsten Gedanken haben eine ganz besondere Macht und breiten sich ungehindert in deinem Kopf aus, auch wenn du dich noch so sehr dagegen wehrst.

Nachdem wir den Rest der Fahrt schweigend verbracht hatten, erreichten wir endlich das Industriegebiet, das auf der Karte eingezeichnet war, und folgten den Wegweisern zu Cranford Industries. Als die Firma in Sicht kam, schnappte ich erstaunt nach Luft. Vor uns lag ein riesiges, dreistöckiges Gebäude, das gar nicht so modern aussah, wie ich es mir vorgestellt hatte. Es war von einem wunderschönen, gepflegten Rasen umgeben, dessen Rand immergrüne Bäume säumten. Nach einigem Herumkurven entdeckten wir schließlich einen großen Parkplatz auf der Rückseite des Gebäudes. Als wir gerade darauf zufahren wollten, trat ein bewaffneter Wachmann aus einem kleinen Häuschen neben der Einfahrt und bedeutete uns zu halten.

„Pass", knurrte er undeutlich und streckte Mark seine Hand entgegen.

„Was? Sagten Sie, wir können passieren?", fragte Mark.

„Den Pass!", widerholte der Wachmann etwas schärfer.

„Oh … So was haben wir nicht. Wir sind nur Besucher."

Der Wachmann griff nach einem Klemmbrett, auf das mehrere Blätter geheftet waren, und starrte auf den obersten Bogen. „Eure Namen?"

„Wir stehen nicht auf Ihrer Liste", sagte Mark. „Wir sind gekommen, um unsere Eltern zu sehen, und haben uns vorher nicht angemeldet."

„Ihre Namen?" Er blätterte einige Seiten um, bis er zu einer anderen, längeren Liste kam.

„Burroughs. Lucy und Greg Burroughs", sagte Mark schnell.

„Die hab ich hier nicht!", bellte der Wachmann und sah uns misstrauisch an.

„Sie sind noch ziemlich neu in der Firma", erklärte ich lahm.

Der Wachmann beugte sich hinunter, blickte durchs Wagenfenster und betrachtete Mark und mich lange und eingehend. Danach warf er einen prüfenden Blick auf den Rücksitz. „Okay …“, sagte er schließlich. „Parkt da drüben in Abschnitt 23-B. Dann geht ihr um das Gebäude herum zum Haupteingang. Sie werden euch drinnen überprüfen.“

„Vielen Dank!“, riefen Mark und ich erleichtert. Ich hatte das Gefühl, als ob ich gerade einen wichtigen Test bestanden hätte. Trotzdem fragte ich mich, warum sie hier so eine große Sache daraus machten, wenn zwei Teenager ihre Eltern besuchen wollten.

Wir stellten den Wagen in Abschnitt 23-B ab und machten uns auf den Weg zum Haupteingang – so wie der Wachmann es angeordnet hatte. „Hey! Warte doch!“, rief ich Mark zu, der so schnell losstürmte, dass ich kaum hinterherkam.

„Entschuldige.“ Mark blieb stehen und wartete, bis ich ihn eingeholt hatte. „Mann, dieser Kasten ist ganz schön beeindruckend“, sagte er und warf einen vielsagenden Blick auf das Firmengebäude.

„Und so riesig“, keuchte ich noch etwas außer Atem, während ich eine der großen Glastüren des Haupteingangs öffnete. „Wie soll man hier bloß jemanden finden?“

Wir hatten kaum einen Fuß in die Eingangshalle gesetzt, als auch schon ein anderer Wachmann vor uns auftauchte. Im Gegensatz zu seinem Kollegen war er noch sehr jung. Er hatte kalte blaue Augen und ein paar kümmerliche blonde Barthaare unter der Nase.

„Seid ihr die Besucher?", fragte er streng und ließ seinen Blick an uns entlangwandern wie der Wachmann auf dem Parkplatz.

„Ja", nickten wir beide eifrig.

„Burroughs, nicht wahr?", sagte er. Offenbar hatte sein Kollege ihn schon per Funk oder Telefon über unser Kommen informiert. „Bleibt ganz ruhig stehen. Es tut nicht weh."

Mit diesen Worten hob er einen Metalldetektor, wie sie auch an Flughäfen benutzt werden, und untersuchte uns damit gründlich von Kopf bis Fuß.

Mark und ich sahen uns verblüfft an. Ich glaube, wir dachten in diesem Moment beide das Gleiche: „In was für einem merkwürdigen Laden arbeiten unsere Eltern da eigentlich?"

„In Ordnung", sagte der Wachmann schließlich. „Kommt mit."

Er führte uns durch die große, offene Eingangshalle, die sich über die gesamte Länge des Gebäudes zu erstrecken schien. Sie wirkte so nobel, dass wir richtig eingeschüchtert waren. Über den riesigen Raum verteilt gab es mehrere Sitzgruppen mit teuren Couchen und Sesseln aus Leder, und an den Wänden hingen große Ölgemälde. Von der Mitte der Halle aus führte eine Treppe aus poliertem Messing in die oberen Stockwerke. Unsere Turnschuhe quietschten auf dem Marmorfußboden, als wir versuchten, mit dem Wachmann Schritt zu halten, der ein rasantes Tempo vorlegte.

Ich warf einen schnellen Seitenblick auf Mark. Er sah genauso nervös aus, wie ich mich fühlte.

Es kam mir so vor, als wären wir ein paar Meilen gelaufen, als uns der Wachmann schließlich zu einem großen Empfangstresen aus Mahagoni führte, der in der Nähe der Treppe diagonal in den Raum ragte. Der Mann verschwand ohne ein Wort und kehrte mit eiligen Schritten auf seinen Posten an der Tür zurück. Die Empfangsdame hinter dem gigantischen Tresen war so in den Terminplaner vertieft, der vor ihr lag, dass sie bei unserer Ankunft nicht einmal aufblickte. Ungeduldig warteten wir darauf, dass sie uns ihre Aufmerksamkeit widmete. Mir fiel auf, dass die junge Frau sehr gut aussah. Ihr strohblondes Haar war streng zurückgekämmt, und sie trug ein geschmackvolles, pflaumenfarbenes Kostüm.

Endlich legte sie ihren Terminplaner beiseite und warf uns ein geschäftsmäßiges Lächeln zu. „Was kann ich für euch tun?", fragte sie freundlich.

„Äh ... ja ... Wir sind gekommen, um unsere Eltern zu sehen", platzte Mark heraus.

„Arbeiten sie hier?"

Bevor wir der jungen Frau antworten konnten, summte das Telefon auf dem Schreibtisch, und sie hob den Hörer ab. Sie sprach drei oder vier Minuten und sah uns zwischendurch entschuldigend an. Je länger wir warten mussten, desto nervöser wurden wir. Ich bekam plötzlich stechende Magenschmerzen und fühlte mich ein bisschen benommen.

Endlich legte sie den Hörer auf die Gabel. Doch schon im nächsten Moment summte das Telefon erneut. Wieder standen Mark und ich einige Minuten herum und versuchten mühsam, uns zusammenzureißen und uns unsere Ungeduld nicht anmerken zu lassen.

Ich beobachtete die Leute, die an uns vorbeigingen. Fast alle trugen Geschäftskleidung und eilten rasch auf die imposante Treppe zu. Ihre blank polierten Schuhe klickten laut auf dem Marmorboden. Ich hoffte von ganzem Herzen, dass auch Mom und Dad gleich auftauchen würden.

Und dann sah ich sie!

Sie kamen Arm in Arm vom anderen Ende der großen Halle auf uns zu.

„Hallo! Mom! Dad!“, schrie ich. „Hier sind wir!“

Mark und ich rannten ihnen entgegen, aber sie schienen uns gar nicht zu bemerken.

„Hallo, ihr beiden!“, rief ich glücklich.

Aber als wir sie schon fast erreicht hatten, merkte ich, dass es gar nicht Mom und Dad waren.

Mark und ich blieben abrupt stehen. Aus der Nähe sah das Paar unseren Eltern nur noch entfernt ähnlich. Da war wohl wieder mal meine Fantasie mit mir durchgegangen!

Der Mann und die Frau liefen direkt an uns vorbei und auf die Treppe zu.

Mark und ich vermieden es, uns anzusehen. Wir starrten beschämt zu Boden. Wahrscheinlich kam Mark sich in diesem Moment genauso blöd vor wie ich. „Es tut mir leid!“, sagte ich leise zu ihm.

Mark gab mir keine Antwort. Wir gingen zurück zu der jungen Frau am Empfangstresen und warteten darauf, dass sie ihr Telefongespräch beendete.

„Also, zu wem wolltet ihr noch mal?", fragte sie, nachdem einige weitere endlose Minuten vergangen waren.

„Zu unseren Eltern", antwortete ich. „Sie heißen Burroughs. Greg und Lucy Burroughs."

Die junge Frau gab die beiden Namen in ihren Computer ein, der neben ihr auf dem Tisch stand, und blickte mit gerunzelter Stirn auf den Bildschirm. „Wie schreibt sich Burroughs?"

Ich buchstabierte ihr den Namen, und sie tippte daraufhin einige Worte auf der Tastatur. Auf dem grünen Bildschirm des Monitors erschien eine lange Liste mit Namen. Langsam fuhr sie mit dem Finger daran herunter. Nach ein paar Sekunden sah sie auf und sagte: „Tut mir leid. Wir haben hier niemanden mit diesem Namen."

„Aber das ist unmöglich!", rief Mark. Er sah auf einmal richtig wütend aus.

„Wisst ihr, was? Ihr seid bestimmt im falschen Gebäude", sagte die junge Frau freundlich.

„Im falschen Gebäude?", fragte Mark verständnislos. Er drehte sich um und blickte zu den Eingangstüren am anderen Ende der Halle.

„Dies hier ist Cranford Industries", meinte die Empfangsdame geduldig. „Aber es gibt eine Menge Firmen im Industriegebiet. Vielleicht habt ihr ja die falsche –"

„Nein, nein", unterbrach Mark sie. „Wir sind hier richtig. Unsere Eltern arbeiten bei Cranford Industries."

„Sie haben erst im September angefangen", schaltete ich mich in das Gespräch ein. „Vielleicht sind ihre Namen noch nicht in den Computer eingegeben."

„Hm …“ Sie dachte einen Moment lang nach. „Eigentlich wird die Liste unserer Mitarbeiter jede Woche aktualisiert. Aber, sagt mal – wisst ihr vielleicht, in welcher Abteilung eure Eltern arbeiten?“

„In der Computerabteilung“, sagte ich. „Sie installieren dort einen Großrechner.“

„Computer?“ Wieder runzelte die junge Frau die Stirn. „Ich habe eine Idee. Am besten rufe ich mal bei Mr Blumenthal an. Er ist der Leiter der Personalabteilung.“

„Danke“, riefen Mark und ich gleichzeitig.

Ich war völlig durcheinander. Warum waren Mom und Dad nicht im Verzeichnis der Mitarbeiter aufgeführt?

Während ich zusah, wie die Empfangsdame die Nummer von Mr Blumenthal wählte, beantwortete ich mir meine Frage selbst. Es gab eine ganz einfache Lösung. Meine Eltern waren bei Cranford Industries wahrscheinlich nicht fest angestellt, sondern arbeiteten als freie Mitarbeiter nur so lange hier, bis der Großrechner installiert war. Deswegen gehörten sie auch nicht zu einer bestimmten Abteilung der Firma und waren nicht im Mitarbeiterverzeichnis aufgeführt.

Dieser Gedanke heiterte mich wieder ein bisschen auf, aber ich war trotzdem immer noch schrecklich nervös. Der unaufhörliche Menschenstrom, der durch die riesige Eingangshalle wanderte, das Klacken der Absätze auf dem Marmorboden und das helle, gleißende Licht verunsicherten mich und trugen dazu bei, dass ich mich nicht wohl in meiner Haut fühlte.

Die Empfangsdame hatte sich abgewandt, als sie mit

Mr Blumenthal telefonierte, sodass ich nicht hören konnte, was sie zu ihm sagte. Kurz darauf legte sie den Hörer auf und tippte mit irritierter Miene eine andere Nummer ein. „Mr Blumenthal hat mich gebeten, bei Ihnen anzurufen. Könnte ich wohl Mr Marcus sprechen?“, hörte ich sie sagen.

Wer war denn nun wieder dieser Mr Marcus!?

Abermals wandte sie sich ab, sodass ich den Rest des Gesprächs nicht verstehen konnte. Kurz darauf legte sie den Hörer auf und sagte zu uns: „Mr Marcus wird euch in einigen Minuten empfangen.“

„Arbeitet er auch in der Personalabteilung?“, fragte ich.

„Er ist unser LM“, sagte die junge Frau und sah mich dabei so fassungslos an, als ob ich gerade auf ihren Schreibtisch gespuckt hätte.

„LM?“, fragte Mark.

„Leitender Manager“, sagte sie mit übertriebener Betonung und runzelte missbilligend die Stirn über Marks Unwissenheit. „Warum nehmt ihr nicht so lange Platz?“ Sie zeigte auf zwei gigantische Ledersessel gegenüber vom Empfangstresen. Dann nahm sie das nächste Telefongespräch entgegen.

Mark und ich schlenderten zu den Sesseln hinüber, waren aber viel zu nervös und unruhig, um uns hinzusetzen. Wir wollten die ganze Sache möglichst schnell hinter uns bringen.

„Was will denn der Oberboss von uns?“, flüsterte Mark mir zu.

Ich zuckte mit den Schultern. Woher sollte ich das wissen?

Wenige Minuten später kam eine junge Frau die Treppe herunter, einen großen Stapel Aktenordner im Arm. Sie stellte sich als Sekretärin von Mr Marcus vor und bat uns, ihr zu folgen. Sie führte uns in den ersten Stock und durch mehrere lange Flure, von denen kleinere und größere Büroräume abgingen. Endlich standen wir vor einem Eckbüro von gigantischen Ausmaßen. „Mr Marcus' Büro", erklärte die Sekretärin.

Als wir eintraten, legte Mr Marcus den Hörer auf und lächelte uns freundlich an. Er war ein erstaunlich junger Mann mit kurzem braunem Haar, das er mit Gel streng nach hinten gekämmt hatte. Er trug eine Brille mit dicken Gläsern in viereckigen schwarzen Fassungen.

„Hallo! Schön, euch kennenzulernen. Habt ihr heute schulfrei?" Er überschüttete uns mit einem Wortschwall, bevor wir irgendetwas sagen konnten. Dann bedeutete er uns, auf den beiden Stühlen vor seinem Schreibtisch Platz zu nehmen.

„Wir haben die Schule ausfallen lassen", sagte Mark kurz angebunden. Man sah ihm deutlich an, dass er sich bei diesem Geständnis ziemlich unbehaglich fühlte.

Mr Marcus begann zu lachen, verstummte aber gleich wieder, als er den ernsten Ausdruck auf unseren Gesichtern bemerkte.

„Wir würden gerne unsere Eltern sehen. Wir haben nämlich ein Problem", fügte ich hinzu.

„Okay. Ich werde sie sofort holen lassen", rief Mr Marcus. „Ich merke ja, wie aufgeregt ihr seid. Ist zu Hause irgendetwas passiert?"

„Nein. Nicht direkt", druckste ich herum. „Aber wir müssen unbedingt mit ihnen sprechen."

„Sie werden gleich hier sein. Es dauert nur einen kurzen Moment", sagte Mr Marcus und warf uns ein warmes, beruhigendes Lächeln zu. Er war mir sofort sympathisch. Ich konnte mir gut vorstellen, warum er bereits ein so hohes Tier war, obwohl er noch recht jung zu sein schien. Er vermittelte einem den Eindruck von Tatkraft und Zuverlässigkeit. Ein Mann, dem man vertrauen konnte.

„Wie heißen denn eure Eltern?", fragte er.

„Burroughs. Lucy und Greg Burroughs", antwortete ich.

Mr Marcus setzte für einen Moment die Brille ab und rieb sich den Nasenrücken. Dann drückte er einige Tasten auf dem Computer neben seinem Schreibtisch. „Burroughs ... Burroughs ...", murmelte er vor sich hin.

„Sie haben im September hier angefangen", sagte ich mit zitternder Stimme. „Sie sollen einen Großrechner für Ihre Firma installieren."

Überrascht blickte er vom Bildschirm auf. „Großrechner?"

„Ja, unsere Eltern sind Computerexperten."

„Aber wir arbeiten hier gar nicht mit Großrechnern", sagte er und sah noch verwirrter aus. Er schaute Mark und mich prüfend an.

„Wirklich nicht?"

„Nein. Ich müsste es doch wohl wissen, wenn ich jemanden eingestellt hätte, um eine solche Anlage zu installieren." Mr Marcus stand auf. Er war viel größer, als ich gedacht hatte. „Und ihr beide seid euch ganz sicher, dass ihr hier bei der richtigen Firma seid?“

„Ja“, seufzte ich. Allmählich konnte ich diese Frage nicht mehr hören.

„Nun, das tut mir wirklich leid“, sagte Mr Marcus. „Aber ich weiß nicht, wie ich euch weiterhelfen könnte.“ Er schaute noch einmal auf den Bildschirm und gab weitere Befehle ein. Dann überprüfte er wieder irgendeine Liste.

„Nichts“, sagte er schließlich. „Bei uns arbeitet niemand, der Burroughs heißt. Und wir hatten auch noch nie einen Angestellten dieses Namens.“

10

„Das Ganze kam mir vor wie ein böser Traum“, sagte ich. „Völlig irreal, so, als ob die ganze Welt plötzlich auf den Kopf gestellt worden wäre.“

Cara nickte. „Ich weiß, was du meinst. Mir ging's genauso. Ich werde nie den Gesichtsausdruck von Mr Marcus vergessen. Er schien wirklich Mitleid mit uns zu haben.“

„Stimmt. Seine Worte gehen mir immer wieder durch den Kopf. ‚Bei uns arbeitet niemand, der Burroughs heißt. Und wir hatten auch noch nie einen Angestellten dieses Namens.‘“

Cara und ich saßen in dem großen Park von Shadyside, der hinter der Highschool beginnt und sich bis zum Cononka-Fluss am Rande der Stadt erstreckt. Der Park lag leer und verlassen da. Die Bäume hatten alle Blätter verloren und reckten ihre nackten Äste in den grauen Himmel.

Ich hockte auf einem niedrigen Baumstumpf. Cara saß mit gekreuzten Beinen auf dem Boden. Sie hatte sich die Daunenjacke bis zum Kinn hochgezogen, und ihr blondes Haar flatterte in dem böigen Wind.

Während der ganzen Rückfahrt von Cranford hatten wir kein Wort miteinander gesprochen. Wir waren wohl beide völlig geschockt.

Wir konnten einfach nicht glauben, dass unsere Eltern uns angelogen hatten. Sie behaupten einfach, bei Cranford Industries zu arbeiten, und dann hat man dort noch nie etwas von ihnen gehört. Jetzt hatten wir überhaupt keine Möglichkeit mehr, mit ihnen Kontakt aufzunehmen.

Zuerst dachten wir noch, dass Mr Marcus sich geirrt hatte. Wir waren fest davon überzeugt, dass ihm bei der Eingabe in den Computer ein Fehler unterlaufen sein musste. Aber er hatte das Programm dreimal überprüft und dann sogar noch im Personalbüro angerufen, um sicherzugehen, dass es nicht am Computer lag.

Nichts. Was er uns gesagt hatte, war völlig korrekt. *Bei uns arbeitet niemand, der Burroughs heißt. Und wir hatten auch noch nie einen Angestellten dieses Namens.*

Mr Marcus hatte uns seine Hilfe angeboten. Er war sehr mitfühlend und verständnisvoll gewesen, als er merkte, dass Cara und ich am Boden zerstört waren. Aber was konnte er schon für uns tun?

Wir rannten fast aus dem Gebäude, so eilig hatten wir es, von dort wegzukommen. Der Wachmann auf dem Parkplatz versuchte, uns aufzuhalten, als wir zur Ausfahrt kamen, aber ich gab Gas und raste an ihm vorbei.

Und jetzt saßen wir hier in dem kalten, düsteren Park, starrten auf die Rückfront der Highschool und versuchten verzweifelt herauszufinden, was wir als Nächstes tun sollten. Auf der anderen Seite der Rasenfläche pickten zwei Rotkehlchen auf der harten Erde herum. Ihre Versuche, etwas Essbares zu finden, schienen nicht sehr erfolgreich zu sein. Wir waren offenbar nicht die Einzigen, denen das Leben übel mitspielte.

„Und was machen wir jetzt?“, fragte ich.

Cara schüttelte niedergeschlagen den Kopf. „Die Polizei informieren, denke ich.“

„Es wird uns wohl nichts anderes übrig bleiben.“

„Warum haben sie uns bloß angelogen?“, schrie Cara plötzlich auf. Meine sonst so coole Schwester klang auf einmal ganz verzweifelt.

„Ich weiß es doch auch nicht. Ich habe nicht den blassesten Schimmer, Cara.“ Ich starrte angestrengt zu den Rotkehlchen hinüber, weil ich Cara nicht ins Gesicht sehen konnte. Ich hatte mich die ganze Zeit zusammengerissen, hatte versucht, so ruhig wie möglich zu bleiben und mich nicht von meinen Gefühlen überwältigen zu lassen. Aber jetzt spürte ich, dass ich kurz davor war loszuheulen.

„Lass uns noch mal über alles nachdenken“, sagte Cara, jetzt wieder gefasst, und streckte die Beine aus. „Wir müssen alles zusammentragen, was wir wissen.“

„Und wozu soll das gut sein?“, fragte ich düster.

„Vielleicht fällt uns dabei ja irgendetwas auf. Vielleicht können wir so herausfinden, was passiert ist.“

„Natürlich! Tolle Idee!“, schnaubte ich wütend. Was gab es denn da groß herauszufinden? Die Sache war doch sonnenklar: Unsere Eltern hatten uns angelogen und waren dann verschwunden.

Nein. Das war unmöglich! Ich durfte solche Gedanken gar nicht erst zulassen. „Okay“, sagte ich widerstrebend. „Dann lass uns mal das Puzzle zusammensetzen.“

„Welchen Tag haben wir heute?“, fragte Cara als Erstes.

„Oh, du bist ja wirklich nicht besonders gut drauf“, murmelte ich und bemühte mich, den ironischen Ton in meiner Stimme zu unterdrücken. „Heute ist Mittwoch.“

„Gut. Dann war gestern Dienstag. Mom und Dad sind morgens zur Arbeit gefahren.“

„Da wär ich mir an deiner Stelle nicht so sicher. Immerhin stand ihr Wagen in der Garage“, erinnerte ich Cara. „Außerdem wissen wir nicht, wo sie arbeiten – oder ob sie überhaupt arbeiten“, fügte ich hinzu. Wütend sprang ich auf und begann, im Kreis herumzulaufen.

„Ist ja gut! Beruhige dich erst mal wieder!“ Cara machte mir ein Zeichen, mich wieder hinzusetzen, aber danach war mir im Moment überhaupt nicht.

„Wir müssen uns auf das konzentrieren, was wir wissen“, sagte Cara. Sie lehnte sich zurück und stützte sich mit beiden Händen auf dem Boden ab. „Auf jeden Fall sind Mom und Dad letzte Nacht nicht nach Hause gekommen.“

„Ach nee!“

„Jetzt sei doch nicht so sarkastisch! Es bringt uns auch nicht weiter, wenn du hier den Genervten spielst und wie angestochen im Kreis herumrennst.“

Sie hatte recht. Und ich entschuldigte mich bei meiner Schwester.

„Dann haben wir den weißen Affenkopf in ihrem Bett gefunden“, fuhr Cara fort. „Glaubst du nicht auch, das könnte eine heiße Spur sein?“

„Ich denke schon. Nicht zu vergessen Roger, der in Moms und Dads Zimmer herumgeschnüffelt hat."

„Genau! Er stand am Fenster, als wir ihn entdeckten. Ich würde zu gerne wissen, was er da gemacht hat!", rief Cara. Wir beide dachten eine Weile darüber nach.

„Ich hab's!", rief ich triumphierend. „Bestimmt hat er dem Mann im Lieferwagen irgendwelche Signale gegeben!"

Cara nickte. „Klingt logisch. Damit könntest du richtigliegen. Und was wissen wir über den Lieferwagen?"

„Nichts", seufzte ich kleinlaut.

„Nur, dass er den größten Teil der Nacht vor unserem Haus gestanden hat und dass du Roger dabei beobachtet hast, wie er aus dem Haus geschlichen und in den Wagen geklettert ist", verbesserte Cara mich.

„Der Typ im Lieferwagen – der mit den platinblonden Haaren –, er hat doch behauptet, dass er Roger nicht kennt", wandte ich ein.

„Der lügt wie gedruckt!", schnaubte Cara. „Und vergiss nicht, dass wir eine geladene Pistole in Rogers Zimmer gefunden haben. Ich finde, das ist eine ziemlich heiße Spur."

„Spuren haben wir genug. Aber das hilft uns auch nicht weiter!", sagte ich ungeduldig.

„Hörst du heute auch mal wieder auf herumzujammern?", fragte Cara schnippisch.

„Ich jammere überhaupt nicht! Kümmere dich gefälligst um deinen eigenen Kram!"

„Auf jeden Fall müssen wir zuerst mit Roger sprechen, bevor wir die Polizei verständigen", sagte Cara ungerührt. „Schließlich ist er trotz allem unser Cousin. Es könnte ja sein, dass er in ernsthaften Schwierigkeiten steckt."

„Okay", lenkte ich ein. „Erst reden wir mit Roger, und dann rufen wir die Polizei an."

Wir drehten uns gleichzeitig in Richtung Schule um und sahen, dass einige Leute das Gebäude verließen. „Es ist wohl gerade Pause", sagte ich. „Dann können wir jetzt reingehen und Roger vom öffentlichen Fernsprecher aus anrufen."

Wir hatten gerade die Tür erreicht, als Cory Brooks und sein Kumpel David Metcalfe herauskamen.

„Hallo, ihr beiden Süßen! Habt ihr heute verschlafen?", fragte Cory und grinste über das ganze Gesicht.

„War wirklich 'ne Superparty", sagte Metcalfe. „Wie wär's, wenn wir heute gleich weitermachen?"

„Ich glaube, die haben von gestern noch genug", gluckste Cory. „Sieh sie dir doch mal an! Die beiden sind ganz schön blass um die Nase."

Er und Metcalfe schlugen sich grölend auf die Schultern. „Wir sehen uns dann später!", rief Metcalfe und zog Cory in Richtung Schülerparkplatz.

„Echt witzig, die Typen", murmelte ich genervt.

Wir gingen durch die überfüllten, lauten Gänge zu der kleinen Telefonzelle neben dem Büro des Direktors. Leider war sie gerade besetzt, weil ein Mädchen telefonierte.

„Vielleicht sind Mom und Dad ja inzwischen zu Hause", überlegte Cara. „Vielleicht geht Mom ans Telefon."

„Vielleicht können Fische sprechen", knurrte ich.

Cara versetzte mir einen harten Schubs. Ich stolperte und knallte mit der Schulter gegen die Telefonzelle. Das Mädchen in der Zelle warf mir einen wütenden Blick zu.

Es dauerte noch ein paar Minuten, bis sie endlich aufgelegt hatte und ich hineinkonnte. Ich warf eine Münze ein und wählte unsere Nummer. Das Telefon klingelte einmal, zweimal. „Es klingelt", informierte ich Cara.

„Was?" Im Flur war es so laut, dass sie mich nicht verstehen konnte.

Ich wusste noch immer nicht, ob unser Telefon inzwischen repariert worden war. Manche Apparate tuten nämlich auch dann, wenn sie gar nicht funktionieren. Ich ließ es insgesamt achtmal klingeln. Gerade als ich den Hörer wieder auflegen wollte, wurde am anderen Ende abgenommen.

„Hallo?"

Ich erkannte die Stimme sofort. „Roger?"

„Ja. Mark, wo bist du?"

„In der Schule. Ist das Telefon schon repariert worden?"

„Ich denke schon. Sonst könnten wir jetzt ja wohl kaum miteinander sprechen."

„Ha, ha. Guter Witz! Hör zu, Roger. Sind meine Eltern zu Hause?"

Seine Stimme wurde leiser. „Nein. Noch nicht."

„Und auch keine Nachricht von ihnen?"

„Nein."

„Roger, wir müssen uns unbedingt unterhalten. Ich wollte dich fragen –"

„Tut mir leid, ich hab jetzt keine Zeit, Mark. Ich war gerade auf dem Weg zur Tür, als du anriefst. Wir reden später, okay?“

„Na gut, aber –“

„Ist bei dir und Cara alles in Ordnung?“

„Ja, klar. Uns geht's prima, aber –“

„Gut. Wir unterhalten uns dann nachher. Ich muss jetzt los!“ Und damit legte er auf.

„Tja, wenigstens funktioniert das Telefon wieder“, sagte ich zu Cara.

„Lass uns erst mal was zu Mittag essen“, seufzte sie. „Ich sterbe vor Hunger.“

Als wir in die Cafeteria kamen, setzte sich Cara ab, um zusammen mit Lisa und Shannon zu essen. Ich sah mich nach Gena um, konnte sie aber nirgends entdecken. Sie wartete auch nicht an unserem üblichen Treffpunkt gegenüber der Turnhalle auf mich. Als sie dann in der fünften Stunde auch nicht zum Staatsbürgerkunde-Unterricht erschien, war ich sicher, dass sie zu Hause sein musste.

Hoffentlich war sie nicht krank. Ich spürte plötzlich ein heftiges Bedürfnis, ihre Stimme zu hören.

Für den Rest des Nachmittags ging Gena mir nicht mehr aus dem Kopf. Wahrscheinlich wollte ich einfach nur nicht an Mom und Dad denken. Deswegen rief ich mir den vorigen Abend noch mal in allen Einzelheiten ins Gedächtnis – wie Gena und ich auf der Couch gesessen hatten, wie sie sich anfühlte, wie sie roch. Ich fragte mich ernsthaft, ob ich mich in sie verliebt hatte. Irgendwie war Gena etwas ganz Besonderes. Natürlich hatte es vor ihr auch schon andere Mädchen gegeben, aber so etwas wie mit ihr hatte ich noch nie erlebt.

Sobald ich nach Hause kam, rief ich bei ihr an. Na ja – jedenfalls gleich nachdem ich nachgesehen hatte, ob Mom und Dad zurück waren. Waren sie natürlich nicht. Roger war immer noch ausgeflogen.

Ich fühlte mich richtig mies und beschloss, nach dem Gespräch mit Gena erst mal in den Garten zu gehen und einen ganzen Köcher voll Pfeile zu verschießen.

Das Telefon klingelte ewig, bis Gena schließlich den Hörer abnahm. Allein an der Art, wie sie „Hallo!" sagte, konnte ich erkennen, dass etwas nicht stimmte. Ihre Stimme zitterte leicht, so, als ob sie geweint hätte.

„Hallo, Gena, ich bin's! Wo warst du denn heute? Ist mit dir alles in Ordnung?"

Und dann fing sie an, gleichzeitig zu reden und zu weinen. Sie klang ganz merkwürdig – aufgeregt, aber auch ängstlich. Zu Anfang hatte ich Mühe, sie überhaupt zu verstehen. Aber wenn ich ehrlich bin, *wollte* ich auch gar nicht hören, was sie sagte.

„Das glaube ich einfach nicht!", brüllte ich in den Hörer. Mein Herz hämmerte wie verrückt, und ich spürte plötzlich einen pochenden Schmerz in den Schläfen. „Jetzt hör mal zu, Gena .... das kannst du mit mir nicht machen ... das ist doch wohl nicht dein Ernst! Aber warum? Ich meine ... ich versteh dich wirklich nicht! *Warum tust du das?*"

11

Ich kam gegen fünf Uhr nach Hause. Das Haus war dunkel, und es schien niemand da zu sein.

Was für ein furchtbarer Tag! Ich glaube, es war der schlimmste Tag meines Lebens, und es munterte mich nicht gerade auf, ein dunkles, leeres Haus vorzufinden.

Wo war eigentlich Mark?

Ich ließ meine Schultasche auf den Küchentresen fallen und schaute, ob auf dem Kühlschrank eine Nachricht für mich lag. Fehlanzeige. Völlig erledigt schlurfte ich ins Wohnzimmer.

„Hey!“, entfuhr es mir.

Jemand saß im Dunkeln auf der Couch.

„Ich bin’s doch nur“, ertönte zu meiner großen Erleichterung Marks Stimme. Aber mir fiel auf, dass er sich nicht bewegte und nicht einmal aufsah, als er mit mir sprach.

„Du hast mich zu Tode erschreckt!“, japste ich. Mein Herz hämmerte wild. „Warum sitzt du im Dunkeln?“

Keine Antwort.

„Was ist los? Was zum Teufel tust du hier?“

Immer noch keine Antwort.

Mein erster Gedanke war, dass es schlechte Nachrichten von unseren Eltern gab.

Ich drückte auf den Lichtschalter, und die Lampe beim

vorderen Wohnzimmerfenster ging an. Mark drehte sich weg, sodass ich sein Gesicht nicht sehen konnte.

„Sag mir sofort, was passiert ist!“, schrie ich. „Was ist mit Mom und Dad? Sind sie …“

„Nein“, sagte er mit dumpfer Stimme, ohne sich umzudrehen.

„Hast du irgendeine schlechte Nachricht bekommen?“

„Nein.“

Vor lauter Erleichterung wurde mir ganz schwindelig. Mit weichen Knien ging ich zur Couch hinüber und baute mich vor meinem Bruder auf.

„Lass mich in Ruhe!“, knurrte er und starrte auf den Boden. „Wie wär’s, wenn du ’ne Runde spazieren gehst?“

„Mark, sag mir jetzt endlich, was los ist!“, drängte ich.

Er atmete tief ein und stieß den Atem mit einem lauten Seufzer wieder aus. Dann hob er langsam den Kopf und sah mich an. Im ersten Augenblick dachte ich, dass er geweint hatte, aber ich war mir nicht ganz sicher. Seit er acht oder neun Jahre alt war, hatte ich ihn nie wieder weinen sehen. Doch sein Gesicht war verquollen und seine Augen rot gerändert.

„Ist alles in Ordnung?“, fragte ich vorsichtig und setzte mich auf das andere Ende der Couch.

„Geh spazieren“, murmelte er.

„Na los, erzähl schon!“

Er schüttelte resigniert den Kopf. „Okay, aber nur, wenn du mich dann in Ruhe lässt. Gena hat mit mir Schluss gemacht.“

Ich dachte im ersten Moment, ich hätte mich verhört. „Sie hat was?“

„Sie hat mit mir Schluss gemacht. Verstehst du kein Deutsch? Sie will mich nicht mehr wiedersehen.“

Mir fiel die Szene von gestern Abend wieder ein – Mark, der mit Gena auf dem Schoß auf dieser Couch saß und mit ihr herumknutschte.

Ich starrte Mark ungläubig an. „Sieh mich nicht so an“, sagte er leise und drehte erneut den Kopf weg.

„Das tut mir sehr leid“, murmelte ich und meinte das ganz ehrlich. „Ich weiß gar nicht, was ich sagen soll.“

„Dann halt doch am besten die Klappe!“ Immer wenn Mark sich über etwas aufregte, ließ er seine Wut an dem Nächstbesten aus. Ich entschied, dass er mich ruhig anbrüllen durfte, wenn es ihm danach ein bisschen besser ging.

„Wann hat sie es dir denn gesagt?“

„Ich habe sie gleich angerufen, als ich nach Hause gekommen bin. Gena war heute nämlich nicht in der Schule.“

„Und da hat sie gesagt …“

„Sie klang ganz merkwürdig. Irgendwie verängstigt. Ich weiß auch nicht genau – jedenfalls gar nicht so wie sonst.“

„Hat sie denn gesagt, dass sie mit dir Schluss machen will?“

„Nein, nicht so direkt. Sie meinte, sie könnte mich nicht mehr treffen.“

„Könnte nicht oder wollte nicht?“, hakte ich nach.

Mark stöhnte. „Du kannst wirklich nerven!“

„Aber das ist ein wichtiger Unterschied“, beharrte ich. „Hat sie dir wenigstens einen Grund genannt?“

„Nein. Sie meinte nur, ich solle sie nicht mehr anrufen oder in der Schule mit ihr sprechen."

„Klingt ziemlich komisch. Und was hast du darauf gesagt?"

„Ich bin zu ihr nach Hause gegangen."

„Was? Nach dem Telefongespräch?"

„Ja, direkt danach."

„Und was ist dann passiert?"

Mark schoss vom Sofa hoch und ging zum Fenster hinüber. Er blieb mit dem Rücken zu mir stehen und starrte in die immer dichter werdende Dunkelheit. „Ich habe gar nicht mit ihr gesprochen. Ihr Vater ist an die Tür gekommen."

„Und?"

„Er war sehr nett. Er sagte, dass Gena sich sehr aufgeregt hätte und deswegen heute auch nicht in der Schule gewesen sei. Als ich sagte, dass ich gerne mit ihr sprechen würde, meinte er, dass sie sich weigern würde, mit mir zu reden."

„Und dann?"

Mark fuhr herum und starrte mich wütend an. „Was glaubst du denn? Ich habe mich umgedreht und bin nach Hause gegangen. Und dann bist du gekommen und hast angefangen, mich über Gena auszuquetschen."

„Hab ich gar nicht! Ich wollte doch nur wissen, warum du wie ein Ölgötze im stockdunklen Wohnzimmer sitzt."

„Okay, dann weißt du's jetzt", sagte er bitter.

Ich hätte nun wohl besser das Thema wechseln sollen, aber im richtigen Augenblick den Mund zu halten gehört nicht gerade zu meinen Stärken. „Irgendwie macht das alles keinen Sinn. Gena schien dich wirklich zu mögen. Ich meine, gestern Abend …"

„Kein Wort über die Party!", fauchte er mich an.

„'tschuldigung. Ich meinte ja auch bloß, dass ihr beide doch gar nicht gestritten habt oder so was in der Art."

„Nein. Es war alles in Ordnung zwischen uns", seufzte Mark. „Ich kenne Gena erst seit drei Wochen. Wir hatten gar keine Zeit, uns zu streiten."

„Aber warum hat sie dann verdammt noch mal …"

„Ich weiß es nicht. Es ist mir ein absolutes Rätsel."

„Aber ihr beide –"

„Mir reicht's! Ich will nicht mehr darüber reden!", unterbrach er mich.

„Mark, ich denke, wir sollten jetzt die Polizei verständigen", sagte ich leise.

Er schaute mich wortlos an. Draußen war es inzwischen stockfinster. Ich hatte mich immer noch nicht daran gewöhnt, dass es im November so früh dunkel wurde. Die kleine Lampe am Fenster reichte nicht aus, um den ganzen Raum zu erhellen. Das schwache Licht, das sie auf die alten Möbel warf, ließ das Zimmer noch düsterer wirken. Mir lief plötzlich ein kalter Schauer über den Rücken.

„Ja, du hast recht. Bitte entschuldige, dass ich dich so angeblafft habe, Cara. Aber weißt du, ich habe das Gefühl, als … als ob mein ganzes Leben zusammenbrechen würde."

„Ich weiß", sagte ich sanft.

Wir gingen in die Küche, um die Polizei anzurufen.

Ich drückte auf jeden Lichtschalter, an dem wir vorbeikamen. Dieses Haus war nach Einbruch der Dunkelheit einfach zu unheimlich.

„Soll ich die 110 wählen?“, fragte Mark.

„Ja. Was bleibt uns sonst übrig? Oder nein – warte mal!“ In diesem Moment fiel mir der Polizist wieder ein, der letzte Nacht vor unserer Tür gestanden und mir seine Karte gegeben hatte. Aber wo hatte ich sie bloß hingelegt? Dann fiel es mir wieder ein. Ich griff in die Tasche meiner Jeans und zog das zerknitterte Kärtchen heraus.

„Was ist denn das?“, fragte Mark misstrauisch.

„Die habe ich von dem Polizisten, der gestern Nacht hier war – Captain Farraday. Auf der Karte steht seine Durchwahl.“

„Vielleicht solltest besser du mit ihm sprechen“, meinte Mark und trat ein paar Schritte vom Telefon zurück. Ich fragte mich, ob ich wohl genauso aufgeregt und besorgt aussah wie er.

„Bist du okay?“, fragte ich ihn. Seine breite Stirn war mit kleinen Schweißperlen bedeckt.

„Nein“, sagte er seufzend. „Warum sollte ich?“

Ich hielt die kleine Karte in der einen Hand und tippte mit der anderen die Nummer ein. Er nahm gleich nach dem ersten Klingeln ab. „Polizei. Farraday am Apparat.“

„Oh. Captain Farraday. Guten Abend!“

„Ja. Wer spricht denn da?“, fragte er barsch.

„Hier ist Cara Burroughs. Erinnern Sie sich noch an mich?“

„Sicher. Natürlich erinnere ich mich an dich, Cara. Die Party ist doch inzwischen hoffentlich vorbei, oder?"

„Ja. Ich ... äh ... ich rufe wegen meiner Eltern an."

Seine Stimme wurde plötzlich ernst. „Was ist denn mit ihnen?"

„Tja, also ..." Ich fühlte mich auf einmal wieder wie in einem bösen Traum. Es konnte doch gar nicht sein, dass ich gerade die Polizei anrief, um Mom und Dad als vermisst zu melden, oder? Solche Dinge passierten vielleicht im Kino, aber doch nicht im realen Leben.

„Meine Eltern sind gestern nicht nach Hause gekommen, und wir haben bis jetzt noch nichts von ihnen gehört."

Am anderen Ende der Leitung entstand eine längere Pause. „Das ist seltsam", sagte Captain Farraday schließlich. „Und sie haben nicht angerufen oder euch irgendeine Nachricht zukommen lassen?"

„Nein. Das Telefon war zwar eine Weile kaputt, aber sie hätten ja auch bei unseren Nachbarn anrufen können."

„Ich werde mir das notieren, Cara", sagte Captain Farraday. „Ich glaube zwar nicht, dass ihr euch Sorgen machen müsst, aber ich werde mich auf jeden Fall um die Sache kümmern. Ach, übrigens – ist das schon mal vorgekommen? Ich meine, dass eure Eltern nicht nach Hause gekommen sind?"

„Schon öfter. Meistens, wenn sie gerade wieder mit einem neuen Job angefangen hatten. Aber bis jetzt haben sie immer angerufen und uns Bescheid gegeben."

„Aha." Wieder entstand eine kleine Pause, während er

die Information aufschrieb. „Habt ihr schon in ihrem Büro angerufen?“

„Ja, aber das ist auch so ein Problem.“ Ich erzählte ihm in aller Kürze von unserem Besuch bei Cranford Industries und von dem, was Mr Marcus uns gesagt hatte.

„Das ist ja wirklich eine rätselhafte Geschichte“, sagte Captain Farraday. Er machte sich wohl immer noch Notizen. „Aber ich bin sicher, wir werden das Ganze innerhalb kürzester Zeit aufgeklärt haben.“ Seine Stimme klang beruhigend. Ich wünschte, ich hätte ihn schon früher angerufen.

„Lass mich mal eben etwas nachsehen“, murmelte Farraday. Ich hörte das Rascheln von Papieren am anderen Ende. „Es liegen keine Unfallmeldungen vor.“ Erneutes Rascheln. „Und auch keine Gewaltverbrechen in dieser Gegend. Rechnet also nicht gleich mit dem Schlimmsten. Euren Eltern ist auf jeden Fall nichts Ernsthaftes zugestoßen.“

„Da bin ich aber froh“, sagte ich und stieß einen Seufzer der Erleichterung aus.

Mark rüttelte mich an der Schulter. „Weiß er, wo sie sind?“

Ich schob seine Hand weg und schüttelte den Kopf. „Sie hatten keinen Unfall oder so“, flüsterte ich ihm zu.

„Ich kann mir gut vorstellen, was ihr durchmacht“, sagte Farraday und raschelte im Hintergrund immer noch mit seinen Papieren. „Bestimmt malt ihr euch die furchtbarsten Dinge aus, die ihnen passiert sein könnten, nicht wahr?“

„Ja, so ist es“, bestätigte ich. „Glauben Sie, wir sollten –“

„Wisst ihr, was?“, unterbrach er mich. Ich hörte, wie plötzlich im Hintergrund eine Meldung über Polizeifunk durchkam. „Ich werde einige meiner Männer auf diesen Fall ansetzen. Vielleicht schicke ich mal jemanden nach Cranford, um sicherzugehen, dass es dort keine Missverständnisse gegeben hat.“

„Oh, vielen Dank!“, sagte ich.

„Shadyside ist ein ziemlich kleiner Ort“, sagte Farraday. „Wir werden eure Eltern sehr bald gefunden haben.“

„Rufen Sie mich an, wenn Sie etwas herausgefunden haben?“, fragte ich.

„Natürlich. Ich melde mich persönlich oder schicke einen Streifenpolizisten vorbei.“

„Nochmals vielen Dank, Captain. Ich fühle mich jetzt schon viel besser.“

„Keine Ursache. Aber macht euch nicht verrückt, hört ihr? Wenn wir eure Eltern gefunden haben, werde ich sie mir mal vorknöpfen und ihnen sagen, was ich davon halte, dass sie solche netten Kinder wie euch vernachlässigen.“

„Captain, ich …“

„Aber das Wichtigste ist, dass ihr aufhört, euch Sorgen zu machen, Wenn wirklich etwas Schlimmes passiert wäre, hätte ich den Bericht schon längst auf meinem Schreibtisch.“

„Okay, versprochen!“, sagte ich. „Bis bald!“

Ich wollte gerade den Hörer auflegen, als ich ein lautes Klicken hörte. Ich erkannte das Geräusch sofort.

Roger war oben, und er hatte am Nebenanschluss im Obergeschoss mitgehört.

Ein Frösteln durchlief meinen Körper. Warum war er nicht einfach zu uns heruntergekommen, wenn er wissen wollte, was los war?

Warum spionierte er uns hinterher?

12

„Roger hat uns belauscht“, sagte Cara, als sie den Hörer auflegte.

„Was?“

„Er hat am Nebenanschluss mitgehört.“

„Bist du ganz sicher?“

Sie gab mir keine Antwort und rannte stattdessen zum Fuß der Treppe. „Hey, Roger! Roger, bist du da oben?“

Ich folgte ihr und hörte im selben Moment Rogers Schritte auf der Dachbodentreppe. „Ja, was gibt's?“, ertönte es.

„Warum spionierst du uns hinterher?“, rief Cara wütend.

Immer musste sie mit der Tür ins Haus fallen.

Roger erschien auf dem Treppenabsatz des ersten Stocks. Er sah müde aus, und sein Sweatshirt war zerknittert und mit dunklen Flecken übersät.

„Hallo, Cara. Was sagst du da? Ich bin gerade erst nach Hause gekommen und war die ganze Zeit oben.“

„Das weiß ich“, zischte Cara und starrte ihn feindselig an. „Du warst oben und hast mein Telefongespräch belauscht!“

Rogers Augen weiteten sich vor Überraschung. Er fuhr sich nervös mit der Hand durch sein Haar. „Was? Nein, das stimmt nicht! Ich bin hochgegangen, um mich umzuziehen. Ich habe mir nämlich etwas über mein Sweatshirt geschüttet und …"

„Ich habe das Klicken gehört, als du aufgelegt hast, Roger." So leicht wollte Cara ihn offenbar nicht davonkommen lassen. Ich sah das genauso. Roger hatte sich einfach zu verdächtig verhalten, seitdem Mom und Dad verschwunden waren. Es war Zeit, ihm mal gründlich auf den Zahn zu fühlen.

„Telefone klicken öfter mal", sagte Roger achselzuckend. Er stand stocksteif auf dem Treppenabsatz und schien nicht zu uns herunterkommen zu wollen. „Ich habe euch nicht belauscht, Cara! So etwas würde ich nie tun!", beteuerte er.

„Roger, da sind noch einige andere Dinge, die Mark und ich dich fragen wollten –", begann Cara.

Aber Roger unterbrach sie schon nach wenigen Worten. „Mit wem hast du telefoniert, Cara? Mit deinen Eltern?"

„Nein. Das müsstest du doch eigentlich wissen", schnaubte Cara.

„Ich habe wirklich nicht gelauscht!", sagte Roger mit Nachdruck und lehnte sich gegen das Treppengeländer. „Ihr habt keinen Grund, mich zu verdächtigen."

„Haben wir doch", mischte ich mich ein. „Ich habe gesehen, wie du letzte Nacht das Haus verlassen hast."

„Du meinst, nach Mitternacht? Stimmt. Ich konnte nicht schlafen und habe einen Spaziergang gemacht. Aber das habe ich dir doch gestern schon erzählt."

„Aber ich habe auch den Lieferwagen gesehen, Roger. Und beobachtet, wie du darin verschwunden bist."

Roger schaute mich erstaunt an. „Ich? In einem Lieferwagen verschwunden? Und du bist ganz sicher, dass ich das war, Mark?"

„Natürlich! Wer sollte es denn sonst gewesen sein?" So langsam wurde ich richtig wütend.

„Vielleicht warst du ja noch im Halbschlaf. Als ich spazieren ging, ist mir der Lieferwagen auch aufgefallen, aber was sollte ich denn dadrin zu suchen haben?"

„Genau das würden wir auch gerne wissen", sagte Cara.

„Außerdem interessiert uns, warum du eine Pistole in deinem Zimmer hast", fügte ich hinzu.

„Was?" Er starrte uns verblüfft an. „Eine Pistole?"

„Ja, in deiner Schreibtischschublade."

Er ließ sich auf die oberste Treppenstufe fallen. „Habt ihr etwa mein Zimmer durchsucht?"

„Na ja. Könnte man so sagen", gab ich unwillig zu. „Aber wir –"

„Ihr schnüffelt also in meinem Zimmer herum und werft mir vor, dass ich euch hinterherspioniere?" Er klang plötzlich sehr wütend und gleichzeitig verletzt.

„Roger, wir –", setzte Cara an.

„Wer hat euch erlaubt, in meinen Sachen herumzuwühlen?"

„Niemand", lenkte ich ein. „Aber du hast dich in letzter Zeit so komisch verhalten, dass wir dachten, wir schauen uns lieber mal um."

„Nicht ich habe mich komisch verhalten, sondern ihr", sagte Roger und schüttelte den Kopf. „Ich kann ja verstehen, dass ihr euch Sorgen um eure Eltern macht.

Aber es bringt sie auch nicht zurück, wenn ihr mein Zimmer durchsucht, mir lauter verrückte Sachen vorwerft und euch einbildet, dass ich nachts in wildfremden Lieferwagen herumkrieche."

„Die Pistole haben wir uns aber nicht eingebildet", rief ich. „Wir haben sie beide gesehen."

„Kein Wunder, ich bewahre sie ja auch in meinem Schreibtisch auf", sagte Roger. „Zufällig bedeutet sie mir eine ganze Menge."

„Wie meinst du das?", fragte ich verblüfft.

„Sie gehörte meinem Vater. Er war Polizist und hat sie mir zu meinem achtzehnten Geburtstag geschenkt. Er sagte, ich solle sie immer in meiner Nähe haben. Und dass er hoffe, ich würde sie nie brauchen, aber es sei besser, für alle Fälle eine Waffe zu besitzen. Ein paar Wochen später wurde er bei einer Drogenrazzia erschossen." Roger wandte sich ab. „Diese Pistole ist das Einzige, was mir von meinem Vater geblieben ist."

„Mensch, Roger. Es tut mir wirklich leid, dass wir dein Zimmer durchsucht haben", murmelte ich verlegen.

„Mir auch", flüsterte Cara.

„Ihr braucht euch nicht zu entschuldigen", sagte Roger und sprang auf die Füße. „Aber ich finde, wir sollten uns ab jetzt vertrauen. Versteht ihr, was ich meine?"

Cara und ich nickten betreten.

„Wir dürfen jetzt nicht verrückt spielen und aufeinander losgehen. Wir müssen –"

„Ich habe die Polizei angerufen", unterbrach ihn Cara.

„Sehr gut!", sagte Roger. „Das hätten wir schon viel früher tun sollen." Er blickte auf seine Uhr. „Oh, ich bin viel zu spät dran. Ich muss mich beeilen. Wir können ja nachher weiterreden, wenn ich zurück bin. Okay?"

Cara drehte sich wortlos um und ging zurück in die Küche.

„Okay. Bis nachher!", sagte ich und winkte Roger kurz zu. Dann folgte ich meiner Schwester.

„Er ist ein ziemlich schlechter Lügner", flüsterte mir Cara zu, nachdem seine Schritte auf der Treppe verklungen waren.

„Woher willst du wissen, dass er gelogen hat?", fragte ich sie verblüfft. „Eigentlich ist er doch ein ganz netter Kerl."

„Du würdest wahrscheinlich auch Jack the Ripper für einen netten Kerl halten", stichelte Cara. „Aber ich kaufe Roger die Geschichte mit der Pistole nicht ab. Denk doch mal nach! Wenn er sie wirklich nur als Erinnerungsstück aufhebt, warum ist die Waffe dann geladen?"

„Cara!", rief ich empört. Warum war meine Schwester bloß immer so zynisch und traute allen Leuten nur das Schlechteste zu? Ich war sicher, dass Roger die Wahrheit gesagt hatte. Immerhin hatte er ganz traurig ausgesehen, als er uns von seinem Vater erzählte.

„Ich denke, wir sollten uns jetzt erst mal ums Abendessen kümmern. Hoffentlich haben wir überhaupt noch Lebensmittel im Haus", wechselte Cara das Thema.

Wir begannen, die Küche nach etwas Essbarem zu durchsuchen. Im Brotkasten entdeckte ich einen Laib Weißbrot, der nur ein ganz klein bisschen altbacken war, und Cara fand im Küchenschrank ein Glas Erdnussbutter.

Sie nahm den Deckel ab und warf einen prüfenden Blick hinein. „Das wird wohl gerade für zwei Sandwiches reichen, wenn wir das Zeug dünn aufstreichen."

„Was für ein Festessen!", murmelte ich sarkastisch. „Ist denn wenigstens noch ein bisschen Marmelade da?"

Cara öffnete die Kühlschranktür und fand tatsächlich ein Glas Traubengelee. Sie sagte etwas zu mir, aber ich hörte gar nicht richtig hin, weil ich mit meinen Gedanken schon wieder bei Gena war. Ihre Stimme klang in meinem Kopf, und ich hörte wieder und wieder, wie sie zu mir sagte, dass wir uns nicht mehr sehen könnten.

Was war bloß passiert? Warum hatte sie das getan?

„Wetten, du hast gar nicht mitbekommen, dass ich mit dir gesprochen habe?", trompetete Cara und riss mich unsanft aus meinen Grübeleien.

„Stimmt", bestätigte ich zerknirscht.

„Armer Mark", meinte sie nur. Ich blickte wütend auf, weil ich dachte, dass das mal wieder eine ihrer typischen ironischen Bemerkungen war. Aber dann merkte ich, dass sie mich mitfühlend ansah.

„Ich habe das Gefühl, als ob ich mit einem Schlag alle Menschen verloren hätte, die mir wichtig sind", sagte ich leise.

„Sag doch nicht so was!", fuhr Cara mich an. „Du hast niemanden für immer verloren! Hör jetzt mit diesem Quatsch auf und iss dein Sandwich! Wenn du etwas im Magen hast, geht es dir bestimmt gleich besser."

„Du klingst genau wie Mom", sagte ich zu ihr.

Wir starrten uns eine Weile feindselig an und griffen dann gleichzeitig nach unseren Sandwiches. Erdnussbutter ist nicht gerade ideal, wenn man aufgeregt und außerdem nicht besonders hungrig ist. Keiner von uns beiden war so recht in der Stimmung, sich mit der klebrigen, zähen Pampe herumzuschlagen, die noch nicht mal besonders schmeckte. Wir saßen in gedrückter Stimmung am Tisch, sprachen nicht miteinander und sahen uns auch nicht an.

Ich hatte erst ein paar Bissen heruntergewürgt, als ich hörte, wie Roger die Treppe heruntergestürmt kam. Kurz darauf fiel die Eingangstür hinter ihm ins Schloss. Cara sprang auf.

„Los, hinterher."

„Was?"

„Wir folgen ihm! Ich will unbedingt wissen, wohin er geht!"

„Nein", sagte ich entschieden und versuchte, Cara auf ihren Stuhl zurückzuziehen. „Das ist keine besonders gute Idee."

„Wenn du nicht mitkommst, gehe ich eben alleine", zischte sie. Sie wand sich aus meinem Griff und rannte in Richtung Flur.

„Aber es muss doch jemand hier sein, falls die Polizei anruft", rief ich ihr nach.

„Du meinst wohl eher, falls Gena anruft", sagte Cara mit ihrer gewohnten Bissigkeit und zog sich hastig ihre Daunenjacke über.

„Na ja, das natürlich auch", gab ich zu. „Außerdem verstehe ich wirklich nicht, warum du –"

„Tschüss!" Und schon war sie aus der Tür.

„Was für eine bescheuerte Idee! Es bringt doch überhaupt nichts, ihm hinterherzulaufen!", sagte ich laut in den leeren Raum. Wahrscheinlich war Roger nur mit einem Freund zum Lernen verabredet. Ich vermutete, dass er an der Uni ein paar Leute kennengelernt hatte, auch wenn er nie jemanden erwähnt oder mit nach Hause gebracht hatte. Aber er musste ja schließlich irgendwelche Freunde haben, oder wenigstens ein paar Studienkollegen.

Ich fragte mich, warum Cara so versessen darauf war, Detektiv zu spielen. Doch dann wurde mir klar, dass es für sie wahrscheinlich leichter war, etwas zu tun, als in diesem unheimlichen alten Haus herumzusitzen und darauf zu warten, dass sich die Polizei meldete.

Genau in diesem Moment klingelte das Telefon.

„Hallo", sagte ich und erwartete, die Stimme des Captains zu hören.

„Mark? Ich bin's. Ich …"

Ich brauchte einen Augenblick, bis ich Genas Stimme erkannte. Sie war vor Angst ganz verzerrt.

„Gena, was ist los?"

„Ich kann nicht lange sprechen, aber ich muss dir unbedingt etwas erzählen. Es ist sehr wichtig, dass du … Du musst …"

„Gena? Gena?"

Plötzlich drangen Kampfgeräusche durch den Hörer. Ich war mir sicher, dass ich Gena aufschreien hörte. Dann klickte es im Telefon.

„Gena? Gena? Bist du noch dran?", brüllte ich in den Hörer. Doch ich hörte nur noch das Summen des Freizeichens. Die Verbindung war abgebrochen.

13

Der direkteste Weg zu Genas Haus führte durch den Fear-Street-Wald. Die Leute aus der Schule hatten mir zwar jede Menge Schauergeschichten über diesen Wald erzählt, aber das war mir im Moment völlig egal. Ich musste so schnell wie möglich zu Gena!

Ich zog meine Daunenjacke über und griff mir eine Taschenlampe vom obersten Bord im Flurschrank. Ich wusste, dass ich ziemlich genau bei Genas Garten herauskommen würde, wenn ich immer geradeaus durch den Wald hinter unserem Haus ginge.

Wir hatten ein paarmal im Spaß darüber gesprochen, dass ich mich nachts aus dem Haus schleichen, durch den Wald laufen und dann am Rosenspalier an der Rückseite ihres Hauses zu ihrem Zimmer hochklettern würde. Genau das hatte ich jetzt vor. Aber es war kein Spiel mehr, sondern tödlicher Ernst.

Gena hatte furchtbar geklungen, so, als ob sie schreckliche Angst hätte. Sie hatte mir irgendetwas sagen wollen, war aber offensichtlich von jemandem daran gehindert worden.

War sie wirklich in Gefahr, oder ging nur mal wieder meine Fantasie mit mir durch? Ich hatte keine Wahl – ich musste es herausfinden.

Ich öffnete die Tür und trat nach draußen. Überrascht

bemerkte ich, wie kalt es war. Mein Atem hob sich als graues Wölkchen vom pechschwarzen Himmel ab.

Schnell lief ich zur Rückseite des Hauses. Der Boden knirschte unter meinen Füßen – offensichtlich war der Tau gefroren. Die Nacht war eiskalt. Eine unnatürliche Stille lag über der ganzen Umgebung. Das Geräusch meiner Turnschuhe auf dem gefrorenen Boden war der einzige Laut weit und breit.

Unser Garten fällt kurz hinter dem Haus steil ab und geht nach einer Weile in ebenes Gelände über. Sobald ich den Hügel hinter mir gelassen hatte, begann ich zu laufen, bis ich den Waldrand erreichte. Ich wusste, dass ich immer geradeaus gehen musste – dann würde ich nach einer Weile die Lichter der Siedlung auf der anderen Seite des Waldes sehen. Von dort aus war es nicht mehr weit bis zu Genas Haus.

Das Problem an der Sache war nur, dass es gar nicht so einfach war, die Richtung zu halten. Es führte nämlich nicht mal ein Trampelpfad durch den Wald. Außerdem versperrten Baumgruppen und dichtes Gebüsch aus Unkraut und dornigen Ranken den Weg, sodass man immer wieder ausweichen musste.

Es schien merklich kälter zu werden, als ich in den Wald kam. Es war so stockdunkel, dass ich langsamer gehen musste. Das abgefallene Laub, das den Boden bedeckte, reichte mir bis über die Knöchel und fühlte sich feucht und glitschig an. Immer wieder stolperte ich über Steine und Baumwurzeln, die sich unter den Blättern verbargen.

Das Licht der Taschenlampe flackerte und wurde immer schwächer. Ich schüttelte die Lampe hin und her, aber das half auch nicht viel. Sie verbreitete nur noch einen schwachen gelben Schein, sodass ich kaum weiter als zwei Meter sehen konnte.

Etwas huschte dicht an meinen Füßen vorbei. Mein Herzschlag setzte für einen Moment aus. Ich sah, wie sich die Blätter bewegten, als wollten sie mir den Weg frei machen.

„Puh!" Ich blieb abrupt stehen und atmete tief durch.

„Reiß dich zusammen!", schimpfte ich mit mir selbst. „Du hättest dir ja wohl denken können, dass es im Wald Tiere gibt. Also tu jetzt nicht so, als wäre es die Überraschung des Jahrhunderts!" Ich wartete einen Augenblick, bis sich mein Herzschlag wieder etwas beruhigt hatte. Dann schob ich einige große Zweige beiseite und ging weiter.

Plötzlich fiel mir eine Geschichte ein, die mir ein Junge namens Arnie Tobin in der Schule erzählt hatte. Sie handelte von fünf Teenagern, die über Nacht im Fear-Street-Wald zelten wollten – so als eine Art Mutprobe. Keiner glaubte, dass sie es schaffen würden, die ganze Nacht im Wald zu verbringen, aber sie waren sich ihrer Sache so sicher, dass sie sogar Wetten darauf abschlossen.

An diesem Abend bauten sie also ihre beiden Zelte auf, machten ein Lagerfeuer und fingen an, das Abendessen zuzubereiten. Das Nächste, was man von ihnen hörte, war, dass sie wie von Furien gehetzt aus dem Wald stürmten und in Panik an die Tür des nächstgelegenen Hauses klopften. Sie waren so außer sich, dass es eine Weile dauerte, bis sie erzählen konnten, was passiert war.

Die Teenager behaupteten, dass eine Art Monster ihr Lager angegriffen hätte, aber keiner aus der Gruppe konnte dieses unheimliche Wesen genau beschreiben. Sie sagten, es hätte so ähnlich wie ein Meerschweinchen oder eine weiße Ratte ausgesehen – allerdings hundertmal größer! Nach ihren Beschreibungen musste das Monster größer als ein ausgewachsenes Pferd gewesen sein!

Arnie hatte mir erzählt, dass zuerst niemand den völlig verängstigten Jugendlichen glaubte. Nicht einmal die Polizisten, die sie abholten, um sie nach Hause zu bringen.

Am nächsten Tag kehrten die fünf mit ihren Eltern zu der Stelle zurück, an der sie gecampt hatten, um ihre Ausrüstung zu holen. Und *von da an* nahm man ihre Geschichte ernst! Denn als sie beim Lager ankamen, entdeckten sie, dass eins der Zelte in kleine Stücke zerfetzt war. Außerdem waren fast die gesamten Vorräte gefressen worden – sogar die ungeöffneten Dosen mit Bohnen. Es sah aus, als ob das unheimliche Wesen – was auch immer es gewesen sein mochte – mit seinen messerscharfen Zähnen das Metall der Dosen durchgenagt hätte!

Was für eine Geschichte! Ich wünschte, sie wäre mir nicht ausgerechnet jetzt eingefallen. Jedes Rascheln im Laub, jedes Knacken eines Zweigs ließ mich erschrocken herumfahren. Ich erwartete, jeden Moment eine gigantische weiße Ratte zu sehen, die sich schwerfällig auf mich zubewegte. Die riesigen Zähne gebleckt und bereit, mich wie eine der Blechdosen in kleine Stücke zu zerlegen.

Ich blieb stehen und lauschte angestrengt. Absolute Stille um mich herum.

Ich hob die Taschenlampe und schüttelte sie heftig hin und her. Für einen kurzen Augenblick flackerte sie noch einmal auf, und ich leuchtete in ein dichtes Gebüsch aus niedrigen Sträuchern, das vor mir lag. Aber dort bewegte sich nichts.

Und dann merkte ich, dass ich völlig die Orientierung verloren hatte.

Wo lag Genas Haus? Ging ich überhaupt noch in die richtige Richtung? Und woher war ich eigentlich gekommen?

Ich machte die Taschenlampe aus. Sie würde mir jetzt auch nicht mehr weiterhelfen. Es war bestimmt besser, wenn ich die Batterien schonte. Wer weiß, was noch alles passieren würde. Ich wartete, bis sich meine Augen an die Dunkelheit gewöhnt hatten. Dann drehte ich mich langsam einmal um mich selbst. Ich schaute angestrengt in alle Richtungen, in der Hoffnung, dass ich irgendwo ein Licht entdecken würde.

Aber um mich herum war nur tiefe, undurchdringliche Dunkelheit.

„Ich bin verloren!“, dachte ich in Panik.

14

Roger ging mit langen Schritten in Richtung Stadt und blickte sich nicht ein einziges Mal um. Ich musste mich ganz schön beeilen, um ihn nicht aus den Augen zu verlieren. Es war eine unheimliche Nacht. Wie üblich brannte die Straßenbeleuchtung in der Fear Street nicht. Das Mondlicht warf fahle Schatten.

Feuchtkalte Nebelfetzen wehten mir ins Gesicht, als ich leise hinter Roger herschlich und mich dabei im Schatten der Hecken und Büsche hielt, die die Straße säumten. Ich wünschte, er würde wenigstens ein bisschen langsamer gehen. Die Tatsache, dass er es so eilig zu haben schien, machte mich allerdings noch misstrauischer.

Er bog nach links in die Mill Road ein und beschleunigte seinen Schritt. Ein Auto fuhr vorbei und blendete mich mit seinen hellen Scheinwerfern. Für einige Sekunden konnte ich kaum etwas erkennen. Ich duckte mich hinter ein niedriges Gebüsch und wartete, bis der Wagen verschwunden war.

Als ich wieder auf den Bürgersteig trat, war Roger schon ein ganzes Stück entfernt. Ich begann zu rennen, weil ich Angst hatte, ihn in der Dunkelheit zu verlieren. Meine Turnschuhe bewegten sich fast lautlos über den harten, feuchten Boden.

Die einzigen Geräusche waren das leichte Rauschen des Nordwinds und das gelegentliche tiefe Dröhnen eines vorbeifahrenden Autos.

Roger bog jetzt in den Hawthorne Drive ein und blickte suchend von einer Straßenseite zur anderen. Ich duckte mich und krabbelte hinter einen großen Briefkasten in der Hoffnung, dass Roger mich nicht gesehen hatte. Als ich kurz darauf meinen Blick die Straße entlangwandern ließ, sah ich nur dunkle Bäume. Roger war verschwunden!

Schnell richtete ich mich auf und schlich weiter. In dieser Straße gab es ein kleines Café – das Alma's. Hier saßen zu jeder Tages- und Nachtzeit Studenten herum, die über ihren Büchern schwitzten und dabei Unmengen von Kaffee tranken. Ich fragte mich, ob er vielleicht dorthin wollte.

Als ich näher kam, entdeckte ich plötzlich wieder seine große, schnell dahineilende Gestalt. Ja, er ging genau auf das Alma's zu. Aber was wollte er dort? Lernen bestimmt nicht, denn er hatte ja nicht mal eine Tasche dabei.

Wahrscheinlich war er mit einem Freund verabredet. Und ich lief hier draußen in dieser kalten, ungemütlichen Nacht herum und verschwendete meine Zeit.

Nachdem Roger in das Café gegangen war, wartete ich sicherheitshalber noch einige Minuten ab. Dann schlich ich zu dem großen Fenster am Eingang und warf einen Blick in den Raum. Im Moment war nicht besonders viel los, nur wenige Nischen waren besetzt. Dort saßen wie üblich Studenten und ein paar einsame alte Leute, die vorsichtig dampfend heiße Kaffeebecher in ihren zittrigen Händen balancierten.

Roger konnte ich nirgends entdecken. Er musste wohl weiter hinten im Café oder in einer der seitlichen Nischen in der Nähe des Tresens sitzen. Ich überlegte, ob ich hineingehen sollte.

„Was soll's?“, dachte ich mir. „Jetzt bist du schon so weit gekommen, da kannst du dich auch genauso gut reinwagen und sehen, was Roger vorhat.“

Ich zog mir die Kapuze meiner Jacke über den Kopf, um mein Gesicht zu verbergen, und betrat das Café. Drinnen war es sehr warm, und es roch nach gebratenem Speck. Ich duckte mich hinter die Trennwand der ersten Nische und spähte dann vorsichtig um die Ecke, um unauffällig nach Roger Ausschau zu halten.

Ich entdeckte ihn in der letzten Nische, im hinteren Teil des Cafés. Er redete eifrig auf jemanden ein und gestikulierte dabei wild mit den Händen. Ich musste etwas näher herangehen, um sehen zu können, mit wem er sprach.

Es war der Typ mit dem weißblonden Haar – der Mann aus dem Lieferwagen! Die beiden unterhielten sich aufgeregt und wirkten sehr angespannt. Von Zeit zu Zeit haute der andere Mann mit der flachen Hand auf den Tisch, als wollte er seinen Worten Nachdruck verleihen.

„Roger ist also doch ein Lügner!“, dachte ich triumphierend. Mein kleiner Ausflug war also nicht die pure Zeitverschwendung gewesen! Roger hatte uns belogen, was den Lieferwagen betraf, und die Geschichte mit der

Pistole war bestimmt auch erfunden. Zwischen Roger und diesem weißhaarigen Typen gab es eine Verbindung, obwohl unser Mitbewohner es abgestritten hatte.

Und worin auch immer diese Verbindung bestand, ich war mir hundertprozentig sicher, dass es etwas mit dem Verschwinden von Mom und Dad zu tun hatte.

Ich lehnte mich gegen die Rückwand der Nische und beobachtete, wie Roger zwei Blatt Papier aus seiner Jackentasche zog und begann, etwas darauf zu zeichnen. Dann deutete er mit dem Stift auf verschiedene Punkte der Skizze. Was konnte das wohl sein? Eine Landkarte? Ein Lageplan?

Ich brannte vor Neugier, es zu erfahren, aber ich konnte nicht noch näher herangehen, ohne gesehen zu werden. Als ich mich suchend nach einem neuen Versteck umschaute, merkte ich, dass mich eine dicke Kellnerin vom Tresen aus anstarrte.

Ich beschloss, jetzt besser zu verschwinden. Was ich gesehen hatte, reichte, um zu beweisen, dass Roger ein Lügner war. Ich musste so schnell wie möglich Captain Farraday informieren.

Ich zog mir die Kapuze noch tiefer ins Gesicht und wollte mich gerade abwenden und zur Tür hinausschleichen, als ich plötzlich eine Hand auf meiner Schulter spürte. Eine laute Stimme rief: „Hallo, Cara!“

„Autsch!“ Ich schrie mehr vor Überraschung als vor Schmerz auf. Aber die Hand grub sich weiter in meine Schulter, so, als ob sie mich an diesem Platz festnageln wollte.

Ich wirbelte herum, um zu sehen, wer mich da gepackt

hatte. Aber eigentlich hätte ich mir das auch denken können. Es war natürlich Roger!

„Na, spionierst du mir mal wieder hinterher?“, fragte er und verstärkte den Druck auf meine Schulter. Seine Augen brannten sich förmlich in meine ein.

„Er ist gefährlich!“, dachte ich entsetzt.

Das war mir noch nie bewusst geworden. Ich hatte noch nicht mal ernsthaft darüber nachgedacht, aber als ich ihn jetzt ansah, wurde mir klar, wie gefährlich er wirklich war.

„Au! Du tust mir weh, Roger!“, rief ich und versuchte noch einmal, mich aus seinem Griff zu winden.

Endlich ließ er meine Schulter los, aber sein Gesichtsausdruck hatte sich nicht verändert. „Entschuldige, das wollte ich nicht“, sagte er steif.

Das konnte er mir doch nicht erzählen! Natürlich hatte er mir wehtun wollen!

Ich blickte an Roger vorbei zu seinem Begleiter, der noch immer in der Nische saß und mich musterte. Seine Lippen waren zusammengepresst, und auf seinem bleichen Gesicht lag ein missbilligender Ausdruck.

Zu meiner großen Überraschung lächelte Roger plötzlich – es schien, als hätte er seinen Ärger völlig überwunden. Als er bemerkte, wie ich seinen Freund anstarrte, nahm er mich am Ellbogen und führte mich zu der Nische. „Oh … äh … Cara, das ist Dr. Murdoch“, erklärte Roger und ließ sich auf den Stuhl gleiten. „Er ist mein … mein Studienberater.“

Na klar, Roger! Sicher! Und ich bin die Königin von England.

„Nett, Sie kennenzulernen", sagte ich und gab mir keine besondere Mühe, so zu tun, als ob ich es ernst meinte.

Dr. Murdoch warf mir ein breites, falsches Grinsen zu.

„Ich hatte noch ein paar Fragen zu meinem Hauptfach, deswegen haben wir uns heute Abend hier getroffen", fügte Roger hinzu. Was für eine dreiste Lüge! Als er bemerkte, dass ich zu den beiden Blättern Papier hinüberschielte, nahm er sie schnell vom Tisch und faltete sie zusammen. Mit einem Schlag wurden seine Augen wieder eiskalt. „Und was machst du hier?", fragte er mit betont ruhiger Stimme.

„Ich ... äh ... ich war mit einer Freundin verabredet. Aber es sieht so aus, als würde sie nicht mehr kommen." Meine Geschichte war auch nicht schlechter als seine. „Ich geh dann mal. Wir sehen uns später!"

„Nett, dich kennengelernt zu haben", rief mir der sogenannte Dr. Murdoch hinterher, als ich den Gang entlang- und aus dem Café rannte.

Ich hielt den Atem an, bis ich zur Tür hinaus war. Draußen hatte inzwischen ein feiner Nieselregen eingesetzt. Wieder zog ich meine Kapuze auf, aber diesmal, um mich zu wärmen. Mein Herz schlug wie ein Presslufthammer, und ich fühlte mich wie eine Idiotin.

Als ich mich wieder etwas beruhigt hatte, beschloss ich, dass ich, sobald ich zu Hause war, Rogers Pistole aus dem Schreibtisch holen und sie irgendwo verstecken würde.

Roger hatte mich richtig erschreckt. Die Vorstellung, dass er eine geladene Pistole in unserem Haus herumliegen hatte, jagte mir noch mehr Angst ein. Auf jeden

Fall hatte ich bewiesen, dass er ein Lügner war. Und sein Freund Murdoch auch ... Schließlich hatte er Mark und mir erzählt, er würde keinen Roger kennen!

Während ich nach Hause lief, wurde mir plötzlich klar, dass ich dort auch nicht in Sicherheit war. Panik trieb mir den Angstschweiß auf die Stirn. Meine Eltern waren verschwunden, und wir hatten einen gefährlichen Lügner mit einer Waffe im Haus.

Um die immer stärker werdende Furcht abzuschütteln, rannte ich schneller und schneller. Wenn Mark und ich in dieser Stadt doch bloß jemanden kennen würden - wenn wir hier irgendwelche Verwandten hätten oder wenigstens einen Ort, wo wir hingehen könnten ...

Ich war nur noch zwei Straßen von zu Hause entfernt, als ich merkte, dass mir ein Wagen folgte.

15

„Okay, okay, Mark. Beruhige dich, Mann! Atme erst mal ganz tief durch. Du findest hier schon wieder raus!", redete ich mir gut zu.

Ich zwang mich weiterzugehen, weiter in die tiefe undurchdringliche Dunkelheit, ins Ungewisse. Gerade als ich wieder kurz davor war, in Panik zu geraten, schien sich die dunkle Wand der Bäume um mich herum ein wenig zu lichten. Ich blickte auf und sah, dass der Mond hinter einer dichten Wolkenbank hervorgekommen war. Dankbar sah ich zu ihm auf. Mir fiel ein, dass der Mond rechts von mir gewesen war, als ich in den Wald ging. Wenn ich darauf achtete, ihn weiterhin auf der rechten Seite zu haben, müsste ich eigentlich in die richtige Richtung laufen.

Bei diesem Gedanken fühlte ich mich gleich um einiges besser.

Na ja, vielleicht nicht gerade berauschend, aber immerhin kehrte ein bisschen von meinem Selbstvertrauen zurück. Ich schaltete die Taschenlampe wieder an, musste aber feststellen, dass sie jetzt völlig den Geist aufgegeben hatte. Also ging ich weiter und benutzte den Mond als Lichtquelle und Wegweiser.

Ich legte ein ziemliches Tempo vor, als ich über den Teppich aus feuchten Blättern joggte.

Mit einem Mal entdeckte ich ein blasses graugrünes Licht, das wie ein Glühwürmchen zwischen den Bäumen hindurchschimmerte.

Ein Haus! Ich rannte darauf zu und ignorierte Dornen, stachelige Büsche und verborgene Wurzeln, die versuchten, mich zu Fall zu bringen.

Kurz darauf erreichte ich das hintere Ende von Genas Garten. Ich blieb stehen und versuchte, wieder zu Atem zu kommen. Ich starrte hinauf zu dem schwachen Licht, das durch die Jalousie vor ihrem Fenster drang.

Ob sie wohl dort oben war? Ich konnte es nicht genau sagen. Das Wohnzimmer im Erdgeschoss war hell erleuchtet, und der flackernde Schein eines Fernsehers huschte über die Wände. Jemand ging am Fenster vorbei. Das musste Genas Vater sein. Ich schlich mich ein Stück näher und achtete darauf, im Schatten der großen Garage neben dem Haus zu bleiben.

Genas Vater stand vor dem Fernseher und trank etwas aus einer Dose. Ich beobachtete ihn dabei, wie er zurück zur Couch ging und sich hinsetzte. Dann blickte ich wieder zu Genas Zimmer hinauf.

Sollte ich das wirklich tun? Mein Blick wanderte das große hölzerne Rosenspalier entlang, das vom Boden bis unter Genas Zimmerfenster im zweiten Stock reichte. Die Rosen waren natürlich schon verblüht, aber die langen dornigen Ranken waren zurückgeblieben.

Schnell huschte ich zum Spalier hinüber und rüttelte daran. Es schien ziemlich stabil zu sein – hoffentlich würde es mein Gewicht aushalten.

Ich griff nach den Seitenstreben, wobei ich versuchte,

den dornigen Ranken auszuweichen, und setzte einen Fuß auf die unterste Holzlatte. Dann lehnte ich mich ein Stück zur Seite und warf einen Blick durch das Wohnzimmerfenster, um mich zu vergewissern, dass Genas Vater immer noch auf der Couch vor dem Fernseher saß.

Langsam begann ich zu klettern – immer einen Fuß über den anderen. Das Spalier wackelte ein bisschen, brach aber nicht ein.

Ich hatte schon ein Drittel des Weges zurückgelegt, als meine Hand plötzlich abrutschte. Ich merkte, wie ich den Halt verlor, und griff verzweifelt nach dem Spalier. Leider erwischte ich eine der Rosenranken. Während ich fiel, bohrten sich die großen Dornen in meine linke Handfläche.

Ich hatte nicht mal Zeit genug, um zu schreien, als ich auch schon hart auf dem Rücken landete. Der Aufprall presste mir die Luft aus den Lungen. Im ersten Augenblick dachte ich, ich wäre tot. Noch nie hatte ich mich derart schlecht gefühlt. Ich konnte nicht atmen, und es kam mir so vor, als würde ich nie wieder Luft kriegen. Dann muss ich wohl ohnmächtig geworden sein. Auf jeden Fall tanzten plötzlich rote Sterne vor meinen Augen, die dann von einem gleißend hellen gelben Licht abgelöst wurden.

Ich weiß nicht, wie lange ich so auf dem Boden lag. Wahrscheinlich kam es mir viel länger vor, als es in Wirklichkeit war. Die leuchtenden Farben verblassten langsam, und auf einmal konnte ich wieder atmen.

Ein pochender Schmerz breitete sich in meiner linken

Hand aus. Ich hielt sie dicht vor mein Gesicht, um mir die Verletzung anzusehen. Die Dornen hatten zwei tiefe Schnitte in meinem Handballen hinterlassen, und die Wunde blutete ziemlich stark.

Ich blickte am Spalier hoch. Das Licht in Genas Zimmer war immer noch an. Ich beschloss, es noch einmal zu versuchen. Wenn ich es erst einmal bis in ihr Zimmer geschafft hätte, würde sie schon etwas finden, um meine blutende Hand zu verbinden.

Gena war so nah. Ich konnte es kaum erwarten, sie zu sehen. Ich *musste* sie einfach sehen! Ich dachte an ihr langes schwarzes Haar, ihr Lächeln und daran, wie es sich angefühlt hatte, als sie auf meinem Schoß gesessen und ihre warmen Arme um mich geschlungen hatte. Von diesen Gedanken angetrieben, kletterte ich wieder am Spalier hinauf. Zuerst ganz langsam und vorsichtig, dann, als ich sicherer wurde, immer schneller.

Genas Fenster lag einen knappen halben Meter über dem Spalier und war geschlossen. Ich konnte von hier aus nicht sehen, ob es von innen verriegelt war oder nicht.

Ich klopfte vorsichtig gegen die Scheibe und wartete darauf, dass sie zum Fenster kommen würde.

Das Spalier ächzte unter meinem Gewicht. Auf einmal war ich mir gar nicht mehr so sicher, dass es mich noch länger tragen würde.

Wo blieb Gena denn nur?

Wieder klopfte ich an die Scheibe – diesmal ein bisschen lauter. Aber nichts geschah.

Ich griff nach oben, lehnte mich ein wenig nach vorn

und drückte mit aller Kraft gegen das Fenster. Es bewegte sich keinen Zentimeter.

Ich saß in der Falle. Der Weg ins Haus war versperrt, und das Spalier konnte jeden Moment zusammenbrechen und mich mit in die Tiefe reißen.

16

Während ich weiterrannte, hörte ich, wie der Wagen immer näher kam. Seine Scheinwerfer beleuchteten die Straße vor mir. Ich verlangsamte meinen Schritt und wartete darauf, dass das Auto an mir vorbeifahren würde.

Aber das tat es nicht.

Mark hatte recht gehabt. Ich hätte heute Abend auf keinen Fall das Haus verlassen sollen! Ich begann wieder zu rennen und bemerkte, dass auch das Auto schneller wurde.

Was zum Teufel sollte das? Ich drehte mich um, konnte aber nichts sehen, weil mich das helle Licht der Scheinwerfer blendete.

Ich wusste nicht, was ich tun sollte. Es machte mich ganz nervös, dass der Wagen mich nicht überholte. Wenn es jemand war, den ich kannte, warum hielt er dann nicht neben mir an oder hupte oder irgendwas in der Art?

Ich beschloss, mich umzudrehen und in die andere Richtung zu laufen – direkt an dem Auto vorbei. In der Zeit, die der Fahrer brauchte, um zu wenden, konnte ich vielleicht entkommen.

Ich wirbelte herum, schützte meine Augen mit einem Arm vor dem grellen Scheinwerferlicht und raste los. Der Wagen bremste mit quietschenden Reifen.

„Cara! Hey, bleib doch stehen! Cara!“, hörte ich plötzlich eine vertraute Stimme rufen.

Verblüfft hielt ich in vollem Lauf inne. Ein Mann öffnete die Fahrertür und stieg aus. Als Erstes erkannte ich den großen blauen Caprice, dann die hochgewachsene Gestalt.

„Captain Farraday! Hallo!“ Vor lauter Erleichterung überschlug sich meine Stimme.

„Ich war mir zuerst nicht ganz sicher, ob du es bist“, sagte er und kam mit großen Schritten auf mich zu. Die Absätze seiner Stiefel machten dabei ein klackendes Geräusch auf dem Pflaster. „Hoffentlich habe ich dich nicht zu sehr erschreckt. Ich war gerade eben auf dem Weg zu euch.“

„Gibt es etwas Neues von meinen Eltern?“, fragte ich atemlos.

Das Licht der Straßenlaternen spiegelte sich in seinen tiefblauen Augen. Mir fiel auf, dass er sehr müde aussah. Er schüttelte den Kopf. „Nein. Noch nicht. Ich wollte nur wissen, ob ihr vielleicht schon etwas von ihnen gehört habt.“

„Nein“, entgegnete ich und seufzte tief.

„Hey, nun mach doch nicht so ein Gesicht“, sagte er und legte mir tröstend die Hand auf die Schulter. „Immerhin gibt es keine *schlechten* Nachrichten, oder?“

„Stimmt“, murmelte ich. „Aber auch keine guten.“

Er führte mich zu seinem Wagen. „Du darfst den Kopf nicht hängen lassen. Ich habe meine Männer auf den Fall angesetzt. Deine Eltern werden bestimmt bald wieder auftauchen.“

Ich antwortete ihm nicht. Meine Enttäuschung war einfach zu groß.

„Ich brauche ein Foto von deinen Eltern“, sagte er. „Ich werde eine Meldung rausgeben und eine Kopie des Fotos an jede Polizeidienststelle im weiteren Umkreis schicken. Fällt dir vielleicht noch irgendetwas ein, was uns weiterhelfen könnte? Jede noch so kleine Information könnte wichtig sein.“ Er war so groß, dass er seinen Kopf herunterbeugen musste, als er mit mir sprach.

„Warten Sie mal ... Ich muss erst darüber nachdenken ...“, sagte ich.

„Was hältst du davon, dass ich dich nach Hause bringe? Während der Fahrt kannst du überlegen, ob dir noch etwas einfällt, und ich könnte außerdem gleich das Foto deiner Eltern mitnehmen. Ich habe alle meine Leute mobilisiert, und die Zeitungen sind auch schon informiert. Manchmal rufen aufgrund der Artikel Leute an und geben ganz nützliche Hinweise.“

Captain Farraday hielt mir die Beifahrertür auf, und ich ließ mich auf den Sitz fallen. Ich hatte noch nie einen Polizeiwagen von innen gesehen. Enttäuscht stellte ich fest, dass der Caprice nur ein Zivilfahrzeug war. In diesem Moment erwachte das Radio zum Leben, gab knatternde Geräusche von sich und spuckte dann eine kurze Nachricht aus. Der Polizeifunk war der einzige Hinweis darauf, dass es sich bei dem Caprice um ein Polizeifahrzeug handelte.

Während wir nach Hause fuhren, erzählte ich Captain Farraday von Roger, dessen Pistole, Murdoch und dem grauen Lieferwagen. Ich hatte erwartet, dass er etwas dazu sagen würde, aber er blickte starr geradeaus auf die Straße und reagierte nicht.

„Glauben Sie, dass Roger etwas über meine Eltern weiß?", fragte ich schließlich, nachdem er eine Weile geschwiegen hatte.

„Vielleicht. Ich werde ihn auf jeden Fall überprüfen lassen – und diesen anderen Typen auch. Wie war noch mal sein Name?"

„Roger hat ihn Dr. Murdoch genannt."

„Sonst noch was, Cara? Irgendetwas, was uns weiterhelfen könnte?"

Wir fuhren die Auffahrt hoch. Das Haus war dunkel. Ich war sauer, dass Mark nicht mal das Licht auf der Veranda für mich angemacht hatte.

„Mir fällt wirklich nichts mehr ein", sagte ich zu Farraday. Ich öffnete die Tür und wollte aussteigen. „Oder doch. Warten Sie! Eins habe ich noch vergessen."

Captain Farraday sah mich gespannt an. „Ja?"

„Mark und ich haben einen merkwürdigen Gegenstand im Schlafzimmer unserer Eltern gefunden. Einen kleinen Affenschädel mit unechten Steinen als Augen. Meinen Sie, das könnte vielleicht ein Hinweis sein?"

Wieder reagierte er zunächst nicht. „Vielleicht", sagte er dann leise. „Im Moment kann ich nichts damit anfangen, aber vielleicht hat es ja etwas zu bedeuten. Ich werde mal auf der Polizeiwache herumfragen. Habt ihr den Schädel noch zu Hause? Ich glaube, es ist besser, wenn wir ihn zur Untersuchung ins Labor bringen."

Ich lief ins Haus. Mark war nirgends zu sehen. Ich stürmte die Treppen hinauf und holte ein ziemlich neues Foto meiner Eltern aus dem Album, das sie in ihrem Nachttisch aufbewahrten. Dann suchte ich nach dem weißen Affenkopf, konnte ihn aber nirgends finden. Ich musste Mark fragen, was er damit gemacht hatte.

Ich ging nach draußen und reichte Farraday das Foto. „Danke fürs Mitnehmen", sagte ich niedergeschlagen. „Und für Ihre Hilfe."

„Du solltest erst mal ein bisschen schlafen", sagte er mitfühlend. „Das wird dir nicht leichtfallen, aber es hilft."

„Ich werd's versuchen", versprach ich.

„Ich melde mich, sobald es irgendetwas Neues gibt. Und du hast ja auch meine Nummer. Du kannst mich jederzeit anrufen, Tag und Nacht. Egal, worum es geht, hörst du, Cara?"

„Danke", sagte ich noch einmal. „Ich fühle mich jetzt schon viel besser."

„Das freut mich", meinte er. Zum ersten Mal, seitdem ich ihn kannte, sah ich ein Lächeln unter seinem buschigen Schnurrbart.

Ich lief zurück ins Haus und schloss die Tür hinter mir ab. „Mark! Mark, wo bist du?" Meine Stimme war heiser.

Keine Antwort.

Ich warf einen Blick ins Wohnzimmer und in die Küche, ging dann nach oben, um nachzusehen, ob er vielleicht schon schlief.

Als ich ins Wohnzimmer zurückkehrte, überfiel mich die Angst, dass er jetzt genauso verschwunden sein könnte wie Mom und Dad.

Vielleicht hatte Mark mir ja eine Nachricht hinterlassen. Ich rannte in die Küche und schaute auf dem Kühlschrank nach. Nichts. Ich blätterte den Block neben dem Telefon durch. Keinerlei Notiz.

„Jetzt ist er auch noch verschwunden“, dachte ich verzweifelt.

Nein, das konnte ich mir einfach nicht vorstellen. Wahrscheinlich war er nur zu Gena rübergegangen. Natürlich, so musste es sein!

Ich griff zum Telefonhörer, um ihn dort anzurufen. Aber dann überlegte ich es mir im letzten Moment doch anders. Mark würde bestimmt nicht besonders begeistert sein, wenn seine kleine Schwester hinter ihm hertelefonierte. Und außerdem gab es immer noch keine Neuigkeiten von Mom und Dad, die ich ihm hätte berichten können.

Ich beschloss, so lange fernzusehen, bis Mark zurückkam. Vielleicht würde mich das ja ein bisschen ablenken.

Als ich durchs Wohnzimmer ging, bemerkte ich einen Lichtstrahl, der an der Wand hinaufwanderte – genauer gesagt, waren es zwei helle Kreise, die sich langsam und parallel in Richtung Decke bewegten. Es dauerte einen Moment, bis mir klar wurde, dass es sich um die Scheinwerfer eines Autos handelte.

Irgendjemand fuhr unsere Auffahrt hoch. War es Mark? Waren es Mom und Dad?

17

Ich war verzweifelt. Ich musste unbedingt in dieses Haus. Ich atmete tief durch, langte nach oben und drückte noch einmal mit einem heftigen Ruck gegen die Fensterscheibe. Diesmal öffnete sich das Fenster ein kleines Stück. Erleichtert atmete ich auf – es war also doch nicht verriegelt gewesen!

Wenige Sekunden später krabbelte ich mit dem Kopf voran in Genas Zimmer. Das war zwar kein sehr romantischer Auftritt, aber ich hatte es immerhin geschafft – und das Spalier stand auch noch.

„Gena?“, flüsterte ich.

Ich schaute mich im Zimmer um, das nur von einer einzelnen Lampe auf der Kommode erleuchtet wurde. Gena war nirgends zu sehen. Seltsamerweise erweckte der Raum den Eindruck, als wäre sie längere Zeit nicht hier gewesen.

Das Bett war ordentlich gemacht, und ihre Stofftiere saßen in Reih und Glied auf der Tagesdecke. Ihr Rucksack hing über der Lehne des Schreibtischstuhls. Der Schreibtisch war aufgeräumt, nur einige Papiere und Stifte lagen säuberlich in einer Ecke aufgestapelt. Der Teppich sah aus, als wäre er erst vor Kurzem gesaugt worden. In dem hohen Flor waren außer meinen eigenen keine Fußabdrücke zu sehen.

Ich schlich hinüber zum Schrank, dessen Türen von oben bis unten mit Fotos und Bildern beklebt waren. Die Schnappschüsse zeigten Gena und ihren Vater, ihre Mutter, die in der Nähe von Detroit wohnte, sowie einige Leute, die ich nicht kannte.

Auf einmal fühlte ich mich sehr müde und setzte mich auf die Bettkante. Ich passte auf, dass ich mit meiner blutenden Hand nicht in die Nähe der weißen Tagesdecke kam. Wo konnte Gena nur sein? Und warum brannte das Licht, wenn sie nicht zu Hause war?

„Es ist schon ziemlich spät. Sie wird wahrscheinlich bald kommen“, sagte ich mir und beschloss, auf sie zu warten.

Aber dann überlegte ich es mir doch wieder anders. Ich konnte hier schließlich nicht die halbe Nacht herumsitzen. Und vor allem musste ich langsam mal meine blutende Hand verbinden.

Ich stand auf, ging zur Kommode hinüber und zog die oberste Schublade auf. Ich nahm einen weißen Kniestrumpf aus Baumwolle und wickelte ihn mehrmals um meine Hand. Gena würde das bestimmt nichts ausmachen.

Wo war sie bloß?

Am Telefon hatte sie so aufgeregt, so völlig außer sich geklungen. Sie würde jetzt ja wohl kaum mit ihrem Vater unten im Wohnzimmer sitzen und fernsehen.

Den Strumpf fest um meine Hand geschlungen, ging ich hinüber zum Schrank und öffnete ihn. Es war der aufgeräumteste Schrank, den ich in meinem ganzen Leben gesehen hatte. Genas Kleider und Blusen hingen nach Farben geordnet auf Bügeln, und ihre Pullover lagen exakt zusammengelegt auf dem Bord darüber. Ich hatte gar nicht gewusst, dass sie so eine Ordnungsfanatikerin war.

Ich schloss die Schranktüren und wollte gerade wieder zum Bett zurück, als mir plötzlich etwas ins Auge fiel. Auf dem Teppich, fast verborgen von einem der Bettpfosten, lag etwas Glänzendes.

Mit der Spitze meines Turnschuhs kickte ich es unter dem Bett hervor und kniete mich hin, um es aufzuheben. Dann nahm ich den kleinen Gegenstand und ging damit zu der Lampe auf der Kommode.

Mir blieb für einen Moment die Luft weg. Ich konnte es einfach nicht glauben! Ich hielt tatsächlich einen geschnitzten weißen Affenschädel in der Hand.

Er sah genauso aus wie der, den Cara und ich im Schlafzimmer unserer Eltern gefunden hatten. Die unheimlichen Augen glitzerten und schienen mich anzustarren. Der Mund war zu einem hämischen Grinsen verzogen.

Was hatte es mit diesem unheimlichen Ding auf sich? Warum tauchte es überall auf, wo ich hinging?

Plötzlich kam mir ein beängstigender Gedanke. Es war doch nicht etwa derselbe Affenschädel?

War er mir irgendwie gefolgt?

Mir fiel wieder ein, wie ich aufgewacht war und den Affenkopf neben meinem Bett gefunden hatte, obwohl ich mich nicht daran erinnern konnte, ihn mit in mein Zimmer genommen zu haben. Hielt ich jetzt denselben Kopf in der Hand, blickte ich in dieselben glänzenden, hypnotisierenden Augen?

„Jetzt reiß dich aber mal zusammen, Mark!", rief ich mich zur Ordnung.

Mir blieb keine Zeit, länger über dieses Rätsel nachzudenken, denn im Flur hörte ich Schritte, die schnell näher kamen.

Ich ließ den Affenkopf in der Tasche meiner Jeans verschwinden und sah mich nach einem Versteck um. Aber es gab leider keins.

Die Schritte hielten genau vor der Zimmertür an. „Gena?", flüsterte ich erwartungsvoll.

Im nächsten Moment trat ihr Vater ins Zimmer.

Mein Blick wanderte von seinem erschrockenen Gesicht zu der kleinen silbernen Pistole in seiner Hand.

18

„Mark!“, rief er entgeistert und warf die Pistole aufs Bett. „Ich hätte dich erschießen können. Ich … ich dachte, du wärst ein Einbrecher!“

„Entschuldigung.“ Das Wort blieb mir fast im Hals stecken.

Dr. Rawlings war ein sehr großer Mann – so groß, dass er die gesamte Tür versperrte. Er trug einen grauweißen Trainingsanzug, der mindestens Größe XXL hatte. Seine Haare waren genauso schwarz wie die von Gena, allerdings nicht mehr so üppig. Über seinen buschigen dunklen Augenbrauen war bereits eine ganzes Stück Stirn zu sehen.

Er war kräftig gebaut und schien enorme Muskeln zu haben. Offenbar machte er Krafttraining. Das war mir bis jetzt noch nie aufgefallen. Ich starrte ihn fassungslos an und bemerkte, dass sein Gesichtsausdruck von Ärger zu Verwirrung wechselte.

„Jetzt bin ich echt in Schwierigkeiten“, schoss es mir durch den Kopf. Aber ich konnte noch nicht einschätzen, in *wie großen* Schwierigkeiten.

Dr. Rawlings kam einige Schritte auf mich zu. Für einen Moment dachte ich, dass er mich angreifen würde. Wenn man in Panik ist, malt man sich eben die verrücktesten Dinge aus.

Dann merkte ich, dass er auf den weißen Strumpf blickte, den ich um meine verletzte Hand gewickelt hatte. Das Blut war an mehreren Stellen hindurchgesickert, und das Ganze sah ziemlich eklig aus. Ich ließ meinen Arm sinken und presste ihn gegen meine Seite.

„Mark … es tut mir furchtbar leid“, sagte er. „Lieber Himmel! Du hättest mir sagen sollen, dass du hier bist. Ich hätte dich erschießen können.“

„Dr. Rawlings, ich …“ Ich brach ab. Es war schwer, in so einer Situation die richtigen Worte zu finden. „Ich hatte wirklich nicht die Absicht, Sie zu erschrecken. Eigentlich wollte ich nur mit Gena sprechen und …“, setzte ich noch einmal an.

„Was ist mit deiner Hand passiert?“, fragte er mit seiner tiefen Stimme. Normalerweise hatte er einen dröhnenden Bass. Er sprach meistens sehr laut und brüllte ziemlich viel herum, aber nicht weil er wütend war, sondern vor lauter Begeisterung. Aber jetzt sprach er so leise, dass ich ihn kaum verstehen konnte. Er war offenbar zu Tode erschrocken, weil er mich beinahe erschossen hätte.

Widerstrebend hob ich meine verletzte Hand. „Ich habe mich geschnitten“, murmelte ich. „Hören Sie, ich kann das erklären. Ich …“

„Du bist gekommen, um Gena zu sehen?“, fragte er und ließ sich neben mir auf das Bett fallen. Die weiche Matratze bog sich unter seinem Gewicht fast bis zum Boden durch. Er griff nach der Pistole und legte sie dann gleich wieder hin.

„Tja, also. Sie hat mich angerufen und …“

Er rutschte nervös auf dem Bett hin und her. „Gena war sehr aufgeregt, Mark", unterbrach er mich und starrte beim Reden an die Decke. „Das habe ich dir doch schon gesagt, als du vorhin hier warst."

„Ich weiß. Aber ich bin genauso aufgeregt", sagte ich trotzig. Und das stimmte ja auch.

„Ach, junge Liebe!", seufzte Dr. Rawlings und schüttelte den Kopf. Dann sprang er auf. Diese Beweglichkeit hätte man ihm bei seinem massigen Körper gar nicht zugetraut. „Entschuldige, Mark! Ich wollte dich nicht auf den Arm nehmen. Mir ist klar, wie ernst das Ganze für dich und Gena ist, aber trotzdem hättest du dich nicht einfach so hier hereinschleichen sollen."

„Sie haben recht. Es tut mir wirklich leid. Äh … wo ist Gena denn überhaupt?", fragte ich und wickelte den Strumpf fester um meine schmerzende Hand.

„Sie ist zu ihrer Cousine gefahren. Sie meinte, es wäre das Beste, um ein bisschen Abstand zu bekommen."

„Zu ihrer Cousine, die im Norden lebt?"

Er nickte.

„Und warum hat sie ihre Schulsachen nicht mitgenommen?" Genau in diesem Moment war mein Blick auf Genas Rucksack und die Hefte auf ihrem Schreibtisch gefallen. Ich war immer noch so durcheinander, dass mir gar nicht klar war, was ich da sagte.

Dr. Rawlings begann, glucksend zu lachen. „Ich habe dir doch erzählt, dass sie völlig außer sich war. Ich denke, ihre Schulsachen waren so ziemlich das Letzte, woran sie in diesem Moment gedacht hat." Er beugte sich zu mir herüber und legte mir seine mächtige Pranke auf die Schulter. „Soll ich mir deine Hand mal ansehen? Ich bin schließlich Arzt."

Ich schob seine Hand weg. „Nein, danke. Das ist nicht nötig. Es ist nichts Ernstes. Ich mache mir einen Verband, wenn ich nach Hause komme." Ich wollte nur noch weg von hier, um in Ruhe über alles nachdenken zu können.

Ich sah zum Fenster hinüber. Es stand immer noch weit offen. Dr. Rawlings folgte meinem Blick. Jetzt wusste er, wie ich hereingekommen war. Wenn er das nicht schon von Anfang an vermutet hatte.

Mir wurde ganz heiß vor Scham. Ich war in sein Haus eingebrochen, und er war so nett zu mir.

„Dann lass uns mal nach unten gehen. Ich würde vorschlagen, dass du diesmal die Tür benutzt", sagte er, während er mir wieder die Hand auf die Schulter legte und mich aus dem Zimmer dirigierte.

„Das Ganze tut mir wirklich furchtbar leid", murmelte ich. „Ich hätte nicht –"

Ich zuckte zusammen, als er schmerzhaft meine Schulter drückte. Wahrscheinlich war ihm gar nicht bewusst, wie viel Kraft er hatte. „Du brauchst dich nicht zu entschuldigen. Es ist schon okay. Ich habe Verständnis für diese Dinge. Das mit Gena und dir bedaure ich sehr, aber sie ist eben manchmal ein bisschen unberechenbar. Ich hoffe, ich habe dich mit meiner Pistole nicht zu sehr erschreckt."

„Werden Sie es auch nicht meinen Eltern erzählen?"

Meine Eltern! Ich erschrak heftig. Und mir wurde ganz heiß. Die hatte ich ja völlig vergessen! Und Cara auch. Wahrscheinlich war sie schon vor einer ganzen Weile zurückgekommen – und ich hatte ihr nicht mal eine Nachricht hinterlassen!

„Nein. Diesmal nicht“, sagte er und führte mich die Treppe hinunter. „Aber ich hoffe, dass ich sie bald mal kennenlerne“, fügte er hinzu.

Ich entschuldigte mich noch einmal bei Dr. Rawlings und trat dann hinaus in die Kälte. „Pass auf dich auf, Mark“, sagte er mit sanfter Stimme. Dann ergriff er meine unverletzte Hand und schüttelte sie.

„Danke“, murmelte ich. Ich wusste nicht, was ich sonst hätte sagen sollen. Mir war immer noch ziemlich unbehaglich zumute.

Ich drehte mich um und ging schnell die Straße hinunter. Meine Hand pochte vor Schmerzen. Der weiße Strumpf hatte sich inzwischen völlig mit Blut vollgesogen. Ich beschloss, dieses Mal einen einfacheren Weg nach Hause zu nehmen. Von Wäldern hatte ich für heute genug.

19

Wer hatte da in unserer Auffahrt geparkt? Ich raste durchs Wohnzimmer in die Diele, holte tief Luft und riss dann die Haustür auf. „Oh!“

„Vielen Dank für die stürmische Begrüßung“, sagte Lisa Blume und grinste mich an.

„’tschuldigung“, murmelte ich, unfähig, meine Enttäuschung zu verbergen.

„Wen hattest du denn erwartet? Brad Pitt?“, fragte Lisa spöttisch und schob sich an mir vorbei in die Diele.

„Nein. Es ist nur … also … Komm doch rein“, stotterte ich. „Ich freue mich wirklich, dass du gekommen bist.“

„Ja, das sieht man ganz deutlich“, bemerkte sie mit ironischem Unterton. „Eigentlich wollte ich dich auch nur fragen, ob du Zeit hast, damit wir noch mal zusammen unsere Hausaufgabe in Geschichte durchgehen könnten. Aber wenn es dir jetzt nicht passt …“

„Nein, nicht besonders“, sagte ich und beschloss, Lisa zu erzählen, was los war. „Aber ich bin trotzdem froh, dass du da bist“, fügte ich hinzu und führte sie ins Wohnzimmer. Lisa ließ sich auf die Couch fallen.

„Eigentlich sollte man wirklich nicht denken, dass wir Freundinnen sind, so unterschiedlich, wie wir aussehen“, schoss es mir durch den Kopf, während ich Lisa beobachtete, die sich herunterbeugte und ihr Heft aus dem Rucksack angelte. „Ich mit meinen blonden Haaren und dem schlaksigen Körper und sie mit ihrer dunklen, lockigen Mähne und diesem gerissenen, wissenden Grinsen." Irgendwie war ich aber erleichtert, dass sie vorbeigekommen war. Etwas Gesellschaft würde mir bestimmt guttun. Außerdem war Lisas schräger Humor genau das Richtige, mich von meinen Sorgen abzulenken.

„Was ist eigentlich mit deinem Bruder und Gena Rawlings?", fragte Lisa und rollte vielsagend mit ihren großen dunklen Augen. „Die haben ja gestern Abend wirklich 'ne heiße Show abgezogen."

„Du wirst es wahrscheinlich nicht glauben", sagte ich. „Aber sie hat heute mit ihm Schluss gemacht."

Lisa starrte mich mit offenem Mund an. „Was? Aber … warum denn?"

Ich zuckte mit den Schultern. „Mark geht's ganz schön mies. Verrat ihm bloß nicht, dass ich es dir erzählt habe. Er ist vorhin noch mal zu Gena gegangen – na ja, ich glaube wenigstens, dass er bei ihr ist."

Lisa zog an einer ihrer langen dunklen Locken. „Verrückte Geschichte. Komplett verrückt."

„Ja, ich weiß. Mark hat auch keine Ahnung, was mit ihr los ist."

„Komplett verrückt", wiederholte Lisa. Sie starrte eine Weile nachdenklich vor sich hin. Dann sagte sie: „Hat Mark gestern Abend vielleicht Kaugummi gekaut?"

„Du meinst auf der Party?"

„Ja, klar."

„Woher soll ich das wissen? Sag mal, was hat das denn mit Gena zu tun?“

„Ich musste nur gerade an ein Mädchen denken, das ich mal gekannt habe. Sie hieß Shana und war kurze Zeit mit einem Typen namens Rick zusammen. Ich weiß auch nicht, warum es mir gerade jetzt wieder eingefallen ist, aber sie hat mir erzählt, dass sie eines Tages mit Rick rumgeknutscht hat. Sie wusste nicht, dass er vorher Kaugummi gekaut hatte, und … na ja … jedenfalls ist der Kaugummi dann irgendwie in ihrem Mund gelandet.“

„Iiih, wie eklig!“

„Genau das hat Shana auch gedacht. Sie hat sofort mit Rick Schluss gemacht und nie wieder ein Wort mit ihm geredet.“

„Wirklich ’ne aufregende Geschichte, Lisa“, sagte ich und merkte, dass ich mich schon genauso ironisch anhörte wie sie. Aber das passierte jedem, der eine Weile mit ihr zusammen war.

„Deswegen hab ich mich gefragt, ob Mark gestern vielleicht Kaugummi gekaut hat“, fügte Lisa unnötigerweise hinzu.

„Ich habe im Moment wirklich andere Probleme als Marks Liebesleben“, sagte ich seufzend.

„Klar. Schließlich hast du ja dein eigenes Liebesleben“, kicherte Lisa.

„Nein, ich meinte das ganz ernst.“

„Ich auch“, grinste Lisa.

„Meine Eltern sind verschwunden“, platzte ich heraus.

Lisa schien nicht sehr beeindruckt zu sein. „Ach,

komm! Gleich erzählst du mir bestimmt, dass dir ein zweiter Kopf wächst", witzelte sie und sah mich zweifelnd an.

„Nein, es stimmt wirklich, Lisa."

Ich glaube, sie merkte an meinem Gesichtsausdruck, dass ich keinen Spaß machte. Sie stützte ihren Kopf auf die Hand und warf mir einen eindringlichen Blick zu. „Verschwunden? Sind sie heute Abend nicht nach Hause gekommen?"

„Genau das. Und gestern Nacht auch nicht."

„Und sie haben nicht mal angerufen?"

Ich schüttelte den Kopf.

Mit einem Schlag wurde Lisas Gesicht ernst. Es war so, als ob sich hinter einer aufgesetzten Maske plötzlich Lisas echtes Gesicht zeigte. „Hast du die Polizei angerufen?"

„Ja."

„Und sie hat sie noch nicht gefunden?"

Wieder schüttelte ich den Kopf. Ich fühlte mich auf einmal ganz elend. Ich hatte geglaubt, dass es mir helfen würde, Lisa zu erzählen, was passiert war, aber stattdessen machte es mir noch mehr Angst, nachdem ich es ausgesprochen hatte.

„Möchtest du vielleicht mit zu mir kommen?", fragte Lisa. Auch sie sah jetzt sehr besorgt aus.

„Nein, danke. Das ist lieb von dir, aber ich kann Mark …"

„Er kann natürlich auch mitkommen. Wir haben genug Platz. Wirklich!"

Ich war richtig gerührt. Schließlich kannte ich Lisa

erst kurze Zeit, und wir waren noch nicht die dicksten Freundinnen.

Ich dankte ihr noch einmal und erklärte ihr, dass Mark und ich uns wohler fühlen würden, wenn wir hierblieben. Aber wo zum Teufel war er? Ich sah auf meine Uhr und stellte fest, dass es schon ziemlich spät war. Ob er sich wohl wieder mit Gena vertragen hatte? Wenn ja, würde es bestimmt noch eine Weile dauern, bis er nach Hause kam.

Als ich das Geräusch eines Autos hörte, sprang ich auf. Aber es fuhr vorbei, ohne seine Geschwindigkeit zu verlangsamen. „Jetzt reiß dich aber mal zusammen, Cara!“, schimpfte ich mit mir. „Du kannst nicht jedes Mal, wenn auf der Straße ein Auto vorbeifährt, wie von der Tarantel gestochen hochspringen.“

Lisa sah fast noch aufgeregter aus als ich. „Es ist früher auch schon mal vorgekommen, dass sie nicht nach Hause gekommen sind“, versuchte ich sie zu beruhigen und den grimmigen Ausdruck von ihrem Gesicht zu vertreiben.

„Wirklich? Sie haben euch schon öfter zwei Tage alleine gelassen, ohne anzurufen?“

„Nein, bis jetzt haben sie sich eigentlich immer gemeldet.“ Ich stand auf. „Ich hol jetzt mal meine Hausaufgaben. Wie wär’s, wenn wir ’ne Runde lernen?“

Lisa sah mich unbehaglich an. „Bist du sicher?“

„Ja. Ein bisschen Ablenkung wird mir guttun. Dann gucke ich wenigstens nicht alle zwei Sekunden auf die Uhr.“

Lisa folgte mir in die Küche, wo meine Schultasche

lag. „Weißt du übrigens schon das Neueste? Ich glaube, Gary Brandt steht auf dich“, sagte sie.

„Was?“

„Das hab ich jedenfalls gehört.“

„Von wem?“, fragte ich. Ich hatte nach einigem Herumkramen mein Geschichtsheft gefunden und zog es aus der Tasche.

„Gary hat einer Freundin von mir erzählt, dass er sich gerne mal mit dir treffen würde. Er ist ein scharfer Typ, findest du nicht auch?“

„Gary?“

„Natürlich Gary. Wer denn sonst?“

„Ich denke, er ist ganz in Ordnung“, sagte ich betont beiläufig. Aus irgendeinem Grund wollte ich Lisa nicht zeigen, wie sehr ich mich über diese Neuigkeit freute. Gary war wirklich ziemlich nett. „Wenn meine Eltern länger nicht zurückkommen, können wir demnächst ja noch mal ’ne Party feiern“, witzelte ich.

Lisa lachte, aber es klang eher halbherzig.

„Das war nicht besonders komisch, was?“ Ich drückte mich an ihr vorbei und ging zurück ins Wohnzimmer „Ich versuch ja nur, es nicht so schwerzunehmen.“

„Wenn … wenn meine Eltern so einfach verschwinden würden, ich glaube, ich würde ausrasten“, überlegte Lisa.

„Ich raste wahrscheinlich erst aus, wenn sie wieder da sind“, meinte ich und ließ mich auf die Ledercouch fallen. „*Wenn* sie zurückkommen“, fügte ich im Stillen hinzu und merkte, dass mich ein Frösteln überlief.

Lisa und ich verglichen eine Zeit lang unsere Hausaufgaben, aber ich war einfach zu zerstreut, um mich darauf konzentrieren zu können. Immer wieder sah ich auf die Uhr und fragte mich, wo Mark wohl blieb. Und bei jedem vorbeifahrenden Auto schoss ich nervös von der Couch hoch und starrte aus dem Fenster.

Nach einer Weile wurde uns klar, dass es keinen Zweck hatte weiterzulernen. Wir redeten noch ein bisschen über die Leute in unserer Klasse, und dann machte sich Lisa auf den Heimweg. Sie wiederholte ihr Angebot, dass Mark und ich jederzeit zu ihr kommen könnten, und bat mich, sie anzurufen, wenn ich irgendetwas Neues hörte.

Nachdem sie gegangen war, fühlte ich mich eine Weile richtig gut, weil ich eine echte Freundin gefunden hatte. Aber dann sah ich wieder auf die Uhr. Es war schon nach elf. Wo blieb Mark?

Ich setzte mich ins Wohnzimmer. „Was für ein trostloser, abstoßender Raum!", dachte ich und begann, unruhig auf und ab zu gehen. Nach einer Weile sammelte ich meine Schulsachen zusammen und beschloss, mir eine Cola aus der Küche zu holen. Ich war schon auf dem Weg zur Tür, als ich plötzlich wie angewurzelt stehen blieb.

Rogers Pistole!

Wie hatte ich die bloß vergessen können? Ich sollte jetzt schleunigst nach oben gehen, sie aus der Schublade nehmen und irgendwo verstecken. Am liebsten hätte ich Roger ohne große Umstände vor die Tür gesetzt. Aber ich wusste, dass das nicht so einfach werden würde. Solange er noch bei uns wohnte, sollte er wenigstens keine geladene Pistole in seinem Zimmer aufbewahren.

Ich stürmte die Treppen hinauf und stoppte auf dem Treppenabsatz vor dem Dachboden. „Roger, bist du da oben?“, rief ich mit lauter Stimme.

Immerhin bewegte er sich so leise und unauffällig, dass er sich ins Haus geschlichen haben konnte, während Lisa und ich uns unterhielten. Doch es kam keine Antwort. Zur Sicherheit rief ich noch einmal. Aber oben blieb alles still.

Vorsichtig stieg ich die schmalen Stufen zum Dachboden hinauf und schlich mich in sein Zimmer.

Ich tastete eine Weile herum, bis ich den Lichtschalter gefunden hatte, und knipste das Licht an. Der kleine Raum war leer. Roger hatte ein Hemd und eine Baumwollhose auf sein Bett geworfen. Sonst sah alles ganz normal aus.

Ich kniete mich schnell vor seinen Schreibtisch und zog die unterste Schublade heraus.

Ein Knarren ließ mich erschrocken zusammenfahren. Ich saß da, rührte mich nicht und lauschte. Noch einmal knarrte es. Ich atmete auf, als ich feststellte, dass es wieder einmal der baufällige alte Kasten war, der diese Geräusche von sich gab.

Sicherheitshalber behielt ich die Tür im Blick, während ich Rogers Unterwäsche aus der Schublade holte und dann nach der Pistole tastete.

Da meine Hand nichts Metallisches zu fassen bekam, drehte ich erstaunt den Kopf und sah in die Schublade.

Ich schnappte hörbar nach Luft, als ich entdeckte, dass die Pistole verschwunden war.

20

Der Donnerstag glitt wie in einem dichten Nebel an uns vorbei. Mark und ich waren zu müde und zu sehr in unsere eigenen Gedanken vertieft, um uns beim Frühstück groß zu unterhalten. Irgendwie schafften wir es, rechtzeitig zur Schule zu kommen. Ich war zwar körperlich anwesend, aber mit meinen Gedanken ganz woanders. Vom Unterricht bekam ich kaum etwas mit.

Nach der Schule fuhren wir zusammen nach Hause. Mark berichtete mir während der Fahrt mit finsterer Miene, was ihm gestern Abend bei Gena passiert war. Er erzählte mir von seinem Erlebnis mit ihrem Vater, der ihn beinahe erschossen hätte. Mark sah immer noch ganz mitgenommen aus.

Anschließend berichtete ich ihm von Roger und Murdoch, die sich im Alma's getroffen hatten, und von der verschwundenen Pistole.

„Wir müssen Farraday über Roger informieren", sagte Mark, als wir in unsere Auffahrt einbogen. „Nachdem du ihn letzte Nacht überrascht hast, weiß er endgültig, dass wir ihm nicht über den Weg trauen. Wahrscheinlich ist er jetzt noch gefährlicher."

„Ich habe schon mit Captain Farraday gesprochen", sagte ich.

„Dann rufst du ihn eben noch mal an. Vielleicht hat

sich ja inzwischen irgendetwas getan." Marks Stimme klang ungeduldig und verzweifelt.

Ich lief ins Haus, um mit dem Captain zu telefonieren. Aus den Augenwinkeln sah ich, wie Mark ums Haus herum in den Garten ging. Ich wusste genau, was er jetzt tun würde – so lange Pfeile auf die Zielscheibe abfeuern, bis seine Arme müde würden.

Ich warf meine Bücher auf das Tischchen in der Diele und schlich zur Treppe. Dann stieg ich leise ein paar Stufen hinauf und horchte auf Geräusche, die mir verraten würden, ob Roger zu Hause war. Schließlich entschied ich mich für den direkten Weg. „Roger, bist du da oben?", rief ich mit lauter Stimme.

Es kam keine Antwort. Erleichtert ging ich in die Küche, um Captain Farraday anzurufen.

Wütend donnerte ich den Hörer auf die Gabel, als ich feststellte, dass die Leitung schon wieder tot war. „Mark, dieses blöde Telefon hat zum zweiten Mal seinen Geist aufgegeben!", rief ich durch das Küchenfenster.

Mark reagierte nicht auf mein Rufen. Aber vielleicht tat er auch nur so, als hätte er mich nicht gehört. Er schoss einen Pfeil nach dem anderen ab und starrte auf die Zielscheibe, ohne auch nur eine Sekunde den Blick abzuwenden.

Wenige Minuten später ging ich zu ihm nach draußen. Er feuerte gerade den letzten Pfeil aus dem Köcher ab. „Geht's dir jetzt ein bisschen besser?", fragte ich sanft.

„Nein", sagte er kurz angebunden und runzelte die Stirn.

Wir fuhren zum Einkaufszentrum und teilten uns zum Abendessen eine Pizza. Keinem von uns war besonders nach Reden zumute. Als wir das Einkaufszentrum niedergeschlagen verließen, empfing uns eine kalte, stürmische Nacht. Die Luft war schwer und feucht, und es roch nach Schnee.

Wir waren schon fast zu Hause, als mir plötzlich etwas einfiel, das *alles* veränderte.

„Wally!", brüllte ich aus voller Kehle.

Mark, der das Steuer mit nur einer Hand hielt, zuckte erschrocken zusammen, hielt den Blick aber weiter auf die Straße gerichtet. „Hä? Was hast du gesagt?"

„Wally!"

Mein Bruder sah ziemlich sauer aus. „Das habe ich auch mitgekriegt. Aber könntest du mir vielleicht mal verraten, was du damit meinst?"

„Ich komme nicht auf seinen Nachnamen", sagte ich, während ich angestrengt überlegte. Ich war total aufgeregt, weil ich wusste, dass mir da etwas sehr Wichtiges eingefallen war. Ich zwang mich, tief durchzuatmen, um in Ruhe nachdenken zu können.

„Wally klingt wie der Name einer Comicfigur", knurrte Mark. Als er in die Fear Street einbog, schien es mit einem Mal viel dunkler zu werden. Die Straßenlaternen waren noch nicht eingeschaltet.

„Quatsch! Ich meine doch den Freund von Mom und Dad. Wally Wilburn!"

Trotz der Dunkelheit konnte ich sehen, dass Mark der Unterkiefer herunterklappte. „Ihr Arbeitskollege! Der Typ, der schon öfter angerufen hat und ein paarmal mit ihnen beim Bowling war. Du hast recht, Cara! Er heißt Wally Wilburn."

Mark raste die Auffahrt hoch und brachte den Wagen mit quietschenden Reifen zum Stehen. „Ich wette, seine Nummer steht in Moms und Dads Telefonverzeichnis. Lass uns sofort nachsehen!"

Wir schlugen die Wagentüren zu und rannten ins Haus. „Wally kann beweisen, dass sie bei Cranford Industries arbeiten", rief ich im Laufen. „Und wenn wir erst mal den Beweis haben …" Ich brach ab, weil mir klar wurde, dass ich nicht wusste, was wir dann als Nächstes tun sollten.

„Wir müssen unbedingt mit ihm reden!", sagte Mark.

Wir stürmten in die Küche, und Mark griff nach dem kleinen Buch, das die Telefonnummern unserer Eltern enthielt. „Dann wollen wir mal sehen …", murmelte er und kniff die Augen zusammen. Er ließ seinen Finger die linierten Seiten des Telefonverzeichnisses hinunterwandern. „Ich hab's! Wally Wilburn."

„Wo wohnt er denn?"

Mark machte ein langes Gesicht. „Hier steht nur die Telefonnummer, aber keine Adresse."

Ich hob den Hörer ab. Die Leitung war schon wieder tot. „Dann müssen wir eben im örtlichen Telefonbuch nachgucken, da steht die Adresse immer dabei", meinte ich.

„Es sei denn, er hat sich nicht eintragen lassen", entgegnete Mark niedergeschlagen.

„Alter Pessimist. Du gibst immer viel zu schnell auf!", sagte ich genervt und zog das Telefonbuch vom Bord.

Nach wenigen Sekunden hatte ich den Eintrag W. Wilburn gefunden. „Er wohnt in der Plum Ridge Road 32."

„Wo ist das denn? Diesen Straßennamen habe ich noch nie gehört."

Ich musste lachen. „Mark, du würdest wirklich einen lausigen Detektiv abgeben."

„Ich hatte ja auch nie vor, einer zu werden", grummelte mein Bruder beleidigt vor sich hin.

Ich blätterte das Telefonbuch durch und fand das Straßenverzeichnis gleich auf der ersten Seite. Die Plum Ridge Road war in Waynesbridge. Der Ort lag ungefähr auf halber Strecke zwischen Shadyside und Cranford. „Nun komm schon! Lass uns fahren!", drängte ich und zog Mark zur Tür. „Ich weiß, wie wir hinkommen."

„Wally Wilburn", murmelte Mark und schüttelte den Kopf. „Vielleicht kann er uns ja helfen, das Rätsel zu lösen."

Die Fahrt nach Waynesbridge dauerte ungefähr zwanzig Minuten. Als wir die Außenbezirke der Stadt erreichten, fiel mein Blick auf endlose, deprimierende Häuserreihen. Die völlig gleich aussehenden, schachtelförmigen Häuser erstreckten sich über die niedrigen Hügel, so weit das Auge reichte. Ich machte das Radio aus und begann, nach Straßenschildern Ausschau zu halten.

„Was sollen wir ihm eigentlich erzählen?", fragte Mark und klang plötzlich besorgt.

„Ich denke, es ist besser, nicht sofort damit herauszuplatzen, dass unsere Eltern seit drei Tagen verschwunden sind", meinte ich. „Wir sollten ihn erst mal reden lassen. Wenn wir Wally gleich so überfallen, erschrecken wir ihn vielleicht."

„Ja, das ist eine gute Idee", stimmte Mark mir zu.

„Wie wär's, wenn du mir das Reden überlässt?", schlug ich vor.

Mark nickte erleichtert.

„Hier ist es schon – Plum Ridge Road!", rief ich, nachdem ich das nächste Straßenschild gelesen hatte. „Das war ja gar nicht so schwer zu finden. Halt dich jetzt am besten rechts."

„Kannst du die Hausnummern erkennen?", fragte Mark und bremste den Wagen auf Schritttempo herunter.

„Ja, sie sind über den Haustüren angebracht. Fahr noch ein Stück weiter. Die 32 müsste gleich kommen."

Das Haus der Wilburns lag an der nächsten Ecke. In der Auffahrt stand ein Ford Mustang, sodass wir auf der Straße parken mussten. Dann gingen wir den schmalen betonierten Weg entlang, der zur Eingangstür führte. Die Luft roch nach frisch umgegrabener Erde und nach Dünger.

Als wir auf dem Treppenabsatz vor dem Haus standen, drangen Stimmen und Musik zu uns heraus. Offensichtlich lief drinnen gerade eine Show im Fernsehen. Ich klingelte. Die Geräusche aus dem Inneren des Hauses brachen abrupt ab, und ich hörte Schritte im Flur. Im nächsten Moment wurde die Tür aufgerissen, und wir standen einem rundlichen Mann in mittleren Jahren gegenüber.

„Na, was habt ihr denn zu verkaufen?", fragte er. Er

hatte eine angenehme Stimme und ein freundliches Lächeln, das auch sein ungewöhnlich buschiger Schnurrbart nicht ganz verdecken konnte. Der Mann war schon fast kahl, nur um die Ohren herum ragten noch einige unordentliche Büschel dichter schwarzer Haare empor.

„Mr Wilburn?“, fragte ich und wusste auf einmal gar nicht mehr, wie ich anfangen sollte.

„Da seid ihr genau richtig. Mr Wilburn bin zufällig ich. Aber die meisten Leute nennen mich Wally. Und wer seid ihr? Ich habe euch noch nie hier in der Gegend gesehen.“

„Wir leben ja auch in Shadyside“, schaltete sich Mark ein, der ziemlich nervös klang.

Wir hatten doch abgemacht, dass ich das Reden übernehme! Ich hoffte, dass Mark die ganze Sache nicht gleich zu Anfang vermasselte.

„Na, da seid ihr ja ziemlich weit gefahren, um ein paar Tombola-Lose zu verkaufen“, gluckste Wally. Er schien seine eigene Bemerkung ausgesprochen witzig zu finden.

„Das ist ein Missverständnis. Wir wollen ihnen nichts verkaufen. Ich bin Cara Burroughs, und das ist mein Bruder Mark.“

„Burroughs?“ Er erkannte den Namen sofort und öffnete die Zwischentür. „Dann seid ihr also die Kinder von Greg und Lucy?“

Mark und ich nickten.

„Kommt doch erst mal rein. Wie geht’s euren Eltern? Wo sind sie? Ich habe sie die letzten Tage gar nicht in der Firma gesehen.“ Während er uns ins Wohnzimmer führte, redete er wie ein Wasserfall.

„Sie haben sie nicht gesehen?“, platzte Mark heraus.

„Nein. Ich wurde in Abteilung C gebraucht, deswegen war ich die ganze Woche im Tiefgeschoss. Ich hatte so viel zu tun, dass ich zwischendurch kaum zum Luftholen gekommen bin. Haben eure Eltern mich vermisst?“

Mark und ich wussten nicht, was wir darauf sagen sollten. Also trat ich die Flucht nach vorn an und wechselte das Thema. „Wir haben einen Freund besucht, der hier in der Nähe wohnt“, begann ich und versuchte, möglichst glaubwürdig zu klingen. „Wir wollten Sie fragen, ob wir vielleicht mal Ihr Telefon benutzen dürfen, um Mom und Dad anzurufen. Ich glaube, sie arbeiten noch, und wir haben vorhin vergessen, uns bei ihnen zu melden.“

„Um diese Zeit?“ Wally sah stirnrunzelnd auf seine Uhr. „Workaholics“, gluckste er. „Wirklich nette Leute die beiden, aber echte Fanatiker, was die Arbeit angeht.“

Eine sehr dünne Frau mit welligen blonden Haaren kam ins Wohnzimmer und schien über den Besuch überrascht zu sein. Sie trug ausgeblichene Jeans und ein schwarz-rotes Grateful-Dead-T-Shirt. „Hallo, Liebling. Das sind die Kinder von Greg und Lucy“, stellte uns Wally vor. „Und das ist meine bessere Hälfte, Margie.“

„Nett, Sie kennenzulernen“, sagten Mark und ich im Chor und warfen uns dann verlegen einen Blick zu.

„Hallo, ihr beiden!“, begrüßte uns Margie und lächelte. „Habt ihr eure Eltern mitgebracht?“

„Nein. Cara und Mark sind nur vorbeigekommen, um bei ihnen anzurufen“, erklärte Wally seiner Frau.

„Haben Sie vielleicht ihre Durchwahl, Mr Wilburn?“,

fragte ich beiläufig. „Mark und ich wissen sie noch nicht auswendig.“

„Kein Problem.“ Wally ging zu einem Beistelltisch und begann, hektisch in einem Stapel von Zeitungen und Papieren zu wühlen. „Ich arbeite manchmal zu Hause, deswegen habe ich das Telefonverzeichnis der Firma hier. Ah, da ist es ja schon!“

Er zog mehrere zusammengeheftete Blätter mit einem gelben Deckblatt aus dem Chaos hervor. Ich warf schnell einen Blick darauf. Dort stand in großen Druckbuchstaben: TELEFONVERZEICHNIS CRANFORD INDUSTRIES.

Ich hoffte, dass die Wilburns nicht bemerkten, wie stark meine Hände zitterten, als ich das Verzeichnis durchblätterte und unter B nach dem Namen meiner Eltern suchte. Da stand er, gefolgt von ihrer Durchwahlnummer!

Mr Marcus hatte uns angelogen. Unsere Eltern arbeiteten also doch für die Firma – genau wie sie es uns erzählt hatten. Ich hielt den Beweis in meinen Händen. Jetzt konnten wir zu Captain Farraday gehen, damit er herausfand, wer dieser Mr Marcus wirklich war.

Ich reichte Mark das Verzeichnis und zeigte auf den Namen unserer Eltern, den er mit offenem Mund anstarrte. Wie unauffällig! Ich kämpfte mit mir, ob ich Wally bitten sollte, uns das Heft zu leihen. Aber dann entschied ich mich doch dagegen, weil ich befürchtete, dass das sein Misstrauen erregen würde. Immerhin hatten wir das Verzeichnis gesehen, und Farraday konnte ja herkommen, wenn er einen Blick darauf werfen wollte.

„Tja, dann vielen Dank“, sagte ich. Ich gab Wally das Telefonverzeichnis zurück und ging in Richtung Tür.

„Ja, vielen Dank“, echote Mark. Wir konnten es beide kaum erwarten, von hier zu verschwinden.

„Äh … habt ihr nicht vielleicht etwas vergessen?“, fragte Wally amüsiert. Wir schauten ihn verdutzt an. „Euren Anruf. Ihr habt doch gesagt, dass ihr mit euren Eltern telefonieren wollt.“

„Oh, natürlich!“ Wie peinlich!

Uns blieb nichts anderes übrig, als das Spiel weiterzuspielen. Ich wählte die Durchwahl meiner Eltern und ließ es mehrmals klingeln. „Es geht keiner ran. Sie sind wahrscheinlich schon auf dem Weg nach Hause.“

Es dauerte noch ein paar Minuten, bis wir uns nach den üblichen höflichen Verabschiedungsfloskeln endlich auf den Weg machen konnten. „Der hält uns bestimmt für ziemlich schräge Vögel“, kicherte Mark, als er hinter das Lenkrad glitt.

„Das ist mir völlig egal. Immerhin haben wir jetzt den Beweis, dass Mom und Dad uns nicht angelogen haben. Sie arbeiten wirklich für Cranford Industries“, sagte ich ein bisschen beleidigt.

„Meinst du, die Empfangsdame hat uns mit Absicht belogen?“, wollte Mark wissen.

„Nein“, sagte ich nachdenklich. „Moms und Dads Namen waren definitiv nicht auf dem Bildschirm, das haben wir ja selber gesehen. Aber es dauert nur eine Sekunde, eine Information aus einer Computerdatei zu löschen. Dieses hohe Tier, dieser Mr Marcus, *der* ist dafür verantwortlich!“

„Warum sollte er so etwas tun?“, fragte Mark, während er den Wagen vom Bordstein lenkte.

„Das weiß ich auch nicht, aber die Polizei wird uns helfen, es herauszufinden.“ Ich war ganz aufgeregt über das Ergebnis unserer Nachforschungen. „Lass uns versuchen, Captain Farraday zu finden. Wir haben ihm eine Menge zu erzählen!“

Die zwanzigminütige Fahrt nach Shadyside schien sich endlos hinzuziehen. Als wir die Mill Road entlangfuhren, bog Mark plötzlich in die Fear Street ein. „Ich finde, wir sollten vorher kurz zu Hause vorbeischauen“, sagte er. „Vielleicht hat der Captain ja eine Nachricht auf dem Anrufbeantworter hinterlassen oder so.“

„Stimmt. Gute Idee!“

„Oh nein. Cara, sieh doch mal …“

Ich folgte Marks Blick und entdeckte den grauen Lieferwagen, der nur einen Block von unserem Haus entfernt parkte.

„Er ist wieder da“, knurrte Mark mit zusammengebissenen Zähnen und lenkte unseren Wagen schnell daran vorbei. Ich konnte nicht genau erkennen, ob Murdoch im Wagen saß.

Wir fuhren die Auffahrt zu unserem Haus hoch. „Das ist ja komisch“, murmelte ich. „Da ist Licht im Obergeschoss. Ich weiß genau, dass ich es vorhin nicht angemacht habe.“

„Ich auch nicht“, sagte Mark beunruhigt. „Lass uns besser mal nachsehen. Vielleicht ist Roger inzwischen zurück.“

Wir schlichen uns durch die Hintertür ins Haus und

ließen die Tür leise ins Schloss fallen. Dann gingen wir auf Zehenspitzen zur Treppe. „Hallo, Roger. Bist du da?", rief ich hinauf, als wir von oben keine Geräusche hörten.

Keine Antwort.

„Er wird ja wohl kaum überall das Licht angemacht haben und dann weggegangen sein", überlegte Mark.

„Jedenfalls hat er das bis jetzt noch nie getan", sagte ich. „Wir sollten hochgehen und in seinem Zimmer nachsehen."

Ich stieg vor Mark die Treppe hinauf. Die Stufen knarrten und ächzten laut unter unseren Schritten. „Roger? Roger?"

Das Licht in seinem Zimmer war an, und die Tür stand halb offen. Wieder fiel mir auf, dass es hier oben viel wärmer war als unten im Haus. Ich öffnete die Tür und ging hinein. Da ich als Erste im Zimmer war, sah ich ihn auch zuerst.

Ich wollte schreien, brachte aber keinen Ton heraus.

Im ersten Augenblick dachte ich, ich würde umkippen. Für ein oder zwei Sekunden wurde mir ganz schwarz vor Augen, aber dann kehrten die Farben langsam zurück.

Dort saß Roger an seinem Schreibtisch. Er war nach vorn gesunken und lag mit dem Gesicht nach unten auf der Tischplatte. Seine Arme hingen leblos an den Seiten herab, die Hände berührten den Boden. Direkt unterhalb des Nackens steckte ein Pfeil in seinem Rücken. Sein T-Shirt hatte sich mit dunkelrotem Blut vollgesogen.

Ich trat einen Schritt zur Seite, sodass Mark in der kleinen Dachkammer Platz hatte. Dabei machten meine Turnschuhe ein quietschendes Geräusch. Erstaunt blickte ich nach unten. Rogers Blut war auf den Teppich getropft und hatte ihn durchweicht. Und ich stand mittendrin!

„Oh nein! Das glaub ich einfach nicht!", schrie Mark und legte seinen Arm um meine Schulter – allerdings mehr, um sich abzustützen, als um mich zu trösten. Meine Beine zitterten, und mein Herz hämmerte wie verrückt.

Auf dem blutverschmierten Teppich lagen einige Pfeile verstreut.

„Er … er ist tot!", kreischte Mark. „Aber warum denn nur?"

In diesem Moment schwang die Tür auf und versetzte Mark und mir einen harten Stoß. Als wir entsetzt herumfuhren, stand plötzlich Farraday vor uns. Er hatte sich die ganze Zeit über hinter der Tür versteckt.

„Oh!", schrie ich auf.

Farraday hielt Marks Bogen in der Hand. Er blockierte die Tür und starrte Mark anklagend an. „Ist das nicht deine Waffe, Junge?", fragte er mit drohender Stimme. „Warum hast du ihn umgebracht?"

21

Ich sah Cara Hilfe suchend an und konnte keinen klaren Gedanken fassen. Im ersten Augenblick dachte ich, Farraday wollte mich auf den Arm nehmen.

Aber als er nicht aufhörte, mich anzustarren, und dabei meinen Bogen anklagend in die Höhe hielt, merkte ich, dass er es ernst meinte. Er glaubte offenbar wirklich, dass *ich* Roger getötet hatte!

„Warten Sie, ich …“, setzte ich an. Meine Knie gaben unter mir nach. Der kleine Raum schien von einer Seite auf die andere zu schwanken. Ich entdeckte, dass sich meine Turnschuhe mit Rogers Blut vollgesogen hatten.

Farraday legte mir seine Hand auf die Schulter. „Du sagst am besten gar nichts, Junge. Ich werde dich zuerst über deine Rechte aufklären.“

Ich sah, wie sich seine Lippen bewegten, aber ich verstand nicht, was er sagte. Wahrscheinlich hatte ich eine Art Schock.

„Mark hat Roger nicht getötet!“, ertönte plötzlich Caras wütende Stimme und rüttelte mich aus meiner Starre auf. „Das ist doch völlig verrückt!“

„Sie hat recht!“, rief ich, nachdem ich endlich meine Stimme wiedergefunden hatte. „Ich habe ihn nicht umgebracht! Auf keinen Fall! Warum hätte ich das denn tun sollen?“

Farradays Hand lag noch immer auf meiner Schulter. Mit der anderen warf er den Bogen auf den Teppich. „Immer mit der Ruhe! Entspann dich erst mal!“, sagte er, auf einmal ganz sanft, und dirigierte mich in Richtung Tür. „Wir müssen jetzt alle die Ruhe bewahren. Hier ist ein Mord begangen worden.“ Er sah Cara eindringlich an, so, als ob er in ihren Augen nach einer Antwort suchte. „Mit Marks Waffe und –“

„Das ist keine Waffe!“, schrie ich und erkannte meine eigene Stimme kaum wieder. Sie klang völlig verzerrt.

„Lasst uns erst mal runtergehen. Wir setzen uns hin und reden in Ruhe über alles“, sagte Farraday. Er behielt seine Hand auf meiner Schulter und führte mich die Treppe hinunter.

Ich kann gar nicht beschreiben, was ich empfand, als wir im Wohnzimmer ankamen. Ich hatte das Gefühl, in einen Albtraum geraten zu sein, aus dem ich nicht aufwachen konnte. War Roger wirklich tot? War er tatsächlich mit meinem Bogen ermordet worden? Wer konnte das nur getan haben? Und vor allem – wer hatte ein Interesse daran, *mir* die ganze Sache anzuhängen?

Cara und ich wollten uns gerade auf die Couch setzen, als plötzlich die Tür zur Diele aufflog und Murdoch mit einer Pistole in der Hand hereinstürzte.

Erstaunt starrte er Farraday an. „Wer sind Sie denn, verdammt noch mal?“, schrie er dann. „Alle an die Wand! Na los, bewegt euch!“ Wild fuchtelte er mit der Pistole herum.

„Das ist er!“, schrie Cara. „Der Mann, mit dem Roger sich getroffen hat!“

Ohne zu zögern, zog Farraday seine Dienstwaffe und feuerte drei Schüsse ab, die Murdoch in die Brust trafen. Murdochs Augen rollten nach oben, und er stieß einen unterdrückten Schrei aus. Dann gaben seine Knie unter ihm nach, und er fiel mit dem Gesicht nach vorn auf die Fliesen in der Diele.

„Oh nein! Oh nein! Oh nein!“, kreischte Cara.

Farraday ging rasch zu ihr hin und legte tröstend einen Arm um ihre Schulter. „Es ist alles in Ordnung“, sagte er sanft. „Jetzt ist alles wieder in Ordnung.“

Ich fühlte mich auf einmal ganz komisch. Der Fußboden schien zu schwanken und auf mich zuzukommen. Zwei Tote. In unserem Haus. Hier waren zwei Menschen umgebracht worden. Das Blut … so viel Blut …

Bevor ich merkte, was geschah, hatte Farraday seinen anderen Arm um meine Schultern gelegt. Er führte Cara und mich zurück zur Couch. „Jetzt ist alles wieder in Ordnung“, wiederholte er beruhigend.

Cara und ich saßen an den entgegengesetzten Enden der Couch. Cara bedeckte weiterhin ihr Gesicht mit den Händen. Ich blickte zu Farraday auf.

„Ihr beide bleibt jetzt ganz still hier sitzen und versucht euch erst mal zu beruhigen“, sagte er freundlich, aber mit einer Stimme, die keinen Widerspruch duldete.

Er ging hinüber zu Murdoch und rollte ihn auf den Rücken. Dann kniete er sich neben den leblosen Körper und betrachtete aufmerksam Murdochs Gesicht. „Diesen Mann habt ihr also mit Roger zusammen gesehen?“, fragte er.

„Ja", bestätigte Cara leise und blickte zu Boden. „Ich habe sie gesehen."

„Gut. Vielleicht können wir nun alle Puzzleteile zusammensetzen und herausfinden, was sie mit euren Eltern gemacht haben", sagte Farraday. Er ächzte laut, als er sich wieder aufrappelte.

Er ging zum Telefon, das auf dem Schreibtisch stand. „Ich werde nur eben Verstärkung anfordern", erklärte er. „Meine Jungs werden gleich hier sein und die ganze Sache aufklären. Bewegt euch am besten nicht vom Fleck. Atmet einfach nur tief durch, und versucht ruhig zu bleiben. Ach – und Mark? Ich wollte dir nur sagen, dass ich dich nicht mehr für den Mörder halte, mein Junge."

Er nahm den Hörer ab und wählte die Nummer der Polizeiwache. „Hallo, Schmidt. Ich bin's. Ja, ich bin noch in der Fear Street. Richtig, bei Burroughs. Ich brauche Unterstützung. Es gibt hier zwei Tote. Zu spät für einen Krankenwagen. Ja. Ja, okay. Schick die Männer los, und sag ihnen, dass sie auf die Tube drücken sollen."

Farraday legte den Hörer auf und kam wieder zu uns herüber. „Ihr beide habt wirklich eine schwere Zeit hinter euch", sagte Farraday und blickte auf uns herunter. „Aber das Schlimmste ist jetzt vorbei. Ich denke, wir werden den Dingen bald auf den Grund kommen. Wie fühlt ihr euch?"

„Ziemlich mies", antwortete Cara. „Ich habe noch nie eine … eine Leiche gesehen."

Ich stand mit wackligen Beinen auf und hielt mich an der Lehne der Couch fest.

„Wo willst du denn hin, Mark?“, fragte Farraday.

„Nur in die Küche. Mein Mund ist ganz trocken. Ich möchte mir einen Schluck Wasser holen.“

„Bring mir doch bitte auch ein Glas mit“, bat Cara.

„Na gut, dann lauf“, sagte Farraday. „Aber komm gleich zurück. Ich habe noch eine Menge Fragen an euch.“

Als ich hinausging, bemerkte ich, wie Farraday sich ans Fenster stellte und ungeduldig nach draußen sah. „Wo bleiben denn bloß meine Jungs?“, hörte ich ihn murmeln.

Ich wankte in die Küche und wollte gerade zum Wasserhahn gehen, als mir etwas auffiel, das mir einen eisigen Schauer über den Rücken jagte. Ich blieb stehen und starrte auf die Wand. Ich kniff ein paarmal die Augen zusammen, weil ich zuerst dachte, dass ich Halluzinationen hätte.

Aber meine Augen hatten mir keinen Streich gespielt. Der Hörer des Wandtelefons in der Küche lag nicht auf der Gabel.

Ich hob ihn hoch und hielt ihn an mein Ohr. Stille. Dann drückte ich auf die Gabel und lauschte noch einmal.

Absolute Stille.

Die Leitung war immer noch tot.

Farraday hatte nur so getan, als ob er mit der Polizeiwache telefonierte!

22

Captain Farraday war ein Betrüger und wahrscheinlich nicht mal ein Polizist.

Er hatte gar nicht um Verstärkung gebeten. Das hieß, dass wir jetzt in seiner Gewalt waren.

Farraday hatte Murdoch vor unseren Augen erschossen. War er auch der Mörder von Roger? Wollte er das Gleiche mit uns machen?

Was hatte er vor? Wer war er?

Was lief hier eigentlich?

In meinem Kopf wirbelten tausend Fragen herum.

Ich legte den Hörer auf und starrte ihn wie hypnotisiert an. Tot, tot, tot.

Ich musste einen Weg finden, Cara zu warnen – musste sie irgendwie wissen lassen, dass Farraday nicht der war, für den er sich ausgab. Er war ein Betrüger. Ein sehr gefährlicher Betrüger.

„Hey, Mark. Was machst du denn da so lange?“ Farradays Stimme riss mich aus meinen Gedanken.

Ich dachte daran, durch die Hintertür zu verschwinden und Hilfe zu holen.

Aber bevor ich auch nur einen Schritt tun konnte, erschien der falsche Captain auch schon in der Küche. „Na, hast du schon etwas getrunken?“

„Nein. Ich … äh …“

Ich ließ Wasser in ein Glas laufen, nahm ein paar Schlucke und hob den Rest für Cara auf, Farraday führte mich langsam zurück zur Couch.

Cara griff dankbar nach dem Glas. Ich sah sie eindringlich an und rollte meine Augen in Richtung Farraday. Wie sollte ich ihr bloß klarmachen, in welcher Gefahr wir uns befanden?

„Äh … könnten Cara und ich uns vielleicht mal für einen Moment allein in der Küche unterhalten?“, fragte ich und versuchte, möglichst unschuldig zu klingen.

Farradays Nasenflügel flatterten leicht, so, als ob er die Gefahr wittern würde. „Nein, ich glaube nicht, dass das nötig ist“, sagte er ruhig und lächelte mich an. Dann setzte er sich gegenüber von uns auf einen niedrigen Hocker. „Wir haben schließlich noch eine Menge zu besprechen.“

Cara sah mich verwundert an. Ich starrte eindringlich zurück. Aber sie verstand nicht, was ich ihr damit sagen wollte.

„Ich werde euch jetzt einige Fragen stellen“, begann Farraday und lächelte Cara aufmunternd zu. „Ich bin sicher, dass wir beweisen können, dass Mark nichts mit Rogers Tod zu tun hat. Sobald wir diesen Mann hier identifiziert haben“ – er deutete auf Murdoch – „und wissen, wer Roger wirklich ist, werden wir dem wirklichen Mörder schon auf die Spur kommen.“

Ich versuchte, Caras Aufmerksamkeit auf mich zu ziehen, aber sie sah gebannt zu Farraday hinüber. „Wer sind die beiden?“, fragte sie. „Glauben Sie, sie haben gewusst, wo Mom und Dad sind?“

Farraday zuckte mit den Schultern. „Wir werden es herausfinden."

„Was hatten *Sie* eigentlich hier zu suchen?", fragte ich mit scharfer Stimme. Damit wollte ich Cara zeigen, dass ich Farraday nicht traute. Ich musste ihr irgendwie signalisieren, dass mit diesem *Captain* etwas nicht stimmte. Aber wie sollte ich das nur anstellen?

„Ich wollte mit euch beiden reden", antwortete Farraday und kratzte sich am Kinn. „Das Licht im obersten Stockwerk kam mir irgendwie verdächtig vor, also ging ich hoch, um nachzusehen. Und dann fand ich den jungen Mann – Roger – mit dem Pfeil im Rücken. Als ich plötzlich Stimmen hörte, habe ich mich hinter der Tür versteckt."

Er wirkte völlig ruhig – freundlich und professionell. Noch einmal versuchte ich, Cara mit den Augen ein Zeichen zu geben. Als das nichts half, schnitt ich eine Grimasse, aber Cara reagierte nicht.

„Ihr beide habt einen schlimmen Schock. Seid ihr schon wieder so weit okay, dass ihr mir ein paar Fragen beantworten könnt?"

„Ja, ich denke schon", sagte Cara leise und verknotete die Hände noch fester in ihrem Schoß.

Wie konnte ich bloß ihre Aufmerksamkeit erregen? Es musste doch einen Weg geben, ihr mitzuteilen, was ich entdeckt hatte.

„Wo wart ihr, bevor ihr nach Hause gekommen seid?", fragte Farraday und blickte ungeduldig zum Fenster, so, als ob er sich fragte, wo die Männer blieben, die er nie angefordert hatte.

„Wir sind zu einem Mann gefahren, der unsere Eltern kennt“, antwortete Cara.

„Cara – nein!“, schrie ich. „Erzähl ihm nichts!“

Mir wurde plötzlich klar, dass ich keine Wahl hatte. Ich war zu weit gegangen und musste jetzt irgendetwas tun. Ich holte tief Luft und stürzte mich dann auf Farraday. Durch den harten Stoß, den ich ihm versetzte, kippte er rückwärts vom Hocker. „Hey!“, schrie er ärgerlich.

„Mark! Was machst du denn da?“, hörte ich Cara rufen.

Ich warf mich auf Farraday und griff nach seiner Waffe, aber es gelang ihm, sich unter mir herauszuwinden. Er schubste mich beiseite und sprang auf die Füße.

Er hatte die Pistole in der Hand. „Cleverer Schachzug, mein Kleiner“, sagte er und zielte auf mich. „Aber nicht clever genug. Geh zurück auf die Couch!“

„Mark! Was um alles in der Welt soll das?“, schrie Cara und sah mich an, als ob ich verrückt geworden wäre.

Schlagartig war alle Freundlichkeit aus Farradays Gesicht verschwunden. Er fixierte uns mit kaltem Blick und zielte mit der Pistole auf uns. „Ihr wisst also doch etwas, was ihr mir noch nicht erzählt habt. Ich denke, es wird langsam Zeit, dass ihr auspackt.“

Cara starrte ihn mit offenem Mund an. „Was?“

„Du hast mich ganz richtig verstanden“, schnappte Farraday. „Fangen wir mit der wichtigsten Frage an. Wo sind eure Eltern? Ihr könnt euch eine Menge Ärger ersparen, wenn ihr es mir erzählt.“

„Aber wir wissen doch nicht, wo sie sind!“, schrie

Cara. Ich legte ihr eine Hand auf die Schulter, um sie zu beruhigen.

„So langsam habe ich eure Spielchen wirklich satt“, sagte Farraday und seufzte übertrieben. „Merkt ihr denn nicht, dass ich es ernst meine? Ich habe heute Abend in eurem Haus zwei Menschen umgelegt. Glaubt ihr wirklich, dass es mir auf zwei mehr oder weniger ankommt?“

„Sie … Sie sind gar kein Polizist?“, stotterte Cara entsetzt.

„Klar bin ich ein Bulle“, sagte Farraday bitter und richtete sich auf. „Wenigstens war ich das mal. Sechzehn Jahre lang. Bis eure Eltern –“

„Was ist mit unseren Eltern?“, unterbrach ich ihn.

„Genau das will ich von euch wissen“, sagte er ungeduldig. „Ich habe einen weiten Weg hinter mir, um sie zu finden. Und ich habe verdammt lange gewartet, um ihnen einen Besuch abzustatten.“ Seine große Gestalt ragte drohend über uns auf. „Also, wo sind sie?“

„Keine Ahnung“, erwiderte ich.

„Warum haben Sie Roger umgebracht?“, fragte Cara mit zitternder Stimme.

„Er hat zu viel herumgeschnüffelt. Ich hatte das Gefühl, dass ihr mir meine Geschichte abgekauft habt, aber bei ihm war ich da nicht so sicher. Also habe ich mich ins Haus geschlichen und ihn zum Schweigen gebracht.“ Er starrte Mark mit einem gemeinen Grinsen an. „War wirklich nett von dir, dass du mir die Waffe dazu geliefert hast. Noch dazu eine, die man nie mit mir in Verbindung bringen wird. Roger hat sich nicht umgedreht, als ich hereinkam. Es ging so schnell, dass er nicht gemerkt hat, wer ihn da ins Jenseits befördert hat." Farraday zuckte mit den Schultern. „War wirklich keine große Sache."

Er hob drohend die Pistole. „So, jetzt haben wir aber lange genug geplaudert. Wer von euch beiden Süßen erzählt mir denn nun, wo eure Eltern sind?"

„Mark sagt die Wahrheit. Wir wissen es nicht!", rief Cara.

„Tut mir leid, das nehme ich euch nicht ab", knurrte Farraday und richtete die Pistole auf Caras Kopf. „Ihr wisst garantiert etwas. Ich wette, wenn ich einen von euch erschieße, wird dem anderen ganz plötzlich einfallen, wo sich eure Eltern herumtreiben. Wie wär's, wenn wir das mal ausprobieren?"

„Nein!", schrie Cara entsetzt auf.

Farraday schwenkte die Waffe langsam zu mir. „Einer von euch beiden wird es mir jetzt sagen!"

„Aber unsere Eltern sind doch verschwunden", sagte ich mit erstickter Stimme. „Warum hätten wir Sie sonst um Hilfe bitten sollen?"

„Wen soll ich zuerst erschießen?", fragte Farraday gefährlich sanft. „Ich tu's ja nur ungern, aber ihr lasst mir keine Wahl. Einer von euch beiden muss dran glauben."

Er bewegte die Pistole hin und her, zielte zuerst auf Cara und dann auf mich.

„Ich denke, ich fange mit Mark an", sagte er dann.

„Nein!", schrie Cara. „Wir wissen nichts! Glauben Sie uns doch!"

„Auf Wiedersehen, Mark." Er richtete die Waffe genau auf meinen Kopf.

Ich schloss die Augen und wartete.

Eine Sekunde. Zwei Sekunden. Drei Sekunden.

Ob es wohl sehr wehtun würde? Würde ich den Schuss überhaupt merken? Würde ich wahrnehmen, wann ich getroffen war?

Vier Sekunden. Fünf Sekunden. Sechs Sekunden.

Er hatte immer noch nicht geschossen. Ich blinzelte.

Farraday senkte langsam seine Pistole.

Mir war ganz schwindelig, und ich schnappte krampfhaft nach Luft. Ich hob den Kopf und richtete meinen Blick auf Farraday.

Merkwürdigerweise sah er an mir vorbei. Mit ungläubigem Gesicht starrte er auf irgendetwas hinter dem Sofa.

„Lassen Sie sofort die Waffe fallen!“, ertönte plötzlich eine laute Stimme hinter mir.

Ich wirbelte herum, um zu sehen, wer es war.

„Gena!“

Das schwarze Haar hing ihr zerzaust ins Gesicht, und ihr blaues Sweatshirt war mit Flecken übersät. Ihre Wangen waren gerötet und die Augen ganz verquollen, so, als ob sie geweint hätte.

Sie stützte ein riesiges Jagdgewehr gegen ihre Schulter und zielte damit auf Farraday.

„Wer bist du denn? Was willst du hier?“, brüllte Farraday. Er hielt die Waffe gesenkt, ließ sie aber nicht fallen.

Gena ignorierte ihn einfach. „Na los. Mark, Cara! Wir müssen uns beeilen! Das Treffen beginnt bald. Wir dürfen keine Zeit verlieren!“

„Das Treffen?“, fragte ich verständnislos.
„Bleib, wo du bist!“, schrie Farraday und wollte seine Pistole auf Gena richten.
„Keine Bewegung, sonst knalle ich Sie ab!“, sagte Gena warnend. Das Gewehr wirkte fast so groß wie sie. Sie stützte es fester gegen ihre Schulter. „Guck nicht so geschockt“, rief sie mir zu. „Mein Vater hat mich schon mit zur Jagd genommen, als ich vier war.“
„Gena, wo warst du denn?“, fragte ich sie.
„Wir haben jetzt keine Zeit für Erklärungen“, meinte Gena kurz. Sie deutete mit dem Gewehr auf Farraday. „Was machen wir mit dem da? Wir müssen uns beeilen!“
„Warum schließen wir ihn nicht in der Garage ein?“, schlug Cara vor und sprang auf. „Das Garagentor hat ein ziemlich stabiles Schloss.“
Das schien die beste Lösung zu sein. Gena hielt Farraday mit dem Jagdgewehr in Schach, während wir ihn nach draußen und dann in die Garage brachten.
Überrascht stellte ich fest, dass es begonnen hatte zu schneien. Der Boden war schon ganz weiß, und noch immer fielen weiche, nasse Flocken vom Himmel.
„Das werdet ihr noch bedauern!“, stieß Farraday zwischen zusammengebissenen Zähnen hervor, als ich die Tür hinter ihm zuschlug und abschloss.
Kurz darauf liefen wir durch unseren Garten und schlitterten über den Pulverschnee. „Wir nehmen den Weg durch den Wald“, verkündete Gena und begann zu rennen, ohne auf den glitschigen Boden zu achten.
Cara und ich mussten uns ganz schön anstrengen, um

sie einzuholen. „Wo bist du gewesen? Was ist passiert?“, fragte ich im Laufen.

„Bei meiner Cousine“, antwortete sie. Ihr Atem bildete kleine weiße Wölkchen vor ihrem Gesicht. Wir waren jetzt im Wald. Der Wind heulte durch die Bäume und ließ ihre Äste krachen. „Mein Vater wollte mich aus dem Weg haben. Aber ich bin entwischt und zurückgetrampt.“

„Getrampt?“, rief Cara.

„Ich kann euch das jetzt nicht erklären. Wir müssen uns beeilen. Ich hoffe … ich hoffe, wir können uns später noch unterhalten.“

„Aber … wo willst du denn hin? Ich muss es wissen!“

„Zu deinen Eltern“, rief sie. „Wir müssen rechtzeitig da sein, weil …“ Den Rest des Satzes konnte ich nicht verstehen. Gena hatte begonnen, noch schneller zu laufen, und der Wind verwehte ihre Worte. Ich schaute mich nach Cara um, die Schwierigkeiten hatte hinterherzukommen.

Der Wind war eisig. Mein Gesicht fühlte sich schon ganz rau und halb erfroren an.

Ich hätte zu gerne gewusst, wo wir eigentlich hinrannten. Was war das für ein Treffen, zu dem Gena uns in solcher Eile führte?

Ich lief immer weiter, bis ich das Gefühl hatte, dass meine Lungen gleich platzen würden. Wir stürmten dahin, schoben tief hängende Äste beiseite und wichen schneebedeckten Gebüschen aus, die uns den Weg versperrten. „Ich … ich kann nicht mehr“, rief Cara. „Ihr seid zu schnell …“

„Psst“, flüsterte Gena ihr zu. „Wir sind schon fast da.“

Ein Stück voraus sah ich plötzlich kleine gelbe Lichter, die sich zwischen den Bäumen bewegten. Im ersten Moment dachte ich, es wären Glühwürmchen, aber dann fiel mir ein, dass es im Winter keine Glühwürmchen gab. „Kerzen!“, rief ich laut aus.

Gena legte den Finger auf den Mund. „Sie dürfen uns nicht hören!“, wisperte sie warnend.

„Wo sind wir hier?“, fragte Cara mit gesenkter Stimme. Vor uns sahen wir eine kreisrunde Lichtung, bevölkert mit Leuten, die Kerzen in den Händen hielten.

„Das Treffen hat noch nicht begonnen. Wir sind gerade noch rechtzeitig gekommen“, flüsterte Gena uns zu.

„Welches Treffen?“, fragte ich noch einmal, aber wieder gab sie mir keine Antwort.

„Folgt mir! Unser Haus liegt gleich hinter den Bäumen dort. Ich weiß, wo mein Vater einige Kutten aufbewahrt.“

Kutten?

Kutten und brennende Kerzen?

„Warte!“, zischte ich und hielt Gena am Arm fest. „Ich werde keinen Schritt weitergehen, wenn du mir nicht sofort sagst, was hier eigentlich läuft!“

Sie legte sanft ihre Hand auf meine. Trotz der Kälte fühlte sie sich glühend heiß an. „Mark, bitte … Du möchtest doch deine Eltern zurückhaben, oder?“

23

Ich konnte die Gefahr, die in der Luft lag, regelrecht spüren. Merkwürdigerweise gab mir das neue Energie. Nachdem wir eine ganze Zeit in diesem wahnsinnigen Tempo durch den Wald gehetzt waren, hatte ich fast aufgegeben. Ich war erschöpft gewesen und hatte außerdem furchtbare Angst.

Aber als ich das Meer von gelben Lichtern zwischen den Bäumen entdeckte und dann diese merkwürdigen Figuren mit den Kapuzen, die Kerzen in den Händen hielten, vergaß ich völlig, wie furchtbar ich mich noch kurz zuvor gefühlt hatte.

Wir passten auf, dass wir nicht zu nahe an die Lichtung herankamen, aber durch die Äste der kahlen Bäume hindurch konnte ich die Gestalten ganz deutlich erkennen. Ungefähr zwei Dutzend Leute wanderten auf der Lichtung umher. Alle trugen dunkle Mönchskutten, und ihre Gesichter waren im Schatten der Kapuzen verborgen. Jeder von ihnen hielt eine lange schwarze Kerze in der Hand.

Ob Mom und Dad wohl auch hier waren?

Geduckt huschten wir an der kreisförmigen Lichtung vorbei. Unsere Turnschuhe bewegten sich lautlos durch den Pulverschnee. Plötzlich hörte ich sanfte Flötenmusik, die von einem Kassettenrekorder zu kommen schien.

„Wenn die Musik aufhört, wird das Treffen beginnen“, flüsterte Gena uns zu.

Sie führte uns in den Nachbargarten, wo wir uns versteckten.

„Die Kutten sind unten im Keller“, sagte sie immer noch flüsternd, obwohl kein Mensch zu sehen war. „Es war ganz schön blöd von uns, dass wir die Pistole von diesem Typen nicht mitgenommen haben. Wir haben sie bei euch im Wohnzimmer vergessen.“

Als wir uns davon überzeugt hatten, dass die Luft rein war, schlichen wir zum Haus hinüber. Wir pressten uns mit dem Rücken gegen die Hauswand, die in tiefer Dunkelheit lag, und schlüpften dann durch eine Seitentür hinein und direkt in den Keller. Von oben ertönten Stimmen und Gelächter. Ich konnte noch immer die Flötenmusik hören – hier im Keller klang sie zwar gedämpft, aber wenigstens spielte sie noch.

Der Keller war voll ausgebaut. Es gab einen großen Hobbyraum und mehrere kleinere Räume. Einer von ihnen schien bis unter die Decke mit Gewehren vollgestopft zu sein. Gena führte uns zu einem riesigen begehbaren Eckschrank und zog uns hinein, bevor sie das Licht anmachte. Bis auf einen Stapel brauner Kutten, die an einer Wand lagen, war er leer.

Plötzlich ergriff Gena Marks Arm und sah zu ihm auf. Auf ihrem Gesicht spiegelten sich Schmerz und Angst. „Ich wusste, dass mein Vater in der Bruderschaft ist“, sagte sie. „Aber ich hätte nie gedacht, dass sie Menschen umbringen.“

Bruderschaft?

Menschen umbringen?

„Als ich herausfand, was die Bruderschaft vorhatte, hat mein Vater mich gezwungen, dich anzurufen und mit dir Schluss zu machen“, fuhr Gena fort. „Und dann hat er mich zu meiner Cousine im Norden verfrachtet. Er wollte nicht, dass ich mich einmische. Er war dagegen, jemanden zu töten, aber er hatte zu viel Angst, um etwas zu unternehmen.“

„Ich verstehe nicht“, flüsterte ich. „Was hat das mit unseren Eltern zu tun. Sind sie –“

„Psst!“ Wir hörten Schritte auf der Kellertreppe.

„Wir müssen hier raus.“ Gena griff sich drei Kutten von dem Stapel. „Schnell! Zieht das an!“

Wir schlüpften in Windeseile in die Kutten. Sie waren schwerer, als sie aussahen, und ihnen entströmte ein widerlicher Geruch nach Mottenkugeln und Schweiß.

„Achtet darauf, dass eure Gesichter verborgen bleiben“, ermahnte uns Gena. Dann zog sie sich die Kapuze über den Kopf und verknotete den Gürtel der Kutte. „Und macht mir einfach alles nach.“

„Das Gewehr …“, sagte ich und zeigte darauf.

„Ich … ich weiß nicht, wie wir das hinausschmuggeln sollen“, meinte Gena und versteckte es unter dem Haufen Kutten. „Wenn es jemand bemerkt, sind wir verloren. Wir müssen uns etwas anderes einfallen lassen. Kommt!“

„Was hat Gena vor?“, dachte ich ratlos. „Warum sollen wir uns bei diesem geheimnisvollen Treffen einschleichen?“

Wir huschten schnell aus dem Schrank. Auf der Treppe kamen uns zwei Männer entgegen. Ich wandte mein Gesicht ab, als sie an uns vorbeigingen.

„'n Abend", sagte einer von ihnen freundlich. Wir gaben ihm keine Antwort.

Dann gingen wir schnell durch den Garten und von dort zu der Lichtung im Wald. Es hatte aufgehört zu schneien, und die Luft war klar und kalt. Nur die Flammen der Kerzen erhellten die tiefe Dunkelheit.

Ich hielt mich dicht neben Mark, weil ich Angst hatte, ihn aus den Augen zu verlieren. In diesen Kutten sahen alle gleich aus – wie sollte ich ihn da wiederfinden? Die vermummten Gestalten wanderten auf der Lichtung umher und unterhielten sich. Wenn es nicht so unheimlich gewesen wäre, hätte es beinahe gewirkt wie ein Stehempfang. Leider kam ich nicht dicht genug heran, um zu hören, worüber sie sprachen.

Ich hatte furchtbare Angst. Meine Beine zitterten wie Espenlaub, aber ich zwang mich, weiterzugehen und möglichst unauffällig an den einzelnen Grüppchen vorbeizuwandern.

Auf einmal tauchte Gena neben mir auf und drückte mir eine brennende Kerze in die Hand. Die Kerze war schmal und schwarz, genauso wie die Kerzen der anderen. Ich versuchte, sie ruhig zu halten, aber meine Hände zitterten stark. Hoffentlich fiel es niemandem auf.

Plötzlich brach die Musik ab. Ich hatte immer noch nicht entdeckt, woher sie eigentlich kam.

Eine unheimliche Stille senkte sich über die Gruppe. Die dunklen Gestalten verstummten und gingen schweigend in Richtung Wald. In den Fear-Street-Wald.

Wie lange fanden die Treffen der Bruderschaft hier wohl schon statt? Und was hatten deren Mitglieder heute Nacht vor?

Ich versuchte, diese Fragen aus meinem Kopf zu vertreiben, aber es gelang mir nicht.

Der böige Wind blies mir meine Kapuze vom Kopf. Schnell setzte ich sie wieder auf und zog sie mir weit ins Gesicht.

„Reiht euch ein!", flüsterte Gena uns zu.

Ich griff nach Marks Hand und stellte fest, dass sie eiskalt war. Ich wollte auf keinen Fall von ihm getrennt werden. Die vermummten Gestalten schienen zwei Linien zu bilden, als sie dem Rand der Lichtung zustrebten. Sobald sich alle eingereiht hatten, blieben sie plötzlich stehen. Anstatt in den Wald zu gehen, bildeten sie einen großen Kreis.

Die Flammen der Kerzen flackerten in dem eiskalten Wind. Sie bildeten jetzt einen perfekten Kreis aus Licht.

Zwei Personen, die sich wie die anderen ihre Kapuzen weit über den Kopf gezogen hatten, traten in die Mitte des Kreises. Sie hielten ihre Kerzen hoch empor, sodass ihre Gesichter beleuchtet wurden. Ich schnappte vor Schreck nach Luft, als ich entdeckte, dass sie Masken trugen.

Die Masken stellten weiße Affenschädel dar – grinsende weiße Affenschädel.

Sie sahen genauso aus wie dieses unheimliche kleine Ding, das Mark und ich in Moms und Dads Bett gefunden hatten. Dann trat eine dritte Gestalt in den Kreis. Ihr Gesicht lag im Dunkel der Kapuze verborgen.

Atemlose Stille breitete sich aus. Sogar der Wind hatte sich gelegt. Nicht das kleinste Geräusch war zu hören.

Der Mann ging auf die beiden maskierten Personen zu. Er blieb vor ihnen stehen und berührte ihre Gesichter. Und dann riss er mit einer heftigen Bewegung die Affenmasken herunter.

Trotz des flackernden Kerzenlichtes erkannte ich meine Eltern sofort.

Ich schaute zu Mark hinüber. Er hatte sie ebenfalls gesehen. Und ich wusste, dass ihm im gleichen Moment wie mir klar geworden war, dass Mom und Dad die Anführer der Bruderschaft waren!

24

Das war bestimmt alles nur ein Traum, ein böser Traum. Der Schnee. Der dunkle Wald. Die Gestalten in ihren braunen Kutten mit den Kapuzen. Die schwarzen Kerzen. Der Kreis aus flackernden Lichtern. Und dann meine Eltern in der Mitte des Kreises, meine Eltern mit weißen Affenmasken.

Hatten uns Mom und Dad deswegen verlassen? Um einem geheimnisvollen Kult beizutreten?

Ich dachte daran, wie oft wir umgezogen waren. Jedes Jahr eine neue Stadt, ein neues Haus. Wahrscheinlich waren sie gar keine richtigen Computerfachleute, sondern benutzten ihren Beruf nur als Tarnung. In Wirklichkeit waren sie die Anführer eines Geheimkultes. Und wir zogen nur deshalb so oft um, weil sie in anderen Städten neue Gruppen aufbauten.

Wieder sah ich zu Cara hinüber. Sie blickte starr geradeaus. In ihren Augen stand das blanke Entsetzen.

Was würde mit uns geschehen? Warum hatte Gena uns hierhergebracht?

Auf einmal kam Bewegung in den stummen Kreis. Die vermummten Gestalten rückten näher zusammen. Gena, Cara und ich folgten ihnen.

Mein Blick fiel auf einen flachen Baumstumpf, der sich in der Mitte des Kreises befand. Der Mann mit der

Kapuze, der meinen Eltern die Masken abgenommen hatte, führte sie genau dorthin.

In diesem Moment riss eine Windbö dem Mann die Kapuze vom Kopf und entblößte kurze dunkle Haare sowie eine dicke Brille mit schwarzer Fassung. Ich erkannte ihn sofort. Es war Mr Marcus, der Oberbonze von Cranford Industries!

„Darum hat er uns also angelogen", dachte ich. Mom und Dad hatten ihm wahrscheinlich befohlen, uns zu sagen, dass sie nie dort gearbeitet hätten. Sie wollten uns loswerden, um diesen Club von Kuttenfreaks zu leiten!

„Es ist so weit", rief Mr Marcus, ohne seine Kapuze wieder aufzusetzen. „Brüder und Schwestern der Bruderschaft des Weißen Affen! Wir sind bereit, unser Land zurückzuerobern! Viel zu lange haben wir zugesehen, wie andere die Geschicke unserer Nation lenkten. Doch das ist jetzt vorbei! Unsere Zeit ist da! Schon sehr bald werden wir uns erheben und *mit Gewalt* zurückfordern, was uns gehört!"

Er hob die Arme weit über den Kopf, als er mit donnernder Stimme weitersprach. „Die Regierung dieses Landes hat sich von Kriminellen unter Druck setzen lassen, aber das werden wir ändern! Unsere Rache wird unbarmherzig sein, und nur unser Gesetz wird herrschen! Kein Verbrecher wird mehr sicher sein, wenn unsere Armee erst einmal ihre Fähigkeiten unter Beweis stellt. Wir werden unsere Gemeinschaft und unsere Nation von allen kriminellen Elementen säubern!"

Jubel und Rufe begeisterter Zustimmung drangen aus

den Kapuzen der Vermummten hervor – nur meine Eltern standen stumm und bewegungslos da.

Als die Rufe verebbten, ließ Marcus die Arme sinken und warf meinen Eltern einen scharfen Blick zu. „Und diese Verräter werden die Ersten sein, die unsere Vergeltung zu spüren bekommen!", rief er aus.

Verräter? Was meinte er damit?

Wieder riss er die Arme hoch. In seiner rechten Hand glitzerte jetzt ein Messer mit einer langen, gefährlich aussehenden Schneide.

„Die Bruderschaft des Weißen Affen kennt keine Gnade für Verräter! Unsere Rache ist unbarmherzig!", wiederholte er mit lauter Stimme. Wieder jubelte ihm die Menge zu.

Der Wind hatte aufgefrischt und mir beinahe die Kapuze vom Kopf geblasen. Gerade noch rechtzeitig konnte ich sie festhalten. Ich hoffte, dass niemand mein Gesicht gesehen hatte.

Als ich wieder zur Mitte des Kreises blickte, bemerkte ich, wie sich ein Mann aus dem Ring der anderen löste und auf meinen Vater zutrat. Er zwang ihn auf die Knie und drückte seinen Kopf auf den flachen Baumstumpf.

„Mark, wir müssen etwas tun!", flüsterte mir Gena zu.

Marcus hob das Messer hoch über den Kopf meines Vaters. „Das Opfer wird nun vollzogen!", rief er laut. „So sieht *unsere* Rechtsprechung aus!"

Ich stieß ein leises Stöhnen aus. Mein Kopf pochte, und Schauer der Angst liefen mein Rückgrat hinunter.

Warum hatte ich nur so lange gebraucht, um es zu kapieren? Meine Eltern waren *nicht* die Anführer dieser seltsamen Bruderschaft – sie sollten von ihr ermordet werden! Und sie konnten nicht mal weglaufen oder kämpfen, weil der Mann mit der Kapuze eine Pistole auf sie richtete.

Marcus presste sein Knie in den Rücken meines Vaters und erhob wieder das Messer. „Gestehst du, dass du die Bruderschaft des Weißen Affen verraten hast?“, bellte er.

„Gesteh, Verräter!“, rief jemand aus der Menge.

Der Wind wirbelte jetzt mit voller Wucht über die Lichtung, und ich griff wieder nach meiner Kapuze. Cara drückte verzweifelt meine freie Hand.

„Die Rache ist unser!“, brüllte Marcus.

Langsam senkte er das Messer über den Kopf meines Vaters.

„Nein! Nein! Töten Sie ihn nicht!“, schrie plötzlich meine Mom auf. Sie griff nach Marcus’ Arm und versuchte, ihm das Messer zu entreißen.

Er versetzte ihr einen kräftigen Stoß, sodass sie zur Seite taumelte. Der Mann mit der Kapuze sprang hinzu und hielt meine Mom von hinten mit seinen Armen umklammert. Dann wandte Marcus sich wieder meinem Vater zu, dessen Kopf noch immer auf dem Baumstumpf lag.

„Die Rache duldet keine Verzögerung!“, rief er.

Ich wusste, dass ich sofort handeln musste, wenn ich überhaupt noch etwas tun wollte. Aber wie sollte ich das anstellen? Wenn ich einfach losrannte und versuchte, mich auf Marcus zu stürzen, würde mich bestimmt jemand aus der Bruderschaft aufhalten, oder ich würde sogar erschossen werden.

„Mark …“, drang Caras verzweifelte Stimme an mein Ohr. Sie sah mich flehentlich an, ihre Augen voller Tränen.

Sie machte einen Schritt auf mich zu, stolperte und streifte mich mit der Hand. Dabei spürte ich plötzlich einen Gegenstand in der Tasche meiner Jeans. Schnell griff ich unter die Kutte und holte ihn heraus.

Es war der kleine weiße Affenkopf, den ich in Genas Zimmer vom Boden aufgehoben hatte.

Ohne auch nur eine Sekunde zu zögern, schleuderte ich ihn mit voller Wucht auf Marcus.

Ich hoffte, dass der Schädel Marcus genau zwischen den Augen treffen würde. Wenn er bewusstlos wäre, hätten meine Eltern eine Chance zu fliehen.

Wahrscheinlich hatte Marcus aus dem Augenwinkel eine Bewegung wahrgenommen, denn er blickte genau in meine Richtung, als ich den Affenschädel warf.

„Perfekt“, dachte ich. „Einfach perfekt!“

Die kleine weiße Kugel schoss durch die Dunkelheit. Genau über seine rechte Schulter hinweg. Ich hatte ihn verfehlt. Um mehrere Zentimeter verfehlt.

„Wer war das?“, donnerte Marcus.

Er starrte direkt zu mir herüber.

25

Ich sah nur, dass Mark irgendetwas warf. Und dann, wie Mr Marcus herumwirbelte und meinen Bruder mit wütendem Blick anstarrte.

Ich nahm an, dass Mark ihn verfehlt hatte, aber das konnte man in der Dunkelheit nicht genau erkennen. „Wer war das?“, brüllte Marcus.

Dann ging er einige Schritte auf uns zu. Mark wich erschrocken zurück.

Das war genau die Chance, die meine Eltern gebraucht hatten.

Meine Mutter riss sich aus dem Griff des Kapuzenmanns los und schlug ihm die Waffe aus der Hand. Im selben Moment sprang mein Vater auf und versetzte Marcus von hinten einen kräftigen Stoß.

Marcus schrie überrascht auf, als er mit dem Gesicht voran in den Schnee fiel und das Messer seiner Hand entglitt.

Die anderen Mitglieder der Bruderschaft schienen völlig verwirrt zu sein. Einige von ihnen rannten weg, aber die meisten blieben reglos im Kreis stehen.

Mein Vater bückte sich schnell nach der Pistole und kam sofort wieder hoch. Dann kickte er mit dem Fuß das Messer aus der Reichweite von Marcus’ Hand, während meine Mutter an seine Seite eilte.

Dad presste Marcus die Pistole in den Nacken. „FBI! Keiner bewegt sich, oder ich schieße!“, schrie er. „Sie sind alle festgenommen!“

Trotz Dads Warnung begannen die Mitglieder der Bruderschaft sich in alle Himmelsrichtungen zu zerstreuen und flohen in den Wald.

Mark und ich warfen unsere Kapuzen zurück und liefen auf unsere Eltern zu. Mom entdeckte uns zuerst. „Ihr … ihr seid hier!“, rief sie fassungslos. Sie stürzte auf uns zu und schloss uns in die Arme. Immer wieder drückte sie uns und murmelte: „Ich glaub's nicht! Ich glaub's einfach nicht! Ihr seid wirklich hier! Euch ist nichts passiert!“

„Geh zum Haus und fordere Unterstützung an! Sieht so aus, als wären wir hier ein bisschen unterbesetzt“, rief Dad ihr nach einer Weile zu. Er drückte die Waffe immer noch fest gegen Marcus' Hals.

„Dad, die anderen türmen alle!“, schrie ich.

„Die kommen nicht weit. Ich weiß, wer sie sind“, sagte er beruhigend.

Mom packte das Messer und lief ins Haus.

Dad drehte sich zu Mark um: „Sag mal, wo hast du eigentlich werfen gelernt?“, erkundigte er sich.

„Entschuldige, Dad“, setzte Mark an, aber dann bemerkte er das breite Grinsen auf dem Gesicht seines Vaters.

„Du hast uns das Leben gerettet, mein Sohn.“

„Nein, das war Gena“, verbesserte Mark ihn und legte Gena einen Arm um die Schulter.

Ein großer Mann in einer Kutte kam langsam auf uns

zu. Er hatte beide Hände erhoben, als ob er sich ergeben wollte. „Ich habe versucht, sie aufzuhalten, Greg", sagte er leise. Es war Dr. Rawlings, Genas Vater. „Ich habe getan, was ich konnte. Aber ich hatte solche Angst – Angst um Gena und auch um mich. Wenigstens konnte ich sie davon überzeugen, dass sie eure Kinder in Ruhe lassen."

„Ich weiß", entgegnete mein Dad knapp. „Aber ich fürchte, ich muss dich jetzt verhaften. Wie bist du eigentlich in die Bruderschaft reingerutscht, Rawlings?"

Genas Vater stieß einen schwachen Seufzer aus. „Ich habe an das geglaubt, was Marcus und die anderen gesagt haben – zumindest am Anfang. Ich war überzeugt davon, dass wir etwas gegen das Verbrechen tun mussten, dass dieses Land wieder sicherer werden sollte. Aber ich habe nicht gewusst, dass sie Waffen horten würden, dass sie das Gesetz in ihre eigenen Hände nehmen und ... Menschen töten wollten. Ich versuchte auszusteigen, Greg. Aber ich hatte Angst, dass sie dann hinter mir her sein würden."

Marcus starrte Genas Vater mit verkniffenem Gesicht an und spuckte in den Schnee. „Du bist ein elender Feigling, Rawlings. Und für deine Feigheit wirst du sterben. Die Rache der Bruderschaft ist schnell und unbarmherzig", murmelte er und blickte dann zur Seite.

Dad beachtete Marcus gar nicht und wandte sich an Gena. „Ich denke, ich muss dich um Verzeihung bitten, Gena. Dafür, dass ich versucht habe, dich und Mark auseinanderzubringen", sagte er. Dann zog er Marcus auf die Füße und schob ihn in Richtung Haus. „Na, komm schon! Beweg dich! Ich will endlich aus diesen Klamotten raus. Ich mochte es noch nie, im Bademantel draußen herumzulaufen."

Gemeinsam gingen wir durch den Wald. „Es tut mir so leid", sagte Dad. „Ihr beide habt euch bestimmt furchtbare Sorgen gemacht."

„Das ist ja wohl die Untertreibung des Jahrhunderts", meinte ich und lächelte ihn an. In der Ferne hörte ich Polizeisirenen. Mom hatte also schon Verstärkung gerufen.

„Wo ist eigentlich Roger?", fragte Dad. „Warum ist er nicht hier?"

„Äh, er … er ist tot", sagte ich leise.

Dad blieb abrupt stehen. Seine Augen zogen sich zu schmalen Schlitzen zusammen, und er schüttelte fassungslos den Kopf. „Oh nein! Roger war einer unserer besten Agenten. Nachdem die Bruderschaft herausgefunden hatte, dass Mom und ich für das FBI arbeiten, hatte ich schon befürchtet, dass sie ihn verfolgen würden – und euch auch."

„Außer ihm ist noch ein Mann umgebracht worden. Er nannte sich Murdoch", sagte ich.

Wieder huschte ein Ausdruck von Trauer und Entsetzen über das Gesicht meines Vaters. „Murdoch war unser Bereichsleiter hier vor Ort. Ihn hat die Bruderschaft also auch getötet?"

„Nein, ein Mann namens Farraday."

„Farraday!?" Ungläubig starrte mein Vater mich an. Er schien angestrengt nachzudenken. „Farraday ist hier? Ich wusste nicht, dass sie ihn schon aus dem Gefängnis entlassen haben. Was zum Teufel –"

„Wer ist dieser Mann, Dad?“, unterbrach Mark ihn.

„Er war mal Polizist. Ein Bulle, der ein paar ziemlich krumme Dinger gedreht hat. Deine Mutter und ich waren dafür verantwortlich, dass er wegen seiner kriminellen Geschäfte unter Anklage gestellt und eingebuchtet wurde. Hat *er* Roger und Murdoch getötet?“

„Wir dachten, er wäre ein echter Polizist“, sagte Cara. „Er hatte nämlich Polizeifunk und eine Uniform.“

„Jeder kann ein Radio mit der Polizeifrequenz kaufen“, erklärte mein Vater.

„Na ja, auf jeden Fall hat er nach euch gesucht. Wir haben ihn in der Garage eingesperrt.“

Die Augen meines Vaters füllten sich mit Tränen. Zum ersten Mal in meinem Leben sah ich ihn weinen. „Verzeiht mir!“, flüsterte er. „Ich wünschte, ihr beide wärt nie in diese ganze Sache verwickelt worden.“

„Jetzt ist doch alles vorbei, Dad“, sagte ich und hoffte, dass das auch wirklich stimmte.

Wir folgten Dad zum Haus der Rawlings. Wir waren erleichtert, aber immer noch total durcheinander.

26

„Wir befanden uns wirklich in einer fürchterlichen Zwickmühle“, sagte Mom zu Cara und mir. „Wir wollten euch nicht anlügen, aber wir konnten euch auch auf keinen Fall in diese Sache mit hineinziehen. Wenn ihr gewusst hättet, dass wir FBI-Agenten sind, hättet ihr euch bestimmt ständig Sorgen um uns gemacht.“

Inzwischen waren wir alle vier wieder zu Hause. Die Polizei war schon da gewesen, um Farraday mitzunehmen und die Leichen von Roger und Murdoch abzutransportieren. Dad hatte uns heiße Schokolade gemacht, und jetzt saßen wir am Küchentisch und unterhielten uns. Wir waren überglücklich, wieder zusammen zu sein.

„Dann seid ihr also gar keine Computerexperten?“, fragte Cara. Sie sah ziemlich verwirrt aus.

„Natürlich sind wir das. Wir wissen eine Menge über Computer. Aber wir wissen noch mehr über gefährliche Untergrundgruppen.“

Mom seufzte tief. „Es ist keine besonders angenehme Arbeit. Ich denke, das habt ihr ja heute Nacht selbst erlebt.“

„Und deswegen sind wir auch so oft umgezogen, nicht wahr?“, fragte ich nach.

Mom nickte. „Dad und ich waren uns einig, dass ihr eine ganz normale Kindheit haben solltet – so normal wie möglich jedenfalls. Darum haben wir euch auch nicht die Wahrheit gesagt."

„Und bis jetzt sind wir doch auch sehr glücklich gewesen", bemerkte Dad.

„Das sind wir immer noch!", unterbrach ihn Mom. „Glücklich, am Leben zu sein."

„Das war das erste Mal, dass unsere Tarnung aufgeflogen ist", meinte Dad nachdenklich und rollte die Tasse in seinen Händen hin und her. „Die Anhänger der Bruderschaft des Weißen Affen wollten uns wirklich umbringen."

„Wo seid ihr eigentlich die ganze Zeit gewesen?", wollte ich wissen.

„Marcus hat uns drei Tage im Keller von Cranford Industries gefangen gehalten", erzählte Mom. „Er musste bis zum Treffen der Bruderschaft warten, bevor er uns umbringen konnte."

„Habt ihr nun eigentlich in Cranford gearbeitet oder nicht?", fragte Cara.

„Ja, natürlich", sagte Mom lächelnd. „Dadurch sind wir doch erst an die Bruderschaft herangekommen. Marcus und seine Anhänger hatten die komplette Übernahme der Firma geplant. Dadurch hätten sie Zugriff auf eine Menge geheimer Regierungswaffen gehabt."

„Und ich bin sicher, sie hätten sie auch benutzt", bemerkte Dad und schüttelte den Kopf. „Sobald sie irgendwie die Chance dazu gehabt hätten."

„Aber die Familie Burroughs hat ihnen einen dicken Strich durch die Rechnung gemacht!", rief Mom, und wir jubelten alle gleichzeitig los.

„Mark, ich hoffe, du hast jetzt Verständnis dafür, dass wir versucht haben, dich vor Gena zu warnen", sagte Dad und legte eine Hand auf meinen Arm. „Wir waren schon länger dabei, Beweismaterial zusammenzutragen, um die Mitglieder der Bruderschaft zu verhaften, und wir wussten bereits, dass Genas Vater auch zu ihnen gehörte. Ich wollte dich da raushalten, aber ich konnte dir den wahren Grund natürlich nicht nennen."

„Ich glaube, Gena hat uns alle überrascht", meinte ich nur und fragte mich, was sie wohl gerade machte.

„Sie ist ein sehr tapferes Mädchen", sagte Dad anerkennend.

„Und was ist mit Roger? Er war also gar nicht unser Cousin, sondern hat für euch gearbeitet?", fragte Cara.

„Ja, er war einer unserer Agenten."

„Er hat sich so verdächtig benommen, nachdem ihr verschwunden wart", erzählte Cara. „Wir wussten wirklich nicht, was wir von ihm halten sollten."

„Ich nehme an, er hat verzweifelt versucht, uns zu finden", sagte Dad. „Er und Murdoch. Wahrscheinlich haben sie überall nach uns gesucht." Er sah zu Mom hinüber, die sich mit traurigem Gesicht abwandte.

Schweigend tranken wir unsere heiße Schokolade aus. Alle Fragen waren beantwortet. Fast alle.

„Und was machen wir jetzt?", fragte ich.

„Es wird wieder einen neuen Fall geben", antwortete Mom. „Aber dieses Mal wird es ein bisschen anders sein. Schließlich haben uns unsere eigenen Kinder enttarnt."

Am Samstag packten Mom und Dad bereits wieder die Kartons und bereiteten alles für den Umzug vor. Kurz nach dem Frühstück klingelte es an der Tür. Es war Gena. Hinter ihr sah ich ein Taxi in der Auffahrt stehen.

„Hallo! Komm doch rein", sagte ich.

„Ich hab leider keine Zeit. Ich bin auf dem Weg zum Flughafen."

„Wo fliegst du hin?"

„Nach Detroit. Zu meiner Mutter. Ich werde ab jetzt bei ihr leben … während mein Dad … Du weißt schon."

Ich nahm ihre Hand. „Bist du okay?", fragte ich besorgt.

„Ja, ich denke schon. Aber es wird eine Weile dauern, das alles zu verarbeiten. Und ich … werde dich vermissen."

„Ich … also … wir gehen auch weg. Ich weiß noch nicht, wohin", sagte ich, „aber ich werde dir auf jeden Fall schreiben."

„Das ist schön. Ich dir auch." Der Taxifahrer drückte ungeduldig auf die Hupe. Er hatte es offenbar eilig. Gena stellte sich auf die Zehenspitzen und küsste mich. Im Gegensatz zu ihrem kühlen Gesicht fühlte sich ihr Mund sehr warm an. Es war ein langer, wunderbarer Kuss, den ich nie vergessen würde.

Dann drückte sie mir ein kleines Päckchen in die Hand und lief zum Taxi, ohne sich noch einmal umzusehen.

Ich trat auf die Vorderveranda und blickte ihr nach. Sie winkte mir noch einmal zu, und im nächsten Moment war das Taxi verschwunden.

Ich öffnete das Päckchen, das sie mir gegeben hatte. Es enthielt eine kleine Schachtel, wie sie normalerweise für Schmuck benutzt wird. Darin lag ein kleiner weißer Affenkopf mit funkelnden Augen.

„Warum hat sie mir ausgerechnet den geschenkt?“, dachte ich erstaunt.

Ich holte den Affenkopf aus der Schachtel. Irgendetwas steckte in seinem grinsenden Maul. Es dauerte eine Weile, bis ich es herausgezogen hatte. Es war ein schmaler, zusammengerollter Streifen Papier, auf dem Genas Adresse in Detroit stand. Und außerdem die Worte: „Kannst du ein Geheimnis für dich behalten? Ich liebe dich. Gena.“

Ich rollte das Papier wieder auf und steckte es zurück in das Affenmaul. Dann hielt ich den Kopf ganz fest in meiner Hand. Zum ersten Mal fühlte er sich nicht kalt, sondern angenehm warm an. Ich warf ihn hoch in die Luft, fing ihn wieder auf und steckte ihn in meine Hosentasche.

Ich brauchte ihn nicht, um mich an Gena und an all das, was in der Fear Street passiert war, zu erinnern. Aber ich würde ihn trotzdem für immer behalten.

Über den Autor

„Woher nehmen Sie Ihre Ideen?"
Diese Frage bekommt R.L.Stine besonders oft
zu hören. „Ich weiß nicht, wo meine Ideen herkommen",
sagt der Erfinder der *Fear Street*.
„Aber ich weiß, dass ich noch viel mehr
unheimliche Geschichten im Kopf habe,
und ich kann es kaum erwarten, sie niederzuschreiben."
Bisher hat er mehrere Hundert Kriminalromane
und Thriller für Jugendliche geschrieben,
die in den USA alle Bestseller sind.
R.L.Stine wuchs in Columbo, Ohio, auf.
Heute lebt er mit seiner Frau Jane und seinem
Sohn Matt unweit des Central Parks in New York.

FEAR STREET

ISBN 978-3-7432-1252-7

Anna sieht nicht nur umwerfend aus, sie gibt sich auch sehr geheimnisvoll. Corry will sie unbedingt besser kennenlernen. Aber als er bei Anna zu Hause anruft, heißt es plötzlich, sie sei schon lange tot.
Meg glaubt ein Jahr nach Evans Tod, das Schlimmste überwunden zu haben.
Mit einer Überraschungsparty will sie die alten Freunde wieder zusammenbringen. Doch plötzlich schwebt sie in tödlicher Gefahr …

Dieser Doppelband enthält die Bände *Teuflische Schönheit – Wenn Liebe zum Verhängnis* wird und *Schuldig – Der Mörder feiert mit*

Loewe
Das will ich lesen!